W0408984

ullstein

Das Buch

Sonne, Sandstrand, ein Luxushotel an der Côte d'Azur: Darauf hatte Ivy sich gefreut, als sie mit ihren Freundinnen Jessica und Lena den Urlaub im *Amour Fou* buchte. Das sei genau das Richtige, um Ivy über die Trennung von ihrem Freund hinwegzuhelfen, hatten die beiden behauptet. Als gleich am ersten Abend ein knapp bekleideter Zimmerkellner in Ivys Zimmer steht und versucht, sie zu verführen, fällt diese aus allen Wolken. Denn Ivy ahnt nichts von dem besonderen Service des *Amour Fou*: Persönliche Betreuer kümmern sich um die »besonderen Bedürfnisse« der weiblichen Gäste und lesen ihnen jeden Wunsch von den Augen ab. Ivy ist schockiert. Aber dann lernt sie den attraktiven Alex kennen – und wird doch neugierig auf die Welt der Lust, die ihr bislang verborgen blieb. Alex erweist sich als Meister seines Fachs: Plötzlich tut Ivy Dinge, von denen sie nie zu träumen gewagt hätte …

Die Autorin

Kerstin Dirks, 1977 in Berlin geboren, hat eine Ausbildung zur Bürokauffrau absolviert und Sozialarbeit studiert. Sie schreibt seit mehreren Jahren erotische Romane, historische Liebesromane und Fantasy.

Von Kerstin Dirks sind in unserem Hause bereits erschienen:
Gib dich hin
Leidenschaft in den Highlands
Spiel mit mir
Teuflische Lust

Kerstin Dirks

Hotel der Lust

Erotischer Roman

Ullstein

Besuchen Sie uns im Internet:
www.ullstein-taschenbuch.de

MIX
Papier aus verantwortungsvollen Quellen
FSC® C006701

Originalausgabe im Ullstein Taschenbuch
1. Auflage Dezember 2011
2. Auflage 2012
© Ullstein Buchverlage GmbH, Berlin 2011
Umschlaggestaltung: ZERO Werbeagentur, München
Titelabbildung: © FinePic®, München
Satz: LVD GmbH, Berlin
Gesetzt aus der Berkeley Oldstyle
Papier: Pamo Super von Arctic Paper Mochenwangen GmbH
Druck und Bindearbeiten: CPI – Ebner & Spiegel, Ulm
Printed in Germany
ISBN 978-3-548-28406-4

»Zimmerservice!«

Ivy Marschall seufzte und drückte sich das Kopfkissen auf die Ohren. Sie wollte ihre Ruhe haben, endlich schlafen. Nachdem sie den halben Tag am Frankfurter Flughafen verbracht hatte, weil sich ihr Flug nach Nizza immer wieder verzögerte, war sie völlig fertig.

»Zimmerservice!«, drang die penetrante Stimme durch ihr Kopfkissen. Sie hätte den Kerl vor der Tür am liebsten erwürgt.

Ivy rollte sich zur Seite und warf einen Blick auf ihren Funkwecker. 22.30 Uhr. »Wissen Sie, wie spät es ist?«, brüllte sie gegen die geschlossene Tür, an der es nun ohne Unterlass klopfte.

»Zimmerservice, Mademoiselle!«

»Ich habe nichts bestellt.« Doch das schien ihn nicht zu interessieren. Verärgert kroch sie aus dem Bett und schlüpfte in ihre Pantoffeln. Luxushotel hatten Lena und Jessica das *Amour Fou* genannt. Die Preise waren gepfeffert. Aber vom Luxus hatte sie bisher nicht viel gesehen. Zumindest gab es nichts, was es nicht auch in einem viel günstigeren Hotel gegeben hätte. Und was das Personal anging, darüber wollte sie lieber gar nicht erst nachdenken. Das einzig Besondere am *Amour Fou* war die Lage. Das alte Schloss befand sich auf einem Hügel oberhalb von Nizza. Aus dem Fenster hatte man einen wunderbaren Blick auf die Dächer der Stadt. Ein durchaus sehenswerter Ausblick, der ihr trotz der späten Stunde ein Wohlfühlgefühl bescherte.

Doch jetzt sank Ivys Laune auf den Tiefpunkt, weil der Kellner nicht aufhören wollte, gegen ihre Tür zu hämmern.

»Ich komme ja schon!«, rief sie, stolperte beinahe über eine Delle im Boden, die vom Bettvorleger nur unzureichend verdeckt wurde, zur Tür und riss diese auf. »Ich habe nichts bestellt …«, fuhr sie den Kellner an, doch der Rest des Satzes blieb ihr im Halse stecken. »O mein Gott«, entfuhr es ihr stattdessen, als sie den halbnackten, sanft gebräunten Kerl vor sich sah, der nicht mehr als äußerst knappe Shorts und eine Fliege um den Hals trug.

»Zimmerservice«, sagte er mit einem strahlenden Lächeln und rollte einen kleinen Wagen mit einem Eiskübel und einer Sektflasche darin ins Zimmer. Ivy starrte ihm entgeistert hinterher. Das musste ein Irrtum sein! Sie hatte nichts bestellt. Und schon gar nicht das!

»Wollen Sie die Tür nicht zumachen?«, fragte er mit einem immer breiter werdenden Lächeln, doch weil Ivy nur dastand und nicht reagierte, schloss er die Tür selbst.

»Ich bin Juan«, erklärte er und öffnete die Sektflasche, goss ihr und sich ein Glas ein.

»Ich … das … hier … Sie sind im falschen Zimmer«, stellte Ivy klar, denn anders konnte es gar nicht sein.

»Bin ich das?« Er lachte, und plötzlich bemerkte sie das Glas in ihrer Hand.

»Offensichtlich«, erwiderte sie und starrte das Glas an, hatte sie es ihm wirklich aus der Hand genommen? Dann zog er wieder ihren Blick auf sich.

Verdammt, der Kerl sah wirklich zum Anbeißen aus. Solche Männer sah sie sonst nur im Fernsehen. Oder in Modemagazinen. Breite, athletische Schultern, starke Brustmuskeln, ein verführerisches Sixpack, schmale Hüften und Oberschenkel, die nur aus Muskeln zu bestehen schienen. Zu gern hätte sie auch seinen Hintern gesehen, sie war sicher, er hatte einen Knackarsch.

Ivy schüttelte den Kopf. Auf was für Gedanken sie plötzlich kam.

Juan zog eine kleine Karte unter dem Eiskübel hervor. »Sie sind also nicht Ivonne Marschall?«

»Doch. Aber …« Nun war sie wirklich baff. Offenbar handelte es sich tatsächlich nicht um eine Verwechslung. Aber wer, verdammt noch mal, hatte ihr diesen Kerl aufs Zimmer geschickt?

»Dann bin ich goldrichtig.« Er trat auf sie zu, und Ivy wich instinktiv ein paar Schritte zurück.

»Entspannen Sie sich, genießen Sie die Show, Ivonne.«

»Welche Show?«

Er fasste sie bei den Schultern und steuerte sie rücklings zu ihrem Bett.

»Machen Sie es sich gemütlich.«

Die Delle im Boden und der Bettvorleger taten ihr Übriges, und schon saß sie auf dem Bett. Juan schob den Wagen zur

Seite, griff nach der Fernbedienung der kleinen Musikanlage auf Ivys Nachttisch und fing plötzlich an, im Rhythmus von Copacabana zu tanzen.

Ivy klappte die Kinnlade herunter. Sie war im falschen Film. Ganz sicher war sie das. Oder sie schlief in Wahrheit längst, und dies war lediglich ein absurder, wenn auch äußerst appetitanregender Traum.

Fasziniert sah sie ihm zu, aber als er auch noch begann, an seiner Hose zu spielen, offenbar in der Absicht, sie jeden Augenblick herunterzuziehen, wurde es Ivy zu heiß.

»Hören Sie, das ist ja alles sehr … nett, Juan.« Nett war gar kein Ausdruck! »Aber ich … ich bin müde, könnten Sie nicht eine andere Dame beglücken?«

Er kletterte aufs Bett und rutschte näher an sie heran. Ivy wich so weit es ging zurück. Und plötzlich geriet alles außer Kontrolle. »Juan! Was … soll das? Verlassen … Sie mein Bett«, brachte sie stammelnd hervor.

Aber ihr Adonis beugte sich frech über sie, so dass Ivy die Wärme spürte, die sein athletischer Körper ausstrahlte. Nur wenige Millimeter trennten ihre Lippen voneinander. Ivy glaubte fast, seinen Kuss zu schmecken. Es wäre vernünftig gewesen zurückzuweichen, notfalls aus dem Bett zu fallen, aber sie war viel zu erstarrt, um überhaupt irgendetwas zu sagen, geschweige denn zu tun.

Und dann geschah es. Warme, weiche Lippen schlossen sich sanft um ihre, lösten ein Prickeln in ihr aus, das zart durch ihren Körper rieselte. Der Kuss war nur kurz, aber er hinterließ ein sehnsüchtiges Brennen in ihr, weil es genau das war, was sie so sehr vermisste. Aber dieser Mann war nicht Boris. Er war ein völlig Fremder, der noch dazu schmerzliche Erinnerungen in ihr weckte. Erinnerungen an eine Zeit, in der die Welt noch in Ordnung war. Bis Boris das Internet und Dating-Seiten für sich entdeckt hatte.

Und mit einem Mal war der Zauber des Augenblicks verflogen, und Ivy konnte endlich wieder klar denken.

»Bitte gehen Sie …«

»Hat es Ihnen nicht gefallen? Wie mögen Sie es?«

»Juan … ich bitte Sie …«

Aber er ließ nicht locker, wollte sich jetzt auf sie legen, so dass Ivy gezwungen war, ihn von sich herunterzudrücken. »Gehen Sie. Ich will das nicht … verschwinden Sie, oder ich …«

»Ist ja schon gut, beruhigen Sie sich.« Juan verdrehte die Augen. Sein schönes Lächeln wirkte nur noch aufgesetzt.

Er schnappte sich den Wagen, und Ivy ließ es sich nicht nehmen, ihm die Tür aufzuhalten.

»Spießerin«, murmelte er leise, doch Ivy hatte es dennoch gehört.

»Aufreißer!«, rief sie ihm hinterher und knallte die Tür zu, erleichtert darüber, ihn endlich los zu sein.

Doch die schmerzlichen Erinnerungen waren geblieben. Noch immer dröhnte Copacabana aus den Boxen. Ivy suchte nach der Off-Taste, aber fand sie nicht sofort. Sie wollte ihre Ruhe haben. Verdammt!

Als sie schließlich die richtige Taste gefunden hatte, erfüllte eine erholsame Stille den Raum.

Sie legte sich wieder ins Bett, aber an Schlaf war nicht zu denken. Boris geisterte ihr durch den Kopf. Boris, dessen Berührungen sie irgendwie immer noch vermisste, obwohl er ein Mistkerl gewesen war.

»Na, wie habt ihr geschlafen?«, fragte Lena und stöckelte auf ihren High Heels zum Büfett, das in einem extra Raum aufgebaut war. Mit diesen Absätzen maß der brünette Vamp fast eins achtzig. Wäre Lena etwas jünger, sie hätte die Laufstege der Welt erobert.

»So gut wie schon lange nicht mehr«, antwortete Jessica, die ihre knallige Sonnenbrille in ihre roten Haare schob und sich etwas vom Rührei und den gebratenen Speckstreifen nahm. Jessica war Lenas jüngerer Zwilling. Und die beiden Frauen hatten mehr als nur ihre imposante Körpergröße gemeinsam. Sie liebten dieselben Filme, dieselben Magazine, dieselbe Mode und manchmal auch dieselben Männer.

»Aber du siehst ein bisschen übermüdet aus, Ivy.«

Das war sie auch. Sie hatte kaum ein Auge zugetan.

»Fast so, als hättest du ein Gespenst gesehen.« Ein merkwürdiges Lächeln umspielte Lenas rote Lippen.

»O ja, so kann man das auch nennen. Ihr werdet es nicht glauben, was gestern Abend passiert ist.«

»Und wenn doch?«, fragte Lena, aber Ivy schüttelte überzeugt den Kopf. Darauf würden ihre Freundinnen niemals kommen.

Nachdem sich die drei Frauen am Büfett bedient hatten, setzten sie sich auf die große Terrasse, die auf dem Vorsprung eines Hügels lag. Hier oben waren sie dem fast wolkenlosen Himmel näher als der Küste. In Richtung Süden konnte man das Meer sehen, das herrlich blau im Sonnenlicht funkelte, und im Osten lag Nizza. Das Kreischen der Möwen drang zu ihnen vor, und man konnte sogar das Rauschen des Meeres hören.

»Lass mich raten, ein gutgebauter, attraktiver Tänzer hat

dir einen nächtlichen Besuch abgestattet«, sagte Lena und schlürfte mit einem süffisanten Lächeln ihren Kaffee.

Ivy glaubte, sich verhört zu haben. Woher wusste denn Lena von … Moment! Steckte sie etwa dahinter?

Auch Jessica fing nun zu lachen an. Ganz zweifelsohne war auch sie eingeweiht gewesen.

»Sagt mal, das ist jetzt aber nicht wahr, oder? Ihr habt doch damit nichts zu tun.«

Beide begannen zu kichern.

»Wieso, um alles in der Welt, schickt ihr mir einen Stripper aufs Zimmer?«

»Oh, der kleine Juan ist weit mehr als ein Stripper. Jetzt erzähl mir nicht, dir ist noch nicht aufgefallen, wie die männlichen Angestellten hier herumlaufen«, erwiderte Lena feixend.

Ivy drehte sich um und blickte in den Hotelbereich. Gerade in dem Moment liefen Juan und ein Kollege durch den Speiseraum. Juan war weit weniger offenherzig gekleidet als gestern Nacht, aber auch jetzt hatte er nur ein enges Trägershirt und verdammt knappe Shorts an. Ivy musterte auch seinen Kollegen, einen dunkelhaarigen Mann, der Juan noch um einen halben Kopf überragte. Er wirkte wie ein männliches Model und zog Ivy mit seinem athletischen Äußeren sofort in seinen Bann. Wieso war es plötzlich so heiß? Die Luft brannte ja förmlich. Rasch fächelte sie sich ein wenig frische Luft mit der Hand zu.

»Das ist Alexander«, flüsterte Lena ihr ins Ohr. »Der begehrteste Mann des *Fou*.«

»Soso«, meinte Ivy gespielt desinteressiert. Er gefiel ihr nämlich sehr, dieser dunkle Hüne, dessen Muskelspiel sie unter seinem blauen T-Shirt zu erkennen glaubte. Sie entzifferte den Schriftzug auf der Vorderseite: »A votre service, Madame« – zu Ihren Diensten, Madame.

»Ist sie das?«, fragte Alexander Hamilton, der wie jedes Jahr zur Hochsaison im *Amour Fou* arbeitete. Die Betreiber waren mit seiner Arbeit zufrieden, und die Bezahlung war überdurchschnittlich. Und gerade jetzt, da die Renovierungsarbeiten in seinem Fitness-Studio in London in vollem Gange waren, damit es im Herbst eröffnet werden konnte, brauchte er jeden Cent.

»Ja, das ist das kleine Biest«, meinte Juan. »Zuerst hat sie ja mitgemacht, aber dann, aus heiterem Himmel, hat sie es sich anders überlegt.« Juan konnte das offenbar gar nicht verstehen. »Noch nie hat mich eine Frau vor die Tür gesetzt.« Diese Niederlage kränkte den selbstverliebten Kollegen so sehr, dass er es nicht einmal ertrug, Ivonne Marschall länger als nötig anzusehen.

Alexander konnte ein Grinsen nur schwer unterdrücken. Juan hielt sich für ein Gottesgeschenk an die Weiblichkeit – und daraus machte er auch kein Geheimnis. Er ging den Kollegen mit seinen Eroberungsgeschichten ziemlich auf den Geist. Es gab keinen anderen Animateur in der Anlage, der ein größeres Ego besaß. Nur gut, dass ihm endlich auch mal jemand seine Grenzen aufgezeigt hatte.

Interessiert musterte Alexander diese Ivonne, die heute Morgen das Gesprächsthema Nummer eins unter den Animateuren gewesen war. Wäre es nach Juan gegangen, er hätte seine Blamage am liebsten geheim gehalten. Doch irgendwo war immer ein Vögelchen, das etwas beobachtet hatte, und so verbreiteten sich Nachrichten rasant über den Flurfunk. Juan hatte gute Miene zu bösem Spiel gemacht und erklärt, dass Ivonne Marschall ohnehin nicht sein Typ gewesen wäre und er daher eigentlich ganz froh sei, dass sie nicht intimer geworden waren.

Alexander hingegen fand sie interessant. Sie war gewiss keine klassische Schönheit, aber eine solche hätte ihn auch eher gelangweilt. Dunkelblonde Haare, die ein wenig zerzaust aussahen, blasser Teint – eine Durchschnittsfrau. Und dennoch faszinierte sie ihn. In ihr steckte mehr. Er kannte Frauen dieser Sorte, sie gaben sich nach außen hin kühl, distanziert, aber in Wahrheit schlummerte ein Vulkan in ihnen, der, wenn man es richtig anstellte, bald zum Ausbruch kam. Alexander hatte eine Vorliebe für solche Frauen, die erweckt werden wollten, und das machte Ivonne Marschall für ihn äußerst interessant.

Man sah ihr an, dass sie gern naschte, wobei sie keinesfalls dick war, nur ein bisschen untersetzt. Kurzum, sie war genau der Typ Frau, den Alexander im Hotel so gut wie nie zu Gesicht bekam. Herrlich normal. Keine Diva. Keine Möchtegern-Prominente, die sich etwas darauf einbildete, schon einmal auf der Seite eins abgebildet worden zu sein.

»Und wirst du dich weiter um sie kümmern?«, wollte Alexander wissen.

Juan stand unterdessen längst am Büfett. Nachdem sich die Gäste bedient hatten, war es auch den Mitarbeitern gestattet, sich hier zu verköstigen.

»Wahrscheinlich. Ihre Freundinnen haben mich darum gebeten. Ich glaube, das überlebe ich nicht. So eine prüde Person habe ich hier noch nie getroffen. Ich frage mich wirklich, warum man sich ausgerechnet in unser schönes Lustschloss einbucht, wenn man überhaupt kein Interesse an Lust und Liebe hat.«

Alexander musterte den Krabbensalat und überlegte, ob er sich etwas davon genehmigen sollte, als ihn die Erkenntnis wie ein Blitz traf. »Sie weiß es gar nicht.«

»Was?«

Alexander lachte. Natürlich. Das erklärte alles. »Die Kleine weiß überhaupt nicht, was wir hier für ein Schuppen sind.« Kein Wunder, dass sie Juan rausgeworfen hatte.

Juan hob eine Braue. Dann schien er zu verstehen. »Ach, du meine Güte, das wird ja immer besser.«

»Das ist doch nicht euer Ernst?« Ivy konnte es nicht fassen und lachte. Ihre Freundinnen hatten sie unter dem Vorwand, sich mal etwas zu erholen und die Trennung von Boris zu verarbeiten, zu diesem Urlaub an der Côte d'Azur überredet. Lena hatte ihr in ihrer Großzügigkeit, und weil sie es sich natürlich leisten konnte, eine ordentliche Finanzspritze hinzugegeben. Es sollte ein Urlaub unter Freundinnen werden. Und wie die beiden ihr vom *Amour Fou* vorgeschwärmt hatten, weil sie selbst schon einige Male dort gewesen waren, da hatte Ivy richtig Lust auf Sonne und Strand bekommen. Noch dazu war der Gedanke, in einem echten Schloss zu nächtigen, sehr verlockend gewesen. Aber dass es hier vor allem um Lust und Liebe ging, das hatten sie ihr geflissentlich verschwiegen.

»Ihr seid mir vielleicht zwei Hühner«, sagte sie und schüttelte amüsiert den Kopf.

»Wieso? Das ist doch genau der richtige Ort, um über eine gescheiterte Beziehung hinwegzukommen. Schau dich um, überall einsame Herzen.« Sie deutete zu den Männern und Frauen um sie herum, die offenbar nur deshalb hierhergekommen waren, um eine neue Liebe zu finden oder sich auf sexuelle Abenteuer einzulassen. »Und falls unter den männlichen Gästen keiner dabei ist, der dir gefällt, gibt es ja auch noch die Animateure, die sich gern um eine alleinstehende junge Frau kümmern«, erklärte Jessica.

»Richtig. So hübsche Kerle findest du bei uns nicht, das musst du doch zugeben.« Lena zwinkerte Ivy zu. »Wir haben uns gedacht, das wäre was für dich, wo du dich endlich mal verwöhnen lassen kannst. Und bei der Gelegenheit beheben wir auch dein kleines Problemchen.«

»Welches Problemchen denn?«, wollte Jessica wissen, und Ivy verschluckte sich fast an dem Stück Brötchen, von dem sie gerade abgebissen hatte.

»Ich hatte dir das im Vertrauen erzählt, Lena.«

»Und ich dachte, wir hätten keine Geheimnisse voreinander.« Jessica schien ernstlich gekränkt, und Ivy fühlte sich noch mehr unter Druck gesetzt.

»Haben wir auch nicht. Boris war nicht nur in seinem Job ein totaler Versager, du verstehst?« Ivy warf Lena einen missbilligenden Blick zu. Sie ertrug es noch immer nicht, wenn ihre Freundin derart schlecht von Boris sprach. Das hatte er nicht verdient.

Jessica nickte wissend. »Verstehe. Ein Grobmotoriker.«

»Sozusagen.«

»Leute, hört auf. Es war nicht seine Schuld.«

»Dass du ihn immer noch in Schutz nimmst.« Lena setzte sich ihren Strohhut auf. Obwohl es noch nicht mal Mittag war, brannte die Sonne schon so heiß, dass man es nur im Schatten aushielt.

»Er war ein Arsch, okay? Aber dafür, dass es … nicht geklappt hat, kann er nichts.«

»Frauen suchen immer die Schuld zuerst bei sich selbst, aber das ist ein fataler Fehler, Süße«, belehrte Jessica sie.

»In dem Fall nicht.«

»Und was macht dich da so sicher?« Lena lehnte sich auf ihrem Stuhl zurück, als ein junger Kellner in der knappen *Amour-Fou*-Uniform den Tisch abräumte. Sie starrte ungehörig lange auf seinen Hintern, was der junge Mann nicht mitbekam oder einfach ignorierte.

»Ich hoffe, es hat Ihnen geschmeckt, Frau Gruber?«, fragte er in einem fast akzentfreien Deutsch.

»Wunderbar, Gaston. Wie immer köstlich.«

»Freut mich, Frau Gruber. Auch Ihnen noch einen schönen Tag, Frau Maler.« Er lächelte sie zuckersüß an, dann ging er weiter, und Lena seufzte selig. »Das Personal hier ist wirklich erstklassig.«

Ivy konnte das alles immer noch nicht glauben. »Wie oft wart ihr zwei eigentlich schon hier, dass man euch sogar mit Namen kennt?«

»Oft genug, aber lenk jetzt nicht ab. Boris war ein Loser. Basta«, entschied Lena.

Ivy seufzte leise. Wenn's doch nur so wäre. »Ich hatte keinen … noch nie … versteht ihr?«, sie hielt inne. Aber Lena wusste ja längst, wovon sie sprach, und Jessica schien nun zu ahnen, was sie sagen wollte. Beide beugten sich zu ihr vor und musterten sie mit einer Mischung aus Fassungslosigkeit und Neugier.

»Nein! Du hattest noch nie einen Orgasmus?«, rief Jessica.

»Pssst! Das muss doch nicht gleich die ganze Anlage wissen«, wies Ivy ihre Freundin zurecht und blickte sich besorgt um. Ein paar Gäste schauten von ihrem Essen auf, direkt zu ihr, und sie wäre am liebsten im Boden versunken.

»Wie ist so was denn nur möglich?«, fuhr Jessica leiser fort und strich sich die roten Haare aus dem Gesicht.

Ivy zuckte mit den Schultern.

»Aber Lust, ich meine dieses geile Prickeln und so, das verspürst du doch schon, oder?«

»Müssen wir derart ins Detail gehen?«

»Das ist wichtig!«, beharrte der Rotschopf.

Dieser Urlaub versprach ja wirklich einzigartig zu werden. Ivy entschied, dass ihre Heimlichtuerei jetzt ohnehin keinen Sinn mehr machte, und legte alle Karten auf den Tisch.

»Lust ja, Orgasmus nein. Punkt.«

Jessica schüttelte ungläubig den Kopf, und Lena sah sie mitleidig an. Wie Ivy das hasste.

»Nicht mal, wenn du es dir selber …?«

Jessica fand manchmal kein Ende.

»Doch … aber das ist … nicht dasselbe.«

»Du weißt also, wie sich ein richtig guter Orgasmus anfühlt?«

»Ja, Jess. Aber ich hatte halt noch nie einen, wenn ich mit einem Mann zusammen war.«

»Wie gut, dass wir für zwei Wochen gebucht haben«, meinte Lena und zog ihren Strohhut tiefer ins Gesicht.

»Ihr denkt doch nicht, dass ich mich wirklich darauf einlasse, ich …«

»Du wärst schön dumm, wenn du es nicht tätest. Die Auswahl an alleinstehenden Männern ist riesig.«

»Ich will doch gar keine neue Beziehung.«

»Dann such dir einen netten Animateur. Die haben Hände aus Gold und reichlich Erfahrung. Die wissen genau, welche Knöpfe sie drücken müssen. Glaub mir, du wirst schnell lernen, deine Hemmungen abzulegen, und dann … beginnt der spaßige Teil des Lebens für dich.«

»Ich habe doch keine Hemmungen.« Nun tauschten Lena und Jessica äußerst vielsagende Blicke aus. Okay, die beiden hielten sie also für sehr gehemmt. Aber Ivy sah sich selbst ganz anders. Zugegeben, sie war keine solche Draufgängerin wie Lena, und sie hatte keinesfalls so häufig wechselnde Partnerschaften wie Jessica. Aber das alles machte sie doch noch längst nicht zu einer verklemmten Spießerin.

Spießerin. So war sie erst gestern Nacht von diesem … diesem Don Juan genannt worden. Sie war noch immer ganz durcheinander, wenn sie daran dachte, doch es kamen in ihr auch Zweifel auf. War am Ende doch etwas dran?

»Ich … werde darüber nachdenken«, entschied Ivy, denn im Moment fühlte sie sich von alldem so sehr überfordert, dass sie einfach keine klare Entscheidung treffen konnte.

»Natürlich. Aber denk dran, du hast nur zwei Wochen.« Jessica schmunzelte und setzte ihre Sonnenbrille auf.

Lena Gruber war Managerin in einem großen Konzern und es gewohnt, Anordnungen zu geben. Das machte der 41-Jährigen Spaß, erfüllte sie, denn es war das, was sie immer gewollt hatte. Und auch wenn sie wusste, dass sie hin und wieder eine Entlastung vertragen konnte, war es ihr unmöglich, ihre Führungsrolle ganz abzulegen. Auch nicht im Urlaub. Erst recht nicht in dem reizenden Lustschlösschen, wo sie ihre Fantasien ungehemmt ausleben konnte.

Kurz nachdem sich die Freundinnen getrennt hatten, ging sie auf ihr Zimmer zurück. Ein Blick auf die goldene Armbanduhr verriet ihr, dass sie sich sputen musste, denn sie hatte eine wichtige Verabredung. Lena eilte durch die Lobby, vorbei an einem Gast, der ihr unverhohlen zuzwinkerte, aber er war nicht ihr Typ. Hier im *Fou* hatte sie die freie Auswahl. Perfekt für eine Frau, die das Abenteuer, nichts Festes suchte. Und für die Animateure stand die Lust der Frau im Vordergrund, nicht ihr eigenes Verlangen. Die Regeln waren klar und unmissverständlich. Sex ja – und auch nur dann, wenn die Chemie stimmte und gegenseitige Sympathie vorhanden war – Gefühle nein. Das passte Lena sehr gut.

Eilig stieg sie in den Lift und fuhr bis in den fünften Stock des riesigen Gebäudekomplexes, der an das Schloss angebaut war. Dann rannte sie durch den sonnendurchfluteten Flur zu ihrer Zimmertür, die sie rasch mit einer modernen Schlüsselkarte öffnete.

Just in dem Moment hörte sie hinter sich das Pling des zweiten Fahrstuhls, und als sie sich umblickte, erkannte sie die athletische Gestalt Leons, der gerade aus dem Lift trat.

»Guten Tag, Frau Gruber«, begrüßte er sie freundlich und folgte ihr nach drinnen.

Wie immer waren Leons kurze blonde Haare fesch gestylt. Er war ein bisschen jünger als Lena. Seine Augen strahlten, während er langsam das T-Shirt abstreifte und seinen Traumkörper entblößte. Dann verschwand seine rechte Hand in seinen engen Shorts, und er holte ein ledernes Halsband hervor. Eine Metallschlaufe hing daran. Ein süffisantes Lächeln umspielte Leons Lippen.

»Ich dachte mir, dass würde Ihnen gefallen.« Gerade wollte er es sich anlegen, da dirigierte sie ihn zu dem Schrankspiegel.

»Das übernehme ich für dich.«

Lena legte ihm die Hände auf die Schultern und drückte ihn auf die Knie. Wie gut er aussah, die starken Arme, die gebräunte Haut. Seine Brustmuskeln wirkten jetzt sogar noch imposanter. Wenn er so vor ihr kniete, ihr gänzlich ergeben, und sich selbst im Spiegel betrachtete, während sie ihm das Halsband anlegte, verspürte sie diesen kleinen, äußerst erregenden Machtrausch.

Sie zog das Halsband ganz bewusst ein wenig enger und streichelte seine breiten Schultern. Was für ein hinreißender Sklave. Leon ahnte nicht, dass er der Grund war, warum sie immer wieder nach Nizza flog. Es war keine Liebe, nicht einmal ein Schwärmen, es war Lust. Kein Mann hatte sich ihr je so hingegeben, wie er es tat. Dabei hatte alles so harmlos angefangen. An einem Tanzabend. Er hatte bemerkt, dass sie allein an ihrem Tisch saß, und sie aufgefordert. Sie waren sich schnell nähergekommen, und schon beim ersten Sex hatten sie erkannt, dass sie wie füreinander geschaffen waren.

»Das steht dir gut«, meinte sie. »Aber es fehlt noch etwas.« Lena zog verspielt an der metallenen Schlaufe, die an dem Band befestigt war.

»Ich bin sicher, ich kann Ihnen auch hierbei aushelfen.« Er siezte sie beim Sex immer, weil das die nötige Distanz zwischen ihnen schuf, die ihre Spiele so aufregend machte. Seine Hand rutschte in seine Hosentasche, doch Lena beförderte sie schnell wieder heraus.

»Lass mich das machen.« Sie griff in die Tasche und tastete dabei nach seinem Schwanz. Er war hart, zuckte unter der überraschenden Berührung.

»Wie ich es mir dachte.« Lena war mehr als zufrieden. Ein

Sklave, der es genoss, Sklave zu sein, war ein guter Sklave. Die meisten Männer, die sie getroffen hatte, waren entweder vor ihr geflohen oder hatten sich zu Experimenten bereit erklärt, sich aber dann nicht in ihrer Rolle wohl gefühlt.

Aber Leon war bekennender Masochist. Er liebte es, von ihr ans Bett gefesselt zu werden, und auch leichte Schmerzen törnten ihn an. Je mehr er ihr ausgeliefert war, desto stärker wurde seine Erregung. Und ihre auch.

Heute wollte sie aber erst einmal sanft beginnen, schließlich war das ihr Wiedersehen. Sie zog ein dunkles Samtband aus seiner Tasche, mit dem sie ihm die Augen verband.

Ein sichtbarer Schauer jagte durch Leons Körper, und Lena beobachtete im Spiegel, wie die Beule in seiner Hose größer wurde.

»Jetzt sperr die Ohren auf«, raunte sie.

Ganz langsam verschwand ihre zweite Hand unter ihrem Rock. Leon konnte es zwar nicht sehen, aber hören, da der Stoff leise raschelte. Er legte den Kopf zur Seite und berührte dabei fast ihren Oberschenkel.

Lena warf den Kopf in den Nacken und streichelte sich selbst. Weder ihre Freundinnen noch einer der Kellner hatten bemerkt, dass sie heute kein Höschen trug. Ihre Finger teilten die Schamlippen und tauchten in ihre Feuchte, die verräterisch schmatzende Laute von sich gab. Leons Hose spannte immer mehr, und ein leises Stöhnen drang aus seiner Kehle.

»Hör gut zu«, sagte Lena und verstärkte den Druck auf ihre Scham, wodurch das Schmatzen noch lauter wurde.

»Ich höre es«, hauchte Leon erregt. »Ich wünschte, ich könnte es auch sehen. Verraten Sie mir, was mir entgeht.«

Lena lachte leise. »Du bist wirklich ein kleiner Masochist. Also schön. Ich reibe gerade meine Klit.«

»Ist sie geschwollen?«

»O ja, sehr sogar.«

Erneut rauschte ein Schauer durch Leons Körper, übertrug sich auf ihren. Lena spürte, dass ihre Klitoris schon ein wenig hervorragte, und jede noch so kleine Berührung jagte süße Blitze durch ihren Unterleib. Ihre Perle war der Teil ihres Körpers, der ihr selbst am besten gefiel, und wegen ihrer außergewöhnlichen Größe hatte sie schon viele Komplimente von Männern bekommen. Auch von Leon, der es liebte, sie mit dem Mund zu verwöhnen.

»Ich … würde Sie gern lecken«, sagte er auch schon.

»So? Würdest du das?« Lena schmunzelte. Natürlich. Er ging richtig ab, wenn er sie oral befriedigte. Und ihr ging es nicht anders.

Sie drehte ihn herum, so dass seine Lippen genau auf der richtigen Höhe lagen, um sie zu lecken. Seine Nasenlöcher blähten sich auf, weil er ihren verheißungsvollen Duft wahrnahm.

Aber noch wollte sie ihn ein bisschen quälen, etwas hinhalten, um die Angelegenheit noch ein wenig aufregender zu machen.

Sie strich ihm mit dem Zeigefinger über den Mund und hinterließ eine glänzende Spur ihrer Lust auf ihm, so dass Leon einen Vorgeschmack auf ihren Nektar erhielt.

»Ist das geil«, sagte er, nachdem er sich die Lippen abgeleckt hatte. »Bitte mehr davon.«

»Na schön. Aber mach es gut.«

Er legte beide Hände auf ihre Oberschenkel und versank mit seinen Lippen und seiner Nase zwischen ihren Schamlippen. Lena spürte, wie er ihren Duft einatmete, ihn regelrecht aufsog. Und sie sah, wie sich dabei seine Nackenhärchen aufstellten und sich eine Gänsehaut auf seinem Rücken bildete.

»Sie duften wunderbar, wie immer.« Leon konnte nicht genug von diesem sinnlichen Aroma bekommen. Sie roch nach Lilien. So süß. So weiblich. Er konnte sie fast auf seiner Zunge schmecken, und ebendiese brachte er nun zum Einsatz. Vorsichtig teilte er ihre feuchten Schamlippen, leckte ihren Nektar auf, während seine Zungenspitze nach ihrer Perle suchte. Da hatte er sie auch schon gefunden. Sie war außergewöhnlich groß. Größer als die der meisten Frauen, und Momente wie diese waren es, warum er seinen Job so liebte. Sex, Leidenschaft, keine Verpflichtungen. Wahrlich ein Traumjob. Und dieser Kitzler, der war so enorm, dass jedes andere Erlebnis dagegen verblasste. In Leon wuchs der Ehrgeiz, ihn noch größer werden zu lassen. Zärtlich reizte er Lenas Klitoris mit sanften Stößen, leckte dann wieder über sie, um erneut mit der Zungenspitze gegen sie zu klopfen, an ihr zu saugen. Und unter dem Druck, den er auf sie ausübte, schwoll sie tatsächlich noch etwas mehr an. Er spürte, wie sie in seinem Mund runder wurde, und Lenas leises Stöhnen verriet, dass er es richtig machte. Unter seinen Händen begannen ihre Oberschenkel zu zittern. Ihr ganzer Unterleib geriet in Wallung, wurde noch heißer, als er ohnehin schon war. Da packte sie ihn an den Haaren und drückte seine Lippen noch fester an ihre Perle. Ihr Nektar verteilte sich auf seinem Gesicht, während Lena seinen Kopf vor- und zurückschob und den Rhythmus bestimmte.

Sanft schlossen sich seine Lippen um ihre glühende Klit, saugten an ihr, bis diese so prall war, dass sie auf seiner Zunge glühte.

Leon beschloss, der Sache noch einen zusätzlichen Reiz zu geben. Er umkreiste ihre Öffnung mit seinem Zeigefinger, steckte kurz die Kuppe hinein, um sich gleich darauf wieder zurückzuziehen. Lenas Stöhnen wurde lauter, sie schob ihm ihr Becken entgegen, als wollte sie ihn auffordern, seinen Finger ganz in sie zu stecken. Ein stummer Befehl, dem Leon Folge leistete.

Er spürte ihre enorme Hitze, glaubte fast, in ihr zu verbrennen, und wünschte inständig, es wäre nicht nur sein Finger, der sich gerade in ihr bewegte. Ihre Muskeln schlossen sich um ihn, schienen ihn festhalten zu wollen. Gleichzeitig spürte er das Zucken und Vibrieren ihres Kitzlers in seinem Mund.

Lenas Atem ging plötzlich schneller, ihr Griff in seinem Haar wurde fester, und Leon ahnte, was nun geschehen würde. Er hatte es oft erlebt, und er liebte diesen Augenblick, in dem sein Gesicht noch etwas enger an ihre Scham gepresst wurde, so dass er ihren Orgasmus so nah fühlen, miterleben durfte, als wäre es sein eigener. Ihre Lust entlud sich, befeuchtete seine Wangen und Lippen.

Noch eine ganze Weile hielt sie ihn so fest. Erst nachdem auch ihr Nachbeben verklungen schien, gab sie ihn frei. Leon rang nach Atem. Er wusste, dass sein Gesicht rot war, denn seine Wangen brannten. Seine Augenbinde war nun verrutscht. »Das … war … geil«, sagte Lena gänzlich erschöpft und ließ sich auf den Boden sinken. Er sah das lüsterne Glühen in ihren Augen, was ein Zeichen dafür war, dass er seine Sache gut gemacht hatte. Und vielleicht auch ein Zeichen dafür, dass sie noch nicht genug hatte. Er hoffte es, denn es gab ein Problem in seiner Hose, das er nur ungern allein beheben wollte. In sachten Stößen bewegte er seine Lenden und streichelte die sichtbare Beule, die sich zwischen seinen Beinen gebildet hatte, in der Hoffnung, dass es ihr auffiel. Doch Lena sagte nichts.

»Haben Sie noch einen Wunsch, Madame?«, fragte er ganz unschuldig.

Erst jetzt musterte sie seine viel zu enge Hose, und plötzlich grinste sie von einem Ohr bis zum anderen.

»Nein«, antwortete Lena und setzte sich aufs Bett. Enttäuschung machte sich in ihm breit. Sie wollte ihn doch jetzt nicht wirklich allein lassen, mit dieser riesigen Erektion.

»Ich habe keinen Wunsch mehr. Aber du vielleicht?« Ihr Lächeln wurde noch breiter, und da verstand er.

Schon saß er neben ihr, und ehe er es sich versah, hatte sie auch schon seine Männlichkeit in der Hand, rieb an ihr, genau so, wie er es sich erhofft hatte. Mit genau der richtigen Menge an Druck.

»Vielen Dank, Madame.« Er liebte diese Rollenspiele. Sie die reiche Madame und er ihr Diener.

Wenige Augenblicke später kam es ihm.

»Ich liebe Nizza«, schwärmte die Frau an seiner Seite. Sie war einige Jahre älter als er, aber noch immer fit und sehr attraktiv. Mrs Summers stammte wie er von der Insel, und somit gab es keine Verständigungsschwierigkeiten, mittlerweile beherrschte Alexander Hamilton aber auch ein gutes Französisch und ein sehr gutes Deutsch. Mrs Summers lebte, wie er erfahren hatte, in Scheidung. Ihr Ehemann hatte sich wegen einer Jüngeren von ihr getrennt, und nun wünschte sich Mrs Summers ein wenig männliche Aufmerksamkeit. Und da war sie im *Amour Fou* genau richtig.

»Was für ein herrliches Wetter«, sagte sie und seufzte. Dann blieb sie stehen und blickte die Promenade hinunter. Sanfte Wellen trieben an den Neptune Strand, erfüllten die Luft mit ihrer salzigen Note. »Wir könnten eine Pause einlegen und das schöne Wetter genießen«. Er legte den Arm um sie und schlenderte mit ihr die Treppe hinunter.

»Sehr gern, Alexander. Oh, sieh nur, wie wunderschön weiß der Sand ist.« Alexander lächelte. Für ihn war der Anblick mittlerweile ein Stück weit Gewohnheit, doch an sonnigen Tagen wie diesen kam selbst bei ihm Urlaubsstimmung auf.

Sie hatten Glück, normalerweise waren die Liegen um diese Uhrzeit längst belegt. Heute aber waren noch zwei Liegen am Wasser frei.

»Du bringst mir offenbar Glück«, meinte sie und lächelte ihn an.

Dann zog sie ihr T-Shirt aus und entblößte den darunter befindlichen Bikini. Ja, Mrs Summers hatte eine tadellose Figur, die selbst jüngere Konkurrenz vor Neid erblassen ließ.

»Würdest du mich einreiben?«, bat sie und legte sich auf den Bauch.

»Gern.«

Er stellte die Tasche ab und holte eine Lotion heraus, tat sich in beide Hände etwas davon und massierte sie sanft in Mrs Summers' Schultern. Sie stöhnte leise, als erlebte sie bereits jetzt einen kleinen Orgasmus. Alexander schüttelte amüsiert den Kopf, denn gerade Mrs Summers hatte bei ihrem Kennenlerngespräch darauf bestanden, alles möglichst langsam anzugehen.

Er ließ seinen Blick über das azurblaue Wasser gleiten, da entdeckte er in den sanften Wellen plötzlich eine Gestalt, die sofort seine Aufmerksamkeit erregte. War das nicht … ja, das war sie, die kleine Ivonne Marschall! Sie planschte vergnügt wie ein Kind in den Wellen, die ihr entgegenschwappten und sie fast umrissen. Rasch hielt er Ausschau nach jemandem, der sie möglicherweise begleitete, aber sie war allein.

»Du hast tolle Hände.« Erneut stöhnte Mrs Summers.

Alexander versuchte, sich wieder auf seine Begleitung zu konzentrieren. Aber das fiel ihm ungewöhnlich schwer. Ivonne stieg nun aus dem kühlen Nass und präsentierte ihren schwarzen Einteiler. Sie sah recht normal darin aus, auch oder vor allem im Vergleich zu Mrs Summers. Dennoch konnte er den Blick nicht von ihr lassen. Sie ging zu ihrer Liege, die ganz in der Nähe war, trocknete sich mit einem riesigen Handtuch ab und legte sich auf den Bauch. Wie sich ihre Haut wohl anfühlte? Er hätte sie gern eingerieben.

»Du hörst mir ja gar nicht zu«, meldete sich Mrs Summers zu Wort und drehte sich um.

Alexander entschuldigte sich eilig, und sie nahm ihm die Unachtsamkeit nicht übel.

»Ich wollte wissen, wie lange du das eigentlich schon machst.« In ihrer Stimme klang ein sanftes Schnurren mit.

»Ein paar Jahre.« Er blickte wieder zu Ivonne, die sich noch immer sonnte.

»Und ist es nicht, ich meine, merkwürdig … so viele Frauen. Da verliebt sich doch sicher die eine oder andere in dich.«

Sie betrachtete ihn forschend über den Rand ihrer Sonnenbrille hinweg.

»Das kommt vor«, gab er zu. Manchmal war das sogar reizvoll.

»Hast du dich auch schon mal in eine verliebt?«

Er schüttelte amüsiert den Kopf. Das wollte er jetzt nicht preisgeben.

»Schade eigentlich«, erwiderte Mrs Summers und drehte sich wieder auf den Bauch. »So ein kleiner Flirt, da ist doch nichts dabei.«

Alexander lächelte in sich hinein. Mrs Summers war doch nicht etwa drauf und dran, sich in ihn zu verlieben? Er sah zu Ivonne, die ihre Sachen zusammenpackte. Schade, dass sie schon ging.

Am Nachmittag ging Alexander seinen Terminplan am Computer an der Rezeption durch, um sich über die Auftragslage zu informieren. Er war eingeteilt für das große »Let's Dance«-Event im *Avide*, um ein wenig Stimmung unter den Gästen zu verbreiten und sie zum Tanzen zu animieren. Außerdem hatte ihn Mrs Summers für ein paar Tennisstunden gebucht. Ob es nur beim Tennis blieb? Heute am Strand waren ihre Andeutungen immer konkreter geworden. Es lag nun an ihm, wie es weiterging.

Alexander wollte gerade gehen, als er Ivonne Marschall in der Lobby bemerkte. Sie saß an einem Tisch und las eine Zeitschrift. Ihre Haare waren noch immer nass. Sie trug Shorts und ein T-Shirt über den Badeanzug, den sie zweifelsohne noch darunter anhatte, denn er konnte ihn durch den weißen Stoff durchschimmern sehen.

Sofort fielen ihm wieder Juans wenig schmeichelhafte Bemerkungen über die junge Frau ein. Ein Biest hatte er sie genannt. Sexuell prüde, weil sie sich dem Don Juan des *Amour Fou* nicht hatte hingeben wollen. Noch immer löste die Vorstellung, wie die kleine Ivonne den durchtrainierten Juan vor die Tür setzte, ein Schmunzeln bei ihm aus. Er hätte das nur zu gern gesehen. Noch lieber hätte er sich allerdings mit ihr in den Wellen herumgetollt.

Ein junger Mann, sein Name war Ashton Wilson, das hatte er sich gemerkt, weil er bei ihm eingecheckt hatte, setzte sich nun zu Ivonne und fing ein Gespräch mit ihr an. Offenkundig hatte er Interesse an der Frankfurterin, und das störte Alexander zu seiner eigenen Verwunderung. Doch Ivy erwiderte das Interesse nicht, und schon nach kurzer Zeit setzte Ashton seinen Weg fort, sprach eine andere Frau in der Lobby an, die ihn ebenfalls abwimmelte, bis sich eine Animateurin seiner annahm.

Alexander war zufrieden und merkte gar nicht, dass er sie unerhört lange anstarrte. Und erst als Ivonnes Blick zu ihm glitt, fühlte er sich ertappt, widmete sich schnell wieder dem Bildschirm. Aus dem Augenwinkel bekam er mit, wie sie die Zeitschrift auf den Tisch legte und schnurstracks auf ihn zukam. An der Rezeption angekommen, räusperte sie sich. Zum ersten Mal fiel ihm auf, wie klein sie tatsächlich war. Sie hatte extrem blaue Augen, und er war versucht, sie zu fragen, ob sie Kontaktlinsen trug.

»Kann ich Ihnen helfen?«, fragte er stattdessen freundlich, darauf erpicht, mit ihr ins Gespräch zu kommen. Er wollte mehr über diesen höchst interessanten Gast erfahren.

»Ja, vielleicht können Sie das. Ich habe offenbar einen speziellen Service gebucht bekommen, den ich überhaupt nicht haben möchte.«

Erneut tauchte das Bild des halbnackten, vor die Tür gesetzten Juan vor Alexanders geistigem Auge auf. Und er schmunzelte.

»Was ist so komisch?«, wollte Ivonne wissen.

»Nichts. Entschuldigen Sie.« Schon wieder diese Augen …

»Na schön. Also den ›Service‹, den würde ich gern abbestellen.«

»Was für ein Service soll das denn sein?«

Ivys Wangen röteten sich. Er fand das niedlich. Sie gefiel ihm zusehends mehr, reizte ihn und weckte seinen Eroberungsinstinkt. Normalerweise waren die Frauen vom männlichen Personal hin und weg, nicht so Ivonne. Er war neugierig, ob er ihre harte Schale würde knacken können. Er musterte sie einen Moment länger und war sich sogar sicher, dass er das konnte.

»Sie wissen schon. *Der* Service.« Sie räusperte sich und verdrehte die Augen.

»Ich fürchte nein, wir bieten nämlich mehrere Services für unsere Gäste an. Sportkurse, Massagen, Events, Speed Datings …«

»Tun Sie doch nicht so, Sie wissen doch, wovon ich rede.« Ivonne war etwas lauter und gleich darauf noch etwas roter geworden. »Tschuldigung. Ich möchte nur nicht nachts noch einmal …« Sie beugte sich verschwörerisch zu ihm vor und flüsterte: »… von einem halbnackten Mann, der sich für einen Sexgott hält, überfallen werden.«

Alexander ging das Herz bei diesen Worten auf, und er wünschte, Juan wäre hier gewesen, um das mit anzuhören. Ihre ehrliche und vor allem zutreffende Beschreibung hätte den Kollegen vielleicht auf den Boden der Tatsachen zurückgeholt.

»Ah, Sie meinen das All Inclusive.«

»Wenn Sie es so nennen wollen, bitte entfernen Sie es aus meiner Buchung.«

»Natürlich. Wie ist Ihr Name?« Er kannte ihn ja längst, aber er wollte nicht den Eindruck erwecken, er hätte ihr nachspioniert.

»Ivy … Ivonne Marschall.«

»Einen Augenblick bitte.«

Er gab ihren Namen ein und tat so, als löschte er Informationen, denn das All Inclusive existierte nicht im eigentlichen Sinne. Im *Amour Fou* war alles möglich, aber nichts davon war ein Muss. Es kam immer auf die Sympathie an und auf die eigene Lust. Um seinen Kollegen allerdings klarzumachen, dass er sich für Ivy interessierte, setzte er seine Initialen hinter ihren Namen. Wer wusste schon, wohin diese Bekanntschaft noch führte.

»Erledigt.«

Ivy atmete auf. »Vielen Dank.« Sie wollte sich gerade abwenden, aber da schien ihr noch etwas einzufallen. »Ach, sagen Sie, was kann man denn hier in der Gegend so unternehmen?«

»Das kommt auf Ihre Interessen an. Was mögen Sie?«

Ivy überlegte einen Moment. »Geschichte und Kultur.«

Alexander lachte. Ja, das passte wohl zu diesem Persönchen. Aber auch das gefiel ihm. Diese Normalität.

Ivy spürte eine leichte Gänsehaut, die ihren Rücken hinaufkroch, während sie sich mit dem freundlichen Animateur unterhielt. Sie versuchte, das Kribbeln zu ignorieren, doch das wurde mit jeder Sekunde schwerer. Lena und Jessica hatten recht. Alexander war tatsächlich die leckerste Sahneschnitte des *Fou*. Er empfahl ihr die Ausgrabungsstätten von Nizza und das Museum, um ihren kulturellen Erlebnisdurst zu stillen. Auf einer Karte zeigte er ihr sogar den Weg zu den alten Ruinen. Aber Ivy gelang es nicht so recht, ihm zuzuhören, stattdessen starrte sie ihn pausenlos an. Markante Kieferlinie, feuriger Blick, sinnliche Lippen, die sich einladend öffneten. Er wünschte ihr einen schönen Tag und reichte ihr noch einen Flyer.

Ivy musterte den Aufdruck und hob eine Braue. »Let's Dance« im hoteleigenen Club, offenbar eine Tanzveranstaltung. Das war ganz sicher nichts für sie. Ivy hatte zwei linke Füße und so gut wie kein Rhythmusgefühl.

»Ich glaube nicht, dass ich kommen werde.« Sie gab ihm den Flyer zurück.

»Das wäre aber sehr schade.« Nun sah er sie direkt an, und ihre Knie fühlten sich mit einem Mal weich an …

Ivys Kehle wurde ein wenig trockener. Männer wie Alexander würden sich im realen Leben niemals für jemanden wie sie interessieren. Nicht einmal ansehen würde er sie, wenn sie sich zufällig in der Frankfurter City begegnen würden.

Die Freundlichkeit, das charmante Lächeln, dieses hübsche Lachen um die Augen, das war doch alles nur Teil eines Spiels.

»Ich würde mich sehr freuen, wenn Sie kämen, Ivy.«

Für einen kurzen Moment glaubte sie, so etwas wie Hoffnung in seinen Augen gesehen zu haben. Aber das konnte ja nur Einbildung sein. Dennoch machte sie sein Blick schwach. »Ich überlege es mir«, sagte sie mit einem Räuspern und behielt den Flyer. Vielleicht hatten ja Jessica oder Lena Lust hinzugehen.

»Tun Sie das. Sie werden bestimmt viel Spaß haben.«

»Hello Darling«, unterbrach eine raue Stimme ihre Unterhaltung. Eine blonde Frau, offenbar Britin, beugte sich über den Tisch zu dem Animateur vor und küsste ihn auf die Wange. Sie wurde dann immer sehr ungeschickt. Aber zumindest war ihre Aussprache noch klar.

Ivy starrte verlegen auf den Flyer und las etwas von freiem Eintritt und kostenlosem Begrüßungssekt.

Es war sein Job, Frauen seine Aufmerksamkeit zu schenken. Und doch hatte sie ihn für einen kurzen Moment wirklich sympathisch gefunden. Jetzt beachtete er sie nicht mehr, hatte nur Augen für die hübsche Britin. Ivy wandte sich ab, ging zum Lift und fuhr in den fünften Stock. Es wäre wohl das Beste, nicht weiter darüber nachzudenken. Sie war hier, um sich zu erholen, und es gab vieles, was einen Blick wert sein würde. Ivy schüttelte den Kopf und entschied, sich für das Abendessen fertig zu machen.

Im Flur stieß sie jedoch fast mit Jessica zusammen, die in einem luftigen Sommerkleid auf zehn Zentimeter hohen Absätzen durch den Gang stakste. Ihre roten Haare waren zu einem Knoten zusammengebunden. Und sie hatte teuren Schmuck angelegt. Jessica achtete immer sehr auf ihre Garderobe. Sogar noch mehr als Lena, die in den exquisitesten Boutiquen einzukaufen pflegte. Diese Schuhe mussten jedenfalls von einem gemeinsamen Beutezug mit ihr stammen, denn Lena hatte ein auffällig ähnliches Paar heute Morgen getragen.

»Hey Ivy, da bist du ja endlich. Lena und ich wollten schon eine Vermisstenanzeige aufgeben. Was hast du denn da?« Jessica riss ihr den Flyer aus der Hand. »So ein Zufall. Wir wollten dich fragen, ob du nicht Lust hättest, mit uns heute Abend dorthin zu gehen. Das *Avide* ist ein heißer Schuppen mit vielen heißen Kerlen. Wird dir gefallen.«

Die heißen Kerle interessierten Ivy gar nicht so sehr. Sie hoffte viel mehr darauf, Alexander wiederzusehen. Irgendetwas war zwischen ihnen, und sie wollte herausfinden, ob sie sich das nur einbildete. Ihr Körper reagierte jedenfalls sehr eigenartig, wenn sie an ihn dachte.

»Okay, ich bin dabei!«, sagte sie kurz entschlossen, doch die Entscheidung hatte sie eigentlich schon längst getroffen, als Alexander ihr den Flyer gegeben und sie charmant angelächelt hatte.

»Fantastisch! Du, wir sehen uns gleich unten am Büfett, ja?«

»Ja, ich wollte nur rasch was anderes anziehen.«

»Alles klar, dann bis gleich.«

Ivy setzte sich ans Fenster, bereute es jedoch, als sich das klapprige Gefährt in Bewegung setzte und der Abstand zur Felskante gefährlich schmal wurde. Der Fahrer trat auch noch aufs Gas, und die Insassen wurden so heftig durchgeschüttelt, dass Ivy sogar ein wenig übel wurde. Als der Bus schließlich an der nächsten Haltestelle hielt, war Ivy mehr als froh, endlich wieder festen Boden unter den Füßen zu haben. Ihre Beine zitterten sogar noch, als sie Lena und Jessica durch die engen Gassen der Neustadt folgte. Der

Geruch des Meeres und der salzige Geschmack der Luft vertrieben ihre Übelkeit dann aber ziemlich schnell. Musik drang aus den zahlreichen Cafés und Restaurants. Palmen säumten die Straße. Es war angenehm warm, jetzt, da die Sonne untergegangen war.

»Hier ist es.« Lena deutete auf das unauffällige Gebäude, das einzig durch die ebenfalls dezent wirkende Leuchtschrift als *Avide* kenntlich wurde. Von drinnen drangen die Bässe zu ihnen vor. Hämmernd. Pochend. Gerade als Lena die Tür öffnen wollte, ging diese plötzlich von selbst auf, und ein lachendes Pärchen kam heraus, um zu rauchen. Ivy fiel sofort auf, wie wenig die Frau anhatte. Kurzes Top, super knappe Shorts. Doch sie wirkte keinesfalls billig. Im Gegenteil. Die Stoffe glitzerten, und ihre Trägerin versprühte Glamour. Ivy fühlte sich underdressed, denn auch Lena und Jessica hatten sich in Schale geworfen. Jessicas schmaler Körper zierte nur ein Bikinioberteil und ein Stück Stoff, dass sie sich zu einem Rock um die Hüften gebunden hatte. Lena war aus Ivys Sicht etwas stilsicherer, zumindest zeigte sie weniger Haut. Dennoch sahen beide fantastisch aus. Sie selbst trug ein Trägerkleidchen, das bis zu der Mitte ihrer Oberschenkel reichte. Für Ivys Geschmack war das bereits sehr gewagt, aber im Vergleich zu den anderen wirkte es wohl eher prüde.

»Lasst uns reingehen«, sagte Lena, und Ivy und Jessica folgten ihr.

Die Gäste drängten sich auf einer viel zu kleinen Tanzfläche, und die Animateure heizten ihnen ohne Unterlass ein. Überall hing das Logo des *Fou*, schaffte so die Verbindung. Ivy und ihre Freundinnen wichen an die Bar aus. Es war so laut, dass man kaum das eigene Wort verstand.

»Ich mische mich mal unter das Volk«, rief Jessica, während Lena und Ivy ihren Begrüßungssekt entgegennahmen.

»Und? Hast du dich mit der Idee inzwischen angefreundet?«, fragte Lena mit gehobener Stimme und bestellte noch zu ihrem Sekt eine halbe Kokosnuss, die mit etwas Alkoholischem gefüllt war.

»Ich hab denen klargemacht, dass ich das nicht will.«

»Das war aber nicht Sinn der Sache.«

Ivy zuckte mit den Schultern. So wie es jetzt war, fühlte sie sich definitiv wohler. Und sie hatte nicht vor, sich von Lena vom Gegenteil überzeugen zu lassen.

»Lust zu tanzen, schöne Frau?« Ein blonder Mann griff nach Lenas Hand und zog sie vom Hocker. Anhand des Schriftzugs auf seinem äußerst eng sitzenden Hemd – A votre service, Madame – erkannte Ivy sofort, dass es sich um einen Animateur des *Amour Fou* handelte, den Lena offenbar sehr gut kannte, denn sie waren gleich miteinander vertraut, und es funkelte in ihren Augen. »Du entschuldigst mich, Ivy?«

»Klar, geh nur.«

Lena lachte und ließ sich von ihm auf die Tanzfläche führen. Ivy beobachtete sie eine Weile, dann waren sie aber in der Menge verschwunden, und Ivy war allein. Sie blickte auf die Uhr, die oberhalb eines der Regale angebracht war, in denen verschiedene Alkoholika standen. Der große Zeiger bewegte sich im Schneckentempo. Sie bestellte noch ein zweites und ein drittes Glas Sekt, dann sah sie erneut zu den Tanzenden, in der Hoffnung, Alexander irgendwo zu entdecken. Leider war er immer noch nicht da, dabei war er doch der Grund, warum sie sich zu der Party hatte überreden lassen. Vielleicht wären sie ja nochmals ins Gespräch gekommen. Aber sicher war er mit dieser hübschen Britin unterwegs.

»War eine doofe Idee, herzukommen«, sagte sie zu sich selbst und griff nach ihrem Glas, fasste aber daneben und kippte dabei fast vom Hocker.

»Hoppla«, meinte der Barkeeper, der sie rasch am Oberarm festhielt. Oha. Offenbar zeigte der Sekt seine erste Wirkung. Sie vertrug nur wenig Alkohol. Daran hätte sie vorher denken sollen.

»Alles okay«, versicherte sie dem Barmann, aber der erwiderte ihren Blick mit Skepsis, ehe er einen anderen Gast bediente. Ivy hatte genug für heute Abend und warf ein paar Münzen auf den Tresen. Wenn sie sich beeilte, erwischte sie den Bus noch. Gerade als sie mühselig vom Hocker stieg, legte sich plötzlich eine schwere Hand auf ihre Schulter.

»Sie wollen doch nicht schon gehen, das würde mich sehr enttäuschen.«

Sie drehte sich um und sah in die feurigen Augen ihres Animateurs, der wie ein dunkler Hüne über ihr aufragte. Sein Lächeln brachte Ivy fast ein zweites Mal aus dem Gleichgewicht.

»Da sind Sie ja endlich«, sagte sie und lachte leise.

»Haben Sie auf mich gewartet?« Er führte sie zu dem Barhocker zurück und bestellte etwas zu trinken für sie.

»Nicht direkt. Was ist das?«, erkundigte sich Ivy, als der Barkeeper ihr ein bauchiges Glas mit rotem Inhalt vor die Nase stellte.

Sie beugte sich vor und untersuchte es so genau, dass sich ihre Nase am Glas plattdrückte.

»Ein Virgin Colada. Ohne Alkohol.«

»Das ist gut …« Er zog sie leicht zurück und hielt ihr den Strohhalm hin, den sie ohne Umschweife in den Mund nahm, um die herrliche Süße aufzusaugen. Erst nachdem sie den Cocktail fast zur Hälfte ausgetrunken hatte, merkte sie, dass ihr Animateur sie immer noch anstarrte. »Wo ist denn Ihre Freundin?«, fragte sie.

»Ich bin solo.«

»Nein, ich meine die … Blonde.« Mit der unverschämt schlanken Taille. Ivy wollte nicht darüber nachdenken, wie sie neben diesem Vamp aussah.

Er schüttelte den Kopf. »Nur eine gute Bekannte.«

»So nennt man das also.«

»Ja, so nennt man das.« Er stellte einen Bierdeckel unter ihr Glas, weil sie kleckerte. »Freut mich, dass Sie es sich überlegt haben. Ich muss zugeben, ich hatte sehr gehofft, dass Sie kommen würden. Der Abend wäre ohne Sie sehr langweilig für mich geworden.«

»Sie sind nett, aber ein ganz schlechter Lügner.« Sie deutete zu der bunten Menge, die sich unter zuckenden Lichtern amüsierte. »Da wären Sie. Unter denen. Und Sie würden mit einer dieser Frauen tanzen.«

»Ich würde viel lieber mit Ihnen tanzen. Hätten Sie Lust?«

»Was? Nein!« Sie entriss ihm ihre Hand, aber dann tat es ihr leid, so forsch reagiert zu haben. »Ich … kann doch gar nicht … ich meine … das sieht bei denen so toll aus …«

»Bei Ihnen bestimmt auch«, sagte er sanft.

Ivy schüttelte den Kopf. »Sie wissen ja nicht, was Sie da reden. Ich habe zwei linke Füße. Das sieht bei mir nicht sexy aus.«

Sie spielte an ihrem Strohhalm, um seinem Blick auszuweichen, denn er starrte sie noch immer so an. Das machte sie nervös.

»Sie sollten sich nicht unterschätzen, Ivy.«

»Woher kennen Sie denn meinen Namen?«

»Sie hatten ihn mir verraten. Erinnern Sie sich nicht?« Er beugte sich zu ihr vor, und für einen Moment glaubte Ivy, er wolle sie küssen. Die intime Nähe ließ ihr Herz flattern. Sie meinte, sogar schon seinen männlich herben Geschmack auf ihren Lippen zu schmecken, die sie begierig öffnete, als er einen zweiten Virgin Colada entgegennahm. Rasch verwandelte sie ihren Kussmund in ein Gähnen.

»Schon müde?«

»Nein, nein. Sagen Sie, wie heißen Sie eigentlich, Alexander?«

Er sah sie verdutzt an, und der Orangensaft tröpfelte aus seinem Strohhalm, den er gerade hatte ablecken wollen.

»Ich meine … vollständig«, verbesserte sie sich schnell. Verdammter Alkohol!

Er lachte.

»Hamilton, Alexander Hamilton.«

»Brite?«

»Engländer«, bestätigte er.

Alexander nahm sein Glas und stieß mit Ivy an. »Auf einen vielversprechenden Abend.«

»Okay«, stimmte sie zu, denn der Abend war gewiss noch steigerungsfähig. Der DJ legte einen Schmusesong auf, und auf der Tanzfläche bildeten sich Pärchen. Wie Einheiten wirkten sie. Einander zugehörig. Und es blieb niemand übrig, der keinen Partner fand. Sehnsüchtig blickte Ivy zu ihnen hinüber. Und Boris tauchte in ihren Gedanken auf, erinnerte sie daran, dass ihre Beziehung zerstört war, aber dann griff Alexander plötzlich nach ihrer Hand und zog sie vom Hocker herunter.

»Was wird das?«, fragte sie erstaunt.

»Wie ich schon sagte, ich würde gern mit Ihnen tanzen. Tun Sie mir den kleinen Gefallen, ja? Und machen Sie sich keine Sorgen …« Er neigte sich zu ihr und flüsterte ihr ins Ohr. »Sie sind sexy.«

»Was?«, brachte sie hervor, und in ihren Wangen begann es, heftig zu prickeln.

»Sie verstehen schon.«

Ivy senkte verlegen den Blick, sie hatte nicht übertrieben, sie hatte wirklich zwei linke Füße und es spielte keine Rolle, ob sie zu einem schnellen oder einem langsamen Song tanzte, sie sah immer unbeholfen dabei aus. Und die Tatsache, dass sie etwas zu viel intus hatte, würde es nicht besser machen. Aber das alles schien Alexander nicht im Geringsten zu interessieren. In der Menge entdeckte sie Lena, die ebenfalls zu ihr sah und durch mehr oder weniger eindeutige Gesten, die an einen Schwimmkurs für Anfänger erinnerten, zu verstehen gab, dass sie diesen Superfang nicht vom Haken lassen sollte.

»Ivy, machen Sie mir doch die Freude.« Er drückte ihr sacht die Hand. »Ich verspreche, ich werde Ihnen nicht auf die Füße treten.«

»Ich befürchte eher, ich werde Ihnen auf die Füße treten.«

Lenas Gesten wurden immer hektischer, und die anderen Gäste starrten sie schon irritiert an.

»Ich bin sicher, ich werde auch das genießen.«

Sie schaute wieder zu ihm und bemerkte ein Lächeln auf seinem Gesicht. Wie konnte sie jetzt noch nein sagen?

»Okay. Tanzen wir«, stimmte Ivy zu.

Er führte sie an den Rand der Tanzfläche. Ivy wankte ein wenig, aber er stützte sie so unauffällig, dass niemand ihre leichte Gangunsicherheit mitbekam. Behutsam legte er ihre Hände auf seine Schultern und seine auf ihre Hüften. Es war ein merkwürdiges Gefühl, das sie im ersten Moment leicht zusammenzucken ließ. Zwei Hände, so nah an ihrer empfindsamsten Stelle.

Dann beugte er sich zu ihr vor und hauchte ihr ins Ohr: »Ich gehe heute Abend nur so weit, wie Sie es möchten.«

Ivy schluckte. War das ein Versprechen oder eine Drohung? Sie wagte es nicht, ihn das zu fragen.

Langsam bewegten sie sich zum Rhythmus, doch zwischen ihnen war ein deutlich größerer Abstand als bei allen anderen Pärchen. Eins von ihnen, das ganz in der Nähe tanzte, war so eng umschlungen, dass Ivy bei den Lichtverhältnissen nicht einmal genau sagen konnte, wo er anfing und sie aufhörte. Wild küssten sie sich, schienen nicht genug von einander zu bekommen.

Alexander bemerkte ihren sehnsüchtigen Blick und drehte den Kopf in seine Richtung zurück, so dass sich ihre Blicke trafen.

»Sie bestimmen das Tempo«, sagte er und zog sie etwas näher an sich. »Aber ich gebe Ihnen ein bisschen Hilfestellung.«

Ivy lachte. Das war vielleicht ein unverschämter, aber verdammt gutaussehender Kerl. Mit Humor. Und auch Feingefühl. Sie schluckte erneut, denn seine Nähe fühlte sich so verdammt gut an, dass sie wünschte, er würde noch viel mehr Hilfestellung geben. Alexander Hamilton war eine perfekte Illusion, bei der jede schwach werden konnte. Sein Körper war so herrlich warm. Sie spürte jeden Muskel unter seinem Shirt, und seine sanften Augen leuchteten förmlich, wenn er sie ansah, so dass sie fast das Gefühl hatte, er empfände tatsächlich etwas für sie.

Es ist nur sein Job, erinnerte sie sich, während sie weitertanzten.

Na und?, meldete sich eine leise Stimme in ihrem Kopf. Es war aufregend. Sinnlich.

Und mit jedem Takt schien er noch etwas enger an sie heranzurücken. Ivy hätte es verbieten oder ihn mit ihren Händen ein wenig auf Abstand bringen können. Sie tat aber nichts von alldem, denn insgeheim genoss sie es sehr, männliche Nähe zu spüren.

Sie schloss die Augen und gab sich für einen Moment dieser wunderbaren Illusion hin. Begehrt sein. Nähe. Wärme. Ein leises Prickeln, weil sich seine Hände auf ihren Hüften bewegten, sie sanft streichelten. Ivy wurde in diesem Moment klar, wie einsam sie eigentlich war, und sie wollte am liebsten gar nicht mehr aufwachen aus diesem wunderbaren Traum. Sie wünschte, der Song würde ewig weitergehen, es ihr gestatten, noch etwas länger in dieser Scheinwelt zu verweilen, weil die Realität kalt war. Und in dieser Realität war er nur ein Animateur, der dafür bezahlt wurde, den Frauen Wünsche zu erfüllen. Es schmerzte, dass sein Interesse, seine Zuneigung nur gespielt waren, und doch wollte sie es nicht unterbinden, weil ihr das immer noch besser schien, als allein an der Bar zu sitzen und die anderen zu beobachten. Hier war es verführerisch unwirklich. Seine Hände glitten über ihren Rücken zu ihrem Po. Ivy erschrak, doch es fühlte sich gut an. Viel zu gut, um ihn in seine Schranken zu weisen.

»Gehe ich zu weit?«, fragte er.

Nein, gar nicht. Ich brauche mehr davon. Hör bitte nicht auf, rief ihre innere Stimme.

»Ich muss … etwas trinken«, erklärte Ivy stattdessen eilig und wankte zur Bar zurück. Alexander folgte ihr.

»Wenn ich zu weit gegangen bin …«

Sie nahm einen riesigen Schluck von ihrem alkoholfreien Cocktail, der mittlerweile fast nur noch aus Eiswasser bestand, und schüttelte den Kopf.

»Ich … es ist … alles okay«, stammelte sie. Sie wusste irgendwie selbst nicht, was sie wollte. Vielleicht zurück in die Beziehung mit Boris? Nein, das ganz sicher nicht. Aber ihr fehlte etwas. Etwas sehr Bedeutsames. Etwas, was sie zum Beben brachte. Doch gerade eben, auf der Tanzfläche, da hatte sie es gespürt. Das war es, was sie wollte, was sie und ihr Körper brauchten. Lächerlich, dass sie gleich wegen solch einer kleinen Sache, einer einfachen Berührung, so übertrieben reagierte.

»Gehen wir an den Strand?«, fragte er plötzlich. Ivy stellte ihren Cocktail zur Seite und blickte zu Alexander auf.

So wie er sie jetzt ansah, schien er keine Widerrede zu dulden. Ihr fröstelte ein wenig bei seinem entschlossenen Blick, und als er ihr die Hand reichte, konnte sie nicht ablehnen.

Das Rauschen des Meeres, der ferne Schrei der Möwen, die wohltuende Ruhe der Nacht, die sich über den Strand gelegt hatte – o ja, das war jetzt genau das Richtige. Während sie die Promenade entlangliefen, verspürte Ivy Erleichterung, den hämmernden Bässen im *Avide* entronnen zu sein, und der Druck, der sich in ihren Ohren aufgebaut hatte, ließ allmählich nach. Die Nacht war angenehm warm, hin und wieder wehte ein frisches Lüftchen, das sie dazu zwang, ihr Kleid immer wieder runterzuziehen, damit es nicht versehentlich zu hoch rutschte und Alexander Einblicke gewehrte, die sie ihm nicht offenbaren wollte. Zumindest noch nicht.

In den Cafés und Restaurants wurde ausgelassen gefeiert. Doch das Gemurmel der Männer und Frauen drang schnell in den Hintergrund der sanften Klänge französischer Musik, die sie von allen Seiten beschallten. Auch am Strand herrschte reger Betrieb. Als wäre die Nacht noch gar nicht hereingebrochen.

»Es ist schön hier«, sagte Ivy und atmete tief durch. Der Wind pustete ihr die Haare aus dem Gesicht, kühlte ihr Gemüt ein wenig und vertrieb den lästigen Schwindel.

»Ich kenne einen noch schöneren Fleck, wo wir ungestört wären.«

Sie zogen ihre Schuhe aus und liefen am Ufer entlang. Der nasse Sand grub sich zwischen ihre Zehen, und sie musste aufpassen, dass sie nicht versehentlich auf eine Muschel trat.

Tatsächlich kamen sie schon bald in eine Gegend, wo immer weniger Menschen unterwegs waren, bis sie schließlich einen kleinen Privatstrand erreichten, der gänzlich menschenleer war.

»Jetzt sag mir nicht, dir gehört dieser Teil des Strands.«

Alexander schüttelte den Kopf. »Einem Freund«, erklärte er dann und zog das Hemd aus. Einfach so. Ivy wusste nicht, wo sie hinschauen sollte. Ausgerechnet heute war Vollmond, und der schmeichelte dem muskulösen Oberkörper ihres Begleiters, als hätte er einen Weichzeichner über ihn gelegt. Seine Muskeln schimmerten samtig, leuchteten silbern. Zum ersten Mal verstand sie, was ein definierter Körper war.

Alexander legte sein Hemd in den Sand und bot ihr an, sich zu setzen. Jetzt wurde es doch ein wenig kälter. Sie ließ genügend Platz für ihn und beobachtete das Spiel der Wellen, die die weiße Gischt in den Sand trieben. Der saugte die Schaumkronen begierig auf, als wäre er am Verdursten. Durst. Den spürte sie plötzlich auch, denn ihre Kehle war so trocken, dass sie kratzte. Sie musste sich räuspern.

Ivy merkte aus dem Augenwinkel, dass er sie immer noch – oder schon wieder – anstarrte. Er erinnerte sie an ein Raubtier, das seine Beute ins Visier nahm. Wäre er nicht so herrlich warm gewesen, vielleicht wäre sie jetzt aufgestanden.

Plötzlich legte er seine Hand auf ihren Hinterkopf, und ehe Ivy überhaupt verstand, was geschah, verschmolzen ihre Münder ineinander. Sie schmeckte sein sinnlich herbes Aroma, das sich zärtlich auf ihrer Zunge ausbreitete, ihren Mund mit seinem Geschmack erfüllte.

Fordernd drängte er ihre Zunge zurück, um seine noch tiefer in ihren Mund zu schieben.

Ihr Körper gab nach. Sie legte den Kopf leicht in den Nacken, um ihm das Eindringen zu erleichtern. Alexander beugte sich über sie, hielt sie fest, bettete sie sacht im nassen Sand, ohne seine Lippen von ihren zu lassen. Sie hörte das Rauschen des Meeres ganz dicht an ihrem Ohr, als wollte es ihr etwas zuflüstern.

Die Kälte kroch an ihrem Körper hinauf, doch seine wärmenden Hände glitten unter ihr Kleid, strichen über ihren Bauch und wanderten weiter hinauf, bis sie ihre Brüste ertasteten. Und in dem Moment schoss ein heißes Rauschen durch ihren Körper, das sie von innen heraus wärmte, sie belebte.

Sacht wog er sie, massierte sie und rieb ihre Spitzen, bis sie sich aufstellten, sich ihm entgegenstreckten. Mit den Zeigefingern beider Hände umkreiste er ihre Nippel, die leicht pulsierten, unter seinen Berührungen immer steifer und heißer wurden. Sie wünschte, er hätte in sie gezwickt, vielleicht sogar an ihnen gesaugt. Aber dann schob er ihr Kleid noch weiter hoch, bis ihr Bauch und ihre Brüste vollständig frei lagen. Er betrachtete ihren Körper wie ein Künstler sein Werk, und ein Gefühl von Scham breitete sich in ihr aus, doch es war eine Scham, die sie erregte.

War sie hässlich? Ivy wollte alle Selbstzweifel schnell verbannen, aber sein Blick verriet längst, dass er nichts an ihr auszusetzen hatte. Mehr als das. Er begehrte. Erstaunt begegnete sie seinen feurigen Augen, unsicher, was sie sagen oder tun sollte. Auf diese Weise hatte sie noch kein Mann angesehen. Erst recht nicht Boris. Aber das merkte sie erst jetzt. Viel zu spät. Wie naiv sie gewesen war, dass sie das leise Funkeln in Boris' Augen einst für Liebe gehalten hatte.

Plötzlich schloss sich etwas Warmes und Feuchtes um ihre rechte Brustwarze, saugte an ihr. Ivy stöhnte überrascht auf, während seine Lippen über ihre Brust glitten. Ihr Nippel wuchs in seinem Mund, wurde härter. Die Haut spannte, ein süßer Schmerz, der sie schaudern ließ, weil Alexander nun auch seine Zähne zum Einsatz brachte.

In dem Moment schwappte eine Welle auf sie zu, teilte sich zu ihren Füßen und umschmeichelte sie in ihrem kühlen Nass. Einzelne Tropfen spritzten in die Höhe, und sie schmeckte das Salz auf ihrer Zunge.

Die Brise hatte sich in einen sanften Wind verwandelt, der

das Meerwasser zu ihnen lockte und es gleich darauf wieder einsog, fast so, als würde die See atmen.

Der plötzliche Kälteschauer ließ Ivy erzittern. Alexander legte sich auf sie, um sie mit seinem Körper zu wärmen. Dabei drückte er sie in den Sand und küsste sie erneut. Wieder war es seine Zunge, die den Kampf um die Vorherrschaft gewann, doch Ivys Gegenwehr war ohnehin halbherzig.

Seine Haut glühte förmlich und es schien fast, als machte ihm die Kälte des Meeres nichts aus. Er verjagte sie aus ihrem Körper, wärmte sie von innen heraus. Und als seine Hand zwischen ihre Beine glitt, brandete die nächste Welle auf sie zu, brach sich an ihren umschlungenen Leibern und übertönte alles in ihrem mächtigen Rausch. Für einen Moment verschluckte das Meer sie, und nur ihre Köpfe ragten noch aus dem Wasser. Als es sie wieder freigab, tropften unzählige glitzernde Perlen an Alexanders athletischem Körper, liefen aus seinen dunklen Haaren in sein markantes Gesicht und in seinen halbgeöffneten Mund, aus dem der Atem stoßweise kam. Ivy öffnete ihre Lippen, um die salzigen Tropfen aufzufangen.

Seine Hand lag noch immer zwischen ihren Beinen. Genau an der Stelle, an der sie es ersehnte. Besitzergreifend. Als wollte er ihr zu verstehen geben, dass ihr Körper ihm gehörte.

Instinktiv spreizte sie die Beine ein wenig mehr. Nur ihr Slip war jetzt noch zwischen ihnen, und der war so nass, dass Alexander ihre Schamlippen durch den Stoff erfühlen würde.

Er sah sie so sinnlich, so begehrlich an, dass es in ihrer Mitte zu prickeln anfing. Ganz von selbst schob sie sich in seine Hand, rieb sich an ihr. Sein Lächeln wurde breiter. Und ein wenig schmutziger. Aber sie sah noch etwas anderes in seinen Augen. Etwas, das sie nicht deuten konnte. Doch es verunsicherte sie.

Vielleicht sollte sie es wie Lena und Jessica machen, es einfach geschehen lassen, ihren Verstand ausschalten. Was hatte sie zu verlieren?

Geschickt schlüpfte Alexanders Finger unter ihren nassen Slip, kraulte ihre großen Schamlippen und entfachte ein Feuer in ihrem Innern, das sie fast verglühen ließ.

Die Abkühlung folgte auf dem Fuß, und Ivy spuckte das Meerwasser aus, das sie versehentlich geschluckt hatte.

»Vielleicht sollten wir einen anderen Platz suchen«, schlug sie atemlos vor, aber er schüttelte den Kopf.

»Es gefällt mir, wenn du feucht wirst«, sagte er und blieb auf ihr liegen, sie somit dem Ansturm der Wellen ausliefernd.

»Aber … es ist so kalt …«

»Konzentrier dich auf deine Lust, lass dich fallen. Ich passe auf dich auf«, versprach er.

»Ich weiß nicht … ob ich das kann.« Für kurze Zeit hatte sie dieses Gefühl verspürt, das er meinte, war ganz in der Illusion aufgegangen, aber jetzt war sie wieder Ivy. Nur Ivy.

»Vertrau mir.«

Unendlich sanft kraulte er ihre Scham, schob ihren Slip zur Seite und die Lippen vorsichtig auseinander. Mit dem Mund suchte er nach ihrer Perle, die ihr schon so viel Lust und noch viel mehr Frust bereitet hatte, weil kein Mann sie zum Höhepunkt brachte. Alexander fand sie schnell, viel schneller als Boris zuvor, saugte an ihr und ließ sie glühen.

Welle um Welle umfloss sie das Meer, tauchte ihre nackten Füße in kühles Nass, kroch ihre Waden hinauf und schwappte über ihren zitternden Körper bis zu ihren Schultern. Die Kälte ließ sie fast erstarren. In dem Moment steckte er seinen Finger tief in sie, als hätte er nur auf diesen Augenblick gewartet. »Feuer oder Eis«, flüsterte er sinnlich. »Welches Element gewinnt die Oberhand in dir?«

Ivy riss vor Schreck den Mund weit auf, als sie seinen Finger in ihrer Enge spürte. Doch da legten sich seine Lippen auf die ihren, ließen sie verstummen. Ihr Körper zuckte lustvoll, weil der Kuss sie beflügelte. Und Alexander küsste sie immer wieder von neuem, wenn die Wellen über sie hereinbrachen. Ivy presste ihren Mund ganz fest an seinen, weil seine Küsse sie wärmten, sie erhitzten. Und sie verstand. Das Feuer in ihrem Innern wollte genährt werden.

Ein Spiel aus Hitze und Kälte, das ihre Lust steigerte und ihren Körper empfänglicher für Reize machte. Ja, sie konnte plötzlich alles viel intensiver spüren.

Jede Berührung, jeder Kuss war nun noch prickelnder, noch aufregender. Sein Gewicht hielt sie in ihrer Position, gab sie beide der Gewalt der Wellen preis. Auf jede Abkühlung folgte eine neue heiße Explosion.

Alexanders Finger bewegte sich schneller, immer schneller. Sein Daumen übte gerade so viel Druck auf ihre Klitoris aus, dass Ivy glaubte, jeden Moment zu kommen.

Ein letztes Mal schossen die Wassermassen auf sie zu, als ein Beben durch ihren Unterleib brandete, das ihre Beine zittern ließ und Ivy selbst auf den Gipfel der Lust spülte. An einen Ort, an den sie noch kein Mann geführt hatte, an dem sie noch nie zuvor gewesen war. Dieses Gefühl war um so vieles intensiver als jeder Orgasmus, den sie sich selbst verschafft hatte. Es war, als würde ein Blinder plötzlich Farben sehen. Bewegt hielt sie den Atem an, um das Gefühl von Erfüllung ganz und gar zu spüren. Eine Intensität, wie sie sie nie zuvor erlebt hatte.

Ihr Herz schlug so schnell, sie glaubte fast, in Ohnmacht zu fallen. Noch ein wenig länger wollte sie dieses Glühen genießen, und so rieb sie ihre Beine aneinander, presste sie zusammen, in der Hoffnung, das Gefühl festhalten zu können. Doch es entschwand, so wie es das immer tat.

Als Ivy die Augen wieder öffnete, bemerkte sie Alexanders erstaunten Blick. Offenbar hatte er keine Ahnung, was er gerade in ihr ausgelöst hatte. Wie sollte er auch ahnen, dass sie immer geglaubt hatte, zu solchen Gefühlen nicht fähig zu sein.

»Alles okay?«, fragte er besorgt und half ihr aufzustehen.

Das Wasser reichte ihr nun bis zu den Waden. »Ja«, sagte sie. »Mehr als das. Es ist … wahnsinnig.« Sie konnte noch immer gar nicht begreifen, was eben geschehen war, was sie getan hatte. Und vor allem, was er getan hatte!

Alexander lachte leise. »Ich bin zwar für meine magischen Hände bekannt, aber du schaffst es dennoch, mich ein wenig zu verunsichern.«

Arm in Arm gingen sie am Strand entlang.

Fast wie ein verliebtes Pärchen, dachte sie. Das Wasser umspülte ihre nackten Füße. Allmählich klang auch das sinnliche Nachglühen in ihr ab, und sie spürte den angenehm kühlen Stoff, der sich um ihren Körper schmiegte, noch intensiver als zuvor.

»Es war schön«, flüsterte sie in die Stille der Nacht hinein.

Er lächelte sie zärtlich an, zog sie noch etwas näher an sich. Seine Wärme war so herrlich, sie ging darin auf.

»Magst du deinen Job?« Sie fragte sich, was ihn dazu bewegt hatte, in einem Hotel wie dem *Amour Fou* zu arbeiten.

Alexander nickte. »Besonders in Momenten wie diesen.« Er strich ihr eine Strähne aus dem Gesicht. Diese kleine Geste jagte ihr einen heißkalten Schauer über den Rücken. Schon wieder. Lena hatte völlig recht gehabt. Die Animateure besaßen Hände aus Gold.

»Ich falle keineswegs in deine Arbeitszeit. Ich habe das All Inclusive abbestellt«, erinnerte sie ihn.

Alexander lachte und fuhr sich mit beiden Händen durch die Haare. Danach sahen sie völlig zerzaust aus, und er erinnerte an einen Lausbuben.

»Ich bin jetzt dein All Inclusive.« Alexander drehte sich zu ihr um und hielt sie an den Schultern fest. Er war so dicht vor ihr, dass sein Atem heiß über ihre Lippen strich. In Ivy erwachte der Impuls, ihn zu küssen. Sein sinnlicher Mund öffnete sich, als wollte er sie einladen. »Du bekommst von mir alles. Zwei Wochen lang. Tag und Nacht. Rund um die Uhr, wenn du es willst.«

»Ein sehr direktes Angebot.« Und irgendwie auch geil, dachte Ivy, in deren Unterleib es immer noch – oder schon wieder – vibrierte. Doch vor allem gierte sie jetzt nach diesem heißen Kuss, den er ihr stumm versprach. Zwei Wochen lang könnte er ihr gehören. Und sie ihm …

Zwei Wochen, dachte Ivy, während sie im Badezimmer ihres Hotelzimmers stand und sich die Zähne putzte, nachdem sie zuvor unter der Dusche die Reste des Salzwassers von ihrem Körper gewaschen hatte.

Zwei Wochen lang diese Illusion. Zwei Wochen lang Leidenschaft. Sex. Sie spülte sich den Mund aus, stellte ihre Zahnbürste in den Becher und schlüpfte in ihren Schlafanzug. An Schlaf war jedoch nicht zu denken, denn ihr Kopfkino schaltete sich an, sobald sie auch nur an die Szene am Strand zurückdachte. Und ein süßes Prickeln breitete sich zwischen ihren Schenkeln aus.

Zwei Wochen lang Sex ohne Verpflichtungen, ohne Beziehung. Das war einfach und unkompliziert, würden ihr Lena und Jessica sagen. Und vielleicht war es das tatsächlich.

Sie drehte sich hin und her, versuchte, das pochende Drängen in ihrem Unterleib zu bändigen. Aber jede Bewegung machte es nur noch schlimmer. Und ehe sie es sich versah, lag auch schon ihre Hand auf ihrer Scham.

Ivy schloss die Augen, rieb sich zwischen den Beinen und ließ sich von süßen Erinnerungen berauschen – und aufgeilen.

Noch einmal spürte sie seine Hand genau an der Stelle, an der sie sich jetzt selbst streichelte.

Ivy hatte einen süßen, kleinen Orgasmus, der allerdings nicht an den herankam, den Alexander ihr verschafft hatte. Nein, um das noch einmal zu erleben, genügten ihre eigenen Hände nicht. Sie brauchte den Kick einer überraschenden Berührung. Sie brauchte Alexanders Hände.

Der letzte Bus hatte die verbliebenen Gäste zum Hotel zurückgebracht, und die ersten Clubs machten allmählich dicht. Er hatte sich von seiner Begleiterin verabschiedet und genehmigte sich nun noch einen guten Jahrgang an der Tropica Bar, die 24 Stunden am Tag geöffnet hatte. Der Wein war vollmundig. So wie er ihn mochte.

»Guten Abend.« Eine Frau trat an ihn heran. Er hatte sie schon im Hotel gesehen. Hübsch war sie. Und sie geizte nicht mit ihren Reizen, die durch das golden schimmernde Kleid noch stärker betont wurden.

»Mir scheint eher, der Morgen dämmert bereits.« Er nickte freundlich und bot ihr einen Platz an seiner Seite an.

»Sehr freundlich«, sagte sie, und ein sinnliches Lächeln erschien auf ihrem puppenhaften Gesicht. »Und ich fürchtete schon, Sie würden auf eine Verabredung warten.«

»Nein, ich bin ganz allein hier. Und Sie?«

»Ich auch.«

Das versprach ja, interessant zu werden. Er nippte an seinem Glas. Wortlos schob sie ihm eine Skizze zu. Er nahm das Blatt Papier in die Hand und betrachtete es irritiert. Es zeigte die Grundrisse der römischen Stadt Cemenelum, die sich im Ortsteil Cimiez befand.

»Sie interessieren sich für Ruinen?«

»Ich interessiere mich für Schätze. So wie Sie.« Ihr Lächeln veränderte sich. Es war nicht mehr sinnlich, sondern wirkte nun wissend. Sein Misstrauen wuchs, und sein Körper spannte sich automatisch an. Doch nach außen blieb er gefasst, auch wenn ihm nun allmählich klar wurde, dass dies keine Zufallsbegegnung war.

»Ich habe keine Ahnung, wovon Sie reden.« Er reichte ihr den gezeichneten Stadtplan zurück und blickte in den großen Spiegel hinter der Bar, um sicherzugehen, dass sie niemand beobachtete. Doch das Spiegelbild zeigte niemanden in ihrer Nähe, und der Barkeeper räumte gerade die Tische auf der Terrasse ab.

»Lassen Sie uns das Prozedere abkürzen. Ich weiß, wer Sie sind, und ich habe einen Auftrag für Sie. Dort oben liegt ein Goldschatz vergraben.« Sie tippte auf die Karte. »Sagen Sie mir nicht, dass ich Sie nicht neugierig mache.«

Oh, das tat sie zweifelsohne, denn obwohl er stets im Verborgenen operierte, kannte sie sein Gesicht.

»Sie machen mich neugierig«, bestätigte er. »Aber zuvor würde mich interessieren, woher Sie von mir wissen.«

»Ich habe einflussreiche Freunde.«

»Aha.« Das sagte alles und nichts.

»Für einen davon waren Sie schon einmal tätig. In Athen. Samuel Walters. Falls Ihnen der Name noch etwas sagt?«

In der Tat konnte er sich an den alten Walters erinnern. Manche Klienten vergaß man eben nie. Ganz besonders dann nicht, wenn sie exzentrisch waren.

Walters gehörte zu dieser Sorte. Er war ein schwerreicher, aber auch kranker Mann, dessen Lebensinhalt darin bestand, kulturelle Schätze um sich zu scharen. Er verband mit ihnen weit mehr als jeder andere Klient, für den er gearbeitet hatte. An erster Stelle Unsterblichkeit. Und seine Motivation war eher esoterischer als kunstwissenschaftlicher Natur gewesen. Besonders die alten Griechen hatten es ihm angetan. Viele jener Schätze waren allerdings zu Staatseigentum geworden. Ohne seine Hilfe wäre Walters nie an die Kunstschätze gekommen. Doch die Leidenschaft des alten Walters war auch auf ihn übergegangen. Die Jagd nach Schätzen war fast zu einer Sucht geworden. Je ausgefallener der Auftrag, desto stärker war der Reiz für ihn.

»Um was geht es genau?«

»Um den Kaiser.«

»Cäsar?«
Sie nickte. »Gaius Iulius Caesar.«
Die Sache klang immer interessanter.
»Zufällig kam ich in den Besitz dieser Dokumente.« Sie zog eine Mappe aus ihrer Tasche und präsentierte sie ihm. Alte Aufzeichnungen des Museums für Archäologie und römische Geschichte über die Funde in Cemenelum. Sicher war sie nicht auf legalem Weg und vor allem auch nicht zufällig an diese Bestandsliste gekommen, die mit fotokopierten Bildern bestückt war. Aber zu seinem Job gehörte es manchmal auch, nicht zu viele Fragen zu stellen.
»Der Kaiser.« Sie deutete auf das Bild einer Cäsarenbüste. »Angeblich eine der ältesten Darstellungen. Dieser Kopf ist ein Vermögen wert. Bringen Sie ihn mir.« Sie grinste süffisant. »Ich will Cäsars Kopf!«
Das Museum war nicht sonderlich gut bewacht, das wusste er. Daher hätte er auch nie vermutet, dass dort etwas Wertvolles ausgestellt würde. Die Büste hatte er dort auch noch nie gesehen. Wahrscheinlich lagerte sie im Archiv.
»Was meinen Sie?«
Ja, sie hatte sein Interesse geweckt. Aber das Misstrauen blieb bestehen. In seinem Job musste er vorsichtig sein. Und sein Instinkt hatte ihn noch nie im Stich gelassen.
»Was springt für mich dabei raus?«
Die Fremde kritzelte eine Summe auf ein Blatt Papier und reichte es ihm. »Verdoppeln Sie es«, sagte sie großzügig. Er pfiff durch die Zähne. Hübsches Sümmchen.
»Kommen wir ins Geschäft?« Sie reichte ihm die Hand, aber er schlug nicht ein. Die Summe reizte ihn, auch der Auftrag. Aber diese Frau war eigenartig, irgendetwas stimmte nicht mit ihr. Er musste darüber nachdenken.

»Ich bespreche das mit meiner Partnerin und melde mich dann bei Ihnen.«

»Fein. Tun Sie das. Aber überlegen Sie nicht zu lange. Sonst finde ich womöglich einen Kollegen von Ihnen, der diese hübsche Summe kassiert.«

Sie steckte den Zettel wieder ein, doch als sie auch die Bestandsliste in die Mappe tun wollte, hielt er sie zurück. »Wenn Sie nichts dagegen haben, behalte ich die vorerst.«

»Gut. Es ist nur eine Kopie.« Sie ließ sie ihm da. Er trank seinen Wein aus.

»Eines müssen Sie mir noch verraten«, sagte sie dann und stieg von dem Hocker.

»Und das wäre?«

»Warum arbeiten Sie für dieses Sexhotel? Das haben Sie doch längst nicht mehr nötig.«

Er zuckte mit den Schultern. »Der Mensch braucht ein Hobby.«

»Was für eine Nacht«, sagte Lena, die ihre Augenringe hinter einer Sonnenbrille versteckte, als die drei Freundinnen sich am Büfett trafen. Ivy wusste, dass es bei Lena und Jessica gestern spät geworden war, viel später als bei ihr. Sie hatte die beiden gehört, als sie laut lachend durch den Flur getorkelt waren. Wahrscheinlich hatten sie das halbe Hotel aufgeweckt. Ein Wunder, dass sie jetzt schon wach waren.

»Schade, dass du dich so früh auf dein Zimmer verkrochen hast«, meinte Lena. »Du hast nämlich einiges verpasst. Um Mitternacht haben die *Fou*-Jungs einen Striptease hingelegt, bei dem die Mädels richtig ausgerastet sind.«

»O ja. Das war heiß«, stimmte ihr Jessica bei.

Ivy seufzte innerlich auf. Es war klar, dass die beiden sie wieder mal als Langweilerin abstempelten.

»Tja, ihr hattet euren Spaß, und ich hatte meinen«, sagte Ivy keck, ohne zu viel zu verraten, und das machte die beiden Freundinnen nur umso neugieriger.

»O mein Gott, mit wem warst du wo?«, wollte Jessica nun ganz genau wissen, aber Ivy verriet nichts, denn sie wollte die beiden noch ein bisschen auf die Folter spannen. Stattdessen tat sie sich Rührei auf, ordnete es seelenruhig am Tellerrand an und nahm noch zwei kleine Bratwürste dazu.

In dem Moment betraten Alexander und ein Kollege den Speiseraum. Ivy blickte über ihre Schulter und lächelte verstohlen, als er ihr zuzwinkerte. Doch natürlich hatten Lena und Jessica ihr verliebtes Schulmädchenlächeln längst bemerkt, und da verstanden die beiden.

»Alles klar, unsere Kleine war mit Alexander unterwegs«, kommentierte Lena das Offensichtliche. »Wow, der ist hier die heißeste Schnitte. Fast immer ausgebucht. Ich hatte noch nie das Glück mit ihm …«

Ivy schmunzelte. »Wer hat, der hat.«

»Setzen wir uns erst mal«, schlug Jessica vor.

Sie nahmen wieder auf der Terrasse Platz. Aber an einen ruhigen Brunch war jetzt nicht mehr zu denken, denn die Freundinnen ließen nicht locker.

»Nun sag schon, was ist passiert? Und wieso hast du deine Meinung so plötzlich geändert?«

»Ist doch völlig gleich, warum sie das getan hat, die Hauptsache ist, sie hat es getan«, meinte Lena. »Und jetzt will ich nur die wichtigen Details hören.«

»Na schön, ihr gebt ja doch keine Ruhe.«

»So ist es, Ivy. So ist es.« Lena beugte sich vor und hing förmlich an Ivys Lippen.

»Wir waren am Strand«, fing sie an zu erzählen.

»Strand klingt schon mal heiß«, bemerkte Jessica und rührte ihren Milchkaffee um.

»Und dort ... ich weiß auch nicht ... ist es halt passiert ... einfach so ... die Stimmung war toll ... und ich ... hab mich fallen lassen, so wie ihr es immer sagt.«

»Sehr gut, Süße. Das hast du ganz prima gemacht. Ich wusste ja, dass es eine gute Idee war, dich mit ins *Fou* zu nehmen.«

»Ja, vielleicht hattest du schon recht, Lena. Er ist wirklich süß. Und seine Küsse, die waren so sinnlich, so liebevoll.«

Jessica und Lena tauschten amüsierte Blicke aus.

»Das ist genau die richtige Einstellung. Sieh es als reines Vergnügen an. Konzentrier dich auf eure gemeinsamen Momente. Darum geht es. Um dich, Süße.«

Ivy nickte. Sie glaubte, es endlich verstanden zu haben.

»Der Alltag hat einen sowieso schneller wieder, als einem lieb ist«, ergänzte Jessica noch Lenas Ausführungen.

»Und da ist noch etwas, was euch zwei sicher interessieren wird.« Erneut hatte Ivy die volle Aufmerksamkeit ihrer Freundinnen.

»Ich hatte ihn gestern.« Ivy formte die Lippen zu einem O und brauchte das Wort »Orgasmus« gar nicht mehr auszusprechen, denn die beiden hatten längst begriffen. Sie klatschten und jubelten, was die Aufmerksamkeit der anderen Gäste auf sich lenkte. Aber das war Ivy egal. Sie hatte das erste Mal, seit sie im *Fou* angekommen war, begriffen, dass dieser Urlaub wirklich etwas Besonderes werden konnte. Und vor allem sehr heiß.

Jessica Maler fühlte sich mehr als nur gesättigt, sie würde den ganzen Tag keinen Bissen mehr herunterbekommen. Hätte sie doch nur weniger gegessen. Doch das Frühstücksbüfett war eine viel zu große Verlockung. Glücklicherweise schlugen sich die überschüssigen Kalorien nicht auf ihre tadellose Figur nieder. Die 30-jährige Geschäftsfrau hatte schon immer essen können, was sie wollte, ohne zuzunehmen. Das machte die Sache aber nicht besser, denn im Moment fühlte sie sich trotz allem viel zu faul und zu träge, um ihren Termin im Fitness-Bereich des Hotels wahrzunehmen. Lena musste sie förmlich dorthin zwingen, aber die hatte ja auch gut reden. Während die neureiche Freundin es sich mit einigen Schlammpackungen und Massagen in der Wellness-Abteilung gutgehen lassen wollte, hatte sich Jessica unüberlegterweise für das Laufband entschieden.

»Viel Spaß wünsch ich dir«, sagte sie zu der vor lauter Vorfreude strahlenden Lena und verschwand in ihrer Umkleidekabine, um sich in ihr Fitness-Outfit zu werfen. Kurze Shorts, die ihre endlosen Beine betonten, und ein Trägertop, das ihre nicht allzu üppige Oberweite gut kaschierte.

Jessica betrachtete sich im Spiegel und band sich die feuerrote Mähne zu einem Zopf zusammen. Danach legte sie noch Stirn- und Schweißbänder an. Jetzt konnte es losgehen.

Ihr persönlicher Trainer Daniel erwartete sie bereits. Der Raum war, von ihnen beiden abgesehen, leer. Und Daniel,

Typ Latin Lover, hatte nur knappe Shorts an. Sein Oberkörper war frei, glänzte, als wäre er eingeölt, was seine dunkle Hautfarbe auf appetitliche Weise unterstrich.

Plötzlich fühlte sich Jessica gar nicht mehr so sehr im Nachteil gegenüber Lena. Ganz im Gegenteil. Einen süßeren Nachtisch hätte sie sich kaum vorstellen können.

»Guten Morgen, Frau Maler«, begrüßte er sie. Er sprach ein akzentfreies Deutsch.

»Guten Morgen, Daniel.«

»Ich hoffe, Sie haben viel Energie und gute Laune mitgebracht.«

»O ja.«

»Gut, dann lassen Sie uns vorher noch ein paar Aufwärmübungen machen, danach geht es gleich aufs Laufband.«

»Zeigen Sie mir, was ich machen soll, und ich gebe mein Bestes.«

»Na schön.« Er strahlte und führte sie dann in den Trainingsraum, wo sie gleich mit dem Programm begannen.

Jessica war beeindruckt, wie gelenkig der Trainer war, sie selbst kam bei den Übungen kaum runter, und in ihrem Rücken knackte es verdächtig. War sie tatsächlich schon derart eingerostet? Mit Anfang dreißig? Sie fühlte sich wie eine 60-Jährige, wahrscheinlich war die sogar noch fitter. Der Trainer half ihr, die verschiedenen Übungen auszuführen, stützte ihren Rücken oder drückte ihr im Liegen die Beine nach vorn. Auch dabei knackten ihre Knochen. Er lachte amüsiert.

»Sie sehen gar nicht so unsportlich aus.« Aber Sie sind es, dachte er bestimmt. Jessica fühlte sich gekränkt, obwohl sie wusste, dass er recht hatte.

»Ich habe einfach lange keinen Sport mehr gemacht.« Seit

der Schulzeit, um genau zu sein, und die lag ja nun schon einige Jahre zurück.

Die ersten fünfzehn Minuten ihres Aufwärmprogramms waren eine Qual, und sie konnte die Nähe ihres Trainers gar nicht wirklich genießen. Danach ging es aufs Laufband. Er stellte es extra auf die langsamste Stufe ein, dennoch ging Jessica schon nach wenigen Minuten die Puste aus.

Sie hatte sich das alles viel einfacher vorgestellt, war enttäuscht von sich selbst. Obendrein hatte sie nun auch noch Seitenstiche bekommen. Nach weiteren fünf Minuten wurde ihr sogar ein bisschen übel, so dass sie sich auf die Bank legen musste.

Peinlich, peinlich. Und wieder beneidete sie Lena um ihren Verwöhntermin.

Daniel griff nach ihrem Handgelenk und zählte den Pulsschlag mit. »Ihr Herz schlägt ein wenig zu schnell«, erklärte er und musterte sie sehr genau. Jessica ahnte, dass ihr sämtliche Farbe aus dem Gesicht gewichen war und sie wie ein Gespenst aussah. Doch dann bemerkte sie, dass Daniels Blick gar nicht auf ihrem Gesicht lag, sondern ihren Körper hinunterwanderte und sich schließlich auf ihren Brüsten einpendelte. Irritiert hob sie den Kopf, aber Daniel tat, als wäre nichts geschehen.

»Wollen wir es noch mal probieren?«, fragte er.

»Nur über meine Leiche.«

»Aber wir haben noch eine Dreiviertelstunde. Was fangen wir mit der überschüssigen Zeit an?«

Jessica fiel da etwas ein, aber sie traute sich nicht, einen solchen Vorschlag zu machen. Daniel setzte sich neben sie auf die Bank und streichelte plötzlich ganz unverhohlen ihre Waden.

»Was machen Sie da?«, fragte Jessica überrascht. Hatte er etwa ihre Gedanken gelesen?

»Ich lockere Ihre Muskulatur. Mögen Sie das nicht?«

»Oh … doch, doch. Sehr gern sogar. Nur fürchte ich, bin ich noch an vielen anderen Stellen völlig verspannt.«

»Und wo genau?«

»Überall.« Sie lachte, und Daniel stimmte kopfschüttelnd mit ein.

»Hier sieht es besonders verspannt aus«, sagte er und deutete auf die Stelle zwischen ihren Beinen. Das löste sofort ein heftiges Prickeln in ihr aus.

»Sie arbeiten mit allen Tricks, wie?«

»Tricks?«, tat sie unschuldig und klimperte mit den Wimpern.

Daniels Grinsen wurde breiter, dann spreizte er leicht ihre Beine und streichelte die Innenseite ihrer Oberschenkel, lehnte sich mit seinem Kopf an ihr Knie und hauchte ihr einen Kuss auf die Haut. Es fühlte sich so schön an. Jessica fand viele Männer des *Fou* sehr interessant und hatte sich bisher nicht auf einen festlegen wollen. Aber Daniel hatte sich gerade ganz nach vorn geschoben und steuerte im Eiltempo auf die Ziellinie zu. Allerdings nur in ihrem Gedankenspiel. In Wirklichkeit ließ er sich ausgiebig Zeit, verwöhnte sie mit feuchten Küssen, die sich allmählich ihrer empfindsamsten Stelle näherten.

»Vielleicht … sollten wir woanders hingehen? Nicht … dass noch jemand hier hereinplatzt …«

»Der Raum gehört uns. Für eine Dreiviertelstunde.«

Seine Hand legte sich auf ihr Höschen, rieb daran, und Jessica spürte, wie die Wollust in ihr aufwallte. Sie stöhnte leise, drückte den Rücken durch und reckte sich Daniel entgegen, um ihn zu animieren, den Druck auf ihre Scham zu verstärken. Doch sein Kopf tauchte stattdessen zwischen ihren Schenkeln ab, und schon spürte sie seine Lippen durch die Hose hindurch an ihren Schamlippen. Ein sanftes Reiben, sinnliches Lecken. Mit beiden Händen griff er nach dem Bund ihrer Shorts und zog sie ihr aus. Jetzt war nur noch ihr Slip zwischen ihnen.

»Das sieht hinreißend aus«, hörte sie ihn flüstern, und erst da erinnerte sich Jessica, dass sie ja ihren roten Spitzenslip anhatte.

»Man könnte fast meinen, du hättest das von Anfang an geplant.«

Jessica lachte. »Für so raffiniert hältst du mich?«

»O ja. Frauen können sehr raffiniert sein, wenn sie etwas erreichen wollen.« Er hauchte einen Kuss auf ihren Slip. »Aber genau das gefällt mir so an ihnen. Man weiß nie genau, was in ihnen vorgeht.«

Jetzt fuhren seine Hände unter ihr Höschen, und Jessica konnte spüren, wie sie ganz sanft über ihre Schamlippen strichen. Sie war längst feucht geworden, und nun hörte sie auch das verräterische schmatzende Geräusch.

»Darf ich?«, fragte er. Jessica verstand nicht ganz, was er meinte, nickte aber dennoch. Er zog ihr auch den Slip herunter, beugte sich über sie und atmete ihren Duft ein, leckte sie, bis sie fast glaubte, jede Sekunde zu kommen, aber dann hörte er auf.

Daniel richtete sich auf und streifte auch seine Hose ab, so dass sein beeindruckender Schwanz zum Vorschein kam.

Der Anblick machte Jessica sprachlos. Sie hatte schon so einiges gesehen, aber dieses Prachtstück übertraf tatsächlich alles. Und wie es schien, war es noch nicht einmal zu seiner vollen Größe herangewachsen.

»Macht es dir Angst?«, erkundigte er sich und lachte.

»Nein, überhaupt nicht.«

»Das erleichtert mich. Ich habe schon Frauen getroffen, die sich ein wenig vor mir fürchteten.«

»Angeber.«

»Ist wirklich wahr.«

Um ihm zu zeigen, wie sehr sie sein Anblick anmachte, spreizte sie die Beine noch etwas mehr und rutschte ihm willig auf der Bank entgegen.

»Ich finde ihn heiß«, sagte sie.

Daniel lächelte erfreut, aber offensichtlich auch sehr erregt und setzte sich vor sie. Noch einmal streichelte er ihre Scham, dann richtete er seine Eichel auf ihre Enge, so dass Jessica seine pochende Spitze bereits an ihrer Pforte spürte. Sie war heiß. Glühte förmlich. Und dieses Pulsieren, das steckte sie regelrecht an.

Ganz sanft drang er in sie, tiefer und tiefer, und Jessica spürte, wie er sie nach und nach ausfüllte. Nachdem sie sich an seine Größe gewöhnt hatte, und er wusste wohl aus Erfahrung, dass dies einige Zeit benötigte, bewegte er sich in ihr, während er mit einer Hand ihre Klitoris streichelte. Sein Rhythmus und der Druck, den er auf ihre Perle ausübte, versetzten sie in einen Zustand des Rausches. Jessica hatte so etwas noch nie erlebt. Sie zitterte und bebte. Ihr Unterleib vibrierte, es schien fast, als zuckten kleine Blitze durch ihre Mitte.

Daniel deutete die Zeichen ihres Körpers richtig und nahm sie noch etwas härter ran, stieß in sie, bis Jessica Sterne sah. Sie schnappte ausgepowert nach Luft, stöhnte immer lauter, so laut, dass sie befürchtete, Lena würde sie nebenan hören. Aber das war egal. Alles war jetzt egal.

Daniel legte sich auf sie, streichelte ihren Hals, biss hinein und saugte sich wie ein Vampir an ihrer Kehle fest, während er sie vögelte.

Jessica spürte nur noch die süßen Erschütterungen und den herrlichen Schmerz an ihrem Hals. Daniel griff nach ihren Händen, hielt sie fest, so dass sie sich selbst dann nicht hätte wehren können, wenn sie es gewollt hätte.

Der letzte mächtige Stoß trieb sie weit hinauf, Jessica glaubte zu schweben, zu fliegen. Erst da ließ er von ihrem Hals ab, der nun heiß brannte. Das Glühen rauschte durch ihren ganzen Körper, ausgehend von ihrer Mitte, schließlich prickelte es bis in ihren Hals, erhitzte die brennende Stelle noch mehr, die nun beim Schlucken ein wenig schmerzte. Erschöpft schnappte sie nach Luft. Daniel zog sich aus ihr zurück und rieb sein immer noch steifes Glied, weil er noch nicht gekommen war.

Jessica zögerte nicht lange, beugte sich über seinen Schwanz und nahm ihn ganz in den Mund. So einen riesigen Kerl hatte sie noch nie bedient, und sie wollte sich eine solche Chance nicht entgehen lassen. Und der Geschmack seiner Haut war so einzigartig wie sein Schwanz selbst. Herb, sinnlich, männlich. Sie nahm einen Duft von Moschus wahr.

Tief drang er in ihren Rachen, und erneut musste sie sich erst an dieses Prachtexemplar gewöhnen, doch das ging dieses Mal recht schnell. Er bewegte sich sanft in ihr, während ihre Lippen an seinem geäderten Schaft auf und ab wanderten, dabei genügend Druck erzeugten, um ihn noch stärker pulsieren zu lassen. Seine Hand griff nach ihrem

Zopf und begann, ihre Bewegungen zu steuern. Das machte Jessica derart an, dass sie erneut ein süßes Prickeln zwischen ihren Beinen verspürte. Aber jetzt wollte sie sich erst mal nur um Daniel kümmern. Ein letztes Mal drückte er sie nach unten, und Jessica schluckte alles, was er ihr gab.

Danach ließ sie sich wieder erschöpft auf die Bank sinken und betrachtete seinen Körper. Sie fand, dass es sich gelohnt hatte, die Fitness-Stunde doch noch wahrzunehmen.

»Das war ein gutes Training. Du hast jetzt genauso viele Kalorien verbraucht, als wenn du dich die ganze Zeit auf dem Band gequält hättest.«

Sie lachte. So konnte man das natürlich auch sehen.

Er schlüpfte wieder in seine engen Shorts und legte sich ein Handtuch um die Schultern. »Ich gehe jetzt noch duschen. Willst du mitkommen?«

Das ließ sich Jessica nicht zweimal sagen, denn sie hatte immer noch nicht genug von diesem sexy Kerl.

»Gern.«

Auch sie streifte sich ihren Slip und die Hosen wieder über. Dann folgte sie ihm den Gang hinunter zu den Duschkabinen, die es, anders als üblich, nicht in getrennten Ausführungen gab, denn in diesem Hotel war ohnehin alles anders.

Sie zogen sich aus, stellten sich unter das sprudelnde Wasser, und Daniel schäumte ihr die Haare ein. Wie gut das tat, diese sanfte Massage, die er allmählich auf ihren Nacken und ihre Schultern ausweitete.

»Ich hoffe, du hast noch viele Trainingsstunden gebucht?«, flüsterte er ihr ins Ohr.

Jessica nickte. »Ein paar sind es schon noch.«

Dann küsste er ihren Hals, genau auf die Stelle, in die er sie zuvor gebissen hatte. »Das wird einen hübschen Knutschfleck geben«, meinte er, und seine Hände wanderten zu ihrem Hintern …

Das Kärtchen, das ihr unter der Tür durchgeschoben worden war, roch nach ihm. Es enthielt eine romantische Botschaft, die ihr Herz höher schlagen ließ. Alexander wollte sie um 18 Uhr bei den Ställen treffen. Allein. Ohne einen Slip. Das klang mehr als verrucht. Sie bekam schon jetzt eine Gänsehaut.

Entgegen ihrer Gewohnheit stand sie nun schon seit fast einer Stunde vor dem Spiegel, probierte ein Outfit nach dem anderen an und schien mit keinem davon zufrieden zu sein. Heute kam sie sich besonders unförmig vor, dabei hatte sie sonst gar kein Problem damit, ein wenig mehr zu wiegen. Selbst Boris hatte das nie gestört, obwohl er so einiges an ihr auszusetzen gehabt hatte. Aber wieso dachte sie jetzt ausgerechnet an ihn? Sie schüttelte den Gedanken ab und versuchte, sich ganz auf den heutigen Abend und auf Alexander zu konzentrieren, stellte sich vor, wie er sie in eine leere Stallbox zog und ihr die Bluse vom Körper riss.

Ivy grinste sich im Spiegel an. »Ivonne Marschall, woher kommen nur plötzlich diese schmutzigen Gedanken.«

Sie kamen daher, weil Alexander im Gegensatz zu Boris Gefühle in ihr hervorgerufen hatte, die sie zuvor nicht kannte. Und weil Ivy es nicht erwarten konnte, ihn wiederzusehen.

Kurz vor 18 Uhr beließ sie es bei dem Outfit, das sie gerade anhatte, und fuhr sich mit beiden Händen durch die Haare. Zumindest die ließen sie nicht im Stich. Von Natur aus hatte sie sehr volles Haar, das immer irgendwie saß.

Auf Make-up verzichtete sie wie gewohnt. Dann machte sie sich auf den Weg zu den Ställen, die sich ebenfalls in der Anlage befanden.

Schon von weitem nahm sie den Geruch von Heu und Pferden wahr, fühlte sich in ihre Jugend zurückversetzt, in der sie oft Ferien auf dem Reiterhof gemacht hatte.

»Hallo?«, rief sie und ging durch den Gang. Sie war sich sicher, eben noch Schritte gehört zu haben. Aber niemand antwortete. Verunsichert ging sie weiter, als plötzlich ein sinnliches Stöhnen aus einer der Boxen zu ihrer Rechten drang. Ivy hielt erschrocken inne, dann aber spähte sie durch die Gitterstäbe in die Box und sah dort eine nackte Frau im Heu. Ihre dunklen Haare fielen ihr wie ein schwarzes Vlies über die Schultern, die Hände waren über ihrem Kopf mit einer metallenen Kette zusammengebunden, die in einer Schlaufe an der Wand endete, an der man sonst Pferde anband. Die Augen der schönen Fremden waren mit einem schwarzen Samtband verbunden, und zwischen ihren geöffneten Schenkeln erblickte Ivy einen dunkelhaarigen Mann, der stöhnend ihre Scham leckte, mit den Lippen fast gänzlich in sie eintauchte. Auf seinen Wangen glitzerte ihre Feuchtigkeit. Ivy erfasste ein merkwürdiger Schauer. Einerseits fand sie es schrecklich, wie ein Mann eine Frau nur anketten konnte, doch zugleich gelang es ihr nicht, den Blick einfach abzuwenden. Stattdessen beobachtete sie mit wachsender Neugier, was dem Mann als Nächstes einfiel, um die Frau zu erregen. Schon jetzt bebte ihr Körper unter dem sanften Schlecken seiner Zunge, wand sich, als würde sie gequält, und vielleicht wurde sie das ja sogar. Ivy entdeckte zwei silberne Klammern an ihren Brustwarzen, die steif waren und knallrot glühten. Fast glaubte Ivy, den süßen Schmerz an ihrer eigenen Brust zu spüren. Und das, so seltsam es auch war, erregte sie.

Plötzlich schob sich ein riesiger Schatten über sie, und Ivy fuhr erschrocken herum, fühlte sich ertappt. Alexander stand hinter ihr und legte einen Zeigefinger auf seine Lippen, um ihr anzudeuten, ruhig zu bleiben.

Tatsächlich hatte das Paar sie noch gar nicht bemerkt, weil es viel zu sehr mit sich selbst beschäftigt war.

Er drehte Ivy einfach um und ließ sie noch eine ganze Weile zusehen. Der Mann spielte mit den Klammern an den Brüsten der Frau. Diese stöhnte auf, während Alexander gleichzeitig Ivys Po streichelte und seine Hand sogar in ihrem Schritt verschwand. Dieser glühte, das spürte Ivy, und es machte sie ungeheuer an, dass Alexander es ebenfalls mitbekam.

Der Mann kniete sich nun über das Gesicht der Frau und richtete seinen Penis auf ihren Mund, den sie bereitwillig öffnete. Mit einem einzigen Stoß verschwand er in ihr. Er machte sich nicht die Mühe, sie erst auf seine Größe vorzubereiten, sondern glitt sofort in sie, was der Frau aber scheinbar genau so gefiel, denn ihr Körper vibrierte förmlich, als stünde er unter Strom.

Ivy wurde feucht. Sie spürte Alexanders Männlichkeit, die sich, durch die beiden Hosen hindurch, an ihre Pospalte schmiegte. Auch ihn machte das Szenario geil.

Er griff rasch nach ihrer Hand und zog sie hinter sich her. Ivy war verwundert und enttäuscht, denn sie hätte gern noch mehr gesehen.

Erst als sie in sicherer Entfernung waren, flüsterte er ihr etwas ins Ohr. »Ich halte das nicht länger aus, ich will dich so sehr!«

Ivy schluckte. »Im Stall?« Ihre Wangen glühten.

»Nein, nicht hier.« Er holte plötzlich eine Gerte hinter seinem Rücken hervor. »Ich habe etwas anderes mit dir vor«, sagte er heiser. Ivys Lippen wurden beim Anblick der Gerte ganz heiß und ihr Mund schrecklich trocken. Was immer er auch plante, sie hatte nicht vor, heute Abend das brave Mädchen zu spielen, und war zu allen Schandtaten bereit.

»Suchen wir dir ein Pferd aus, ich hoffe, du kannst reiten?«

»Jepp.«

Er schien beeindruckt, und das gefiel Ivy. Sie entschied sich für eine braune sanfte Stute, die ihr Alexander im Handumdrehen sattelte, und dann brachen sie auf. Als Alexander jedoch den steilen Weg hinunterreiten wollte, wurde Ivy mulmig zumute, und sie beschlossen, die Strecke lieber zu Fuß zurückzulegen. Unten angekommen, setzten sie auf, ritten ohne große Umwege zum Strand und an diesem entlang durch den nassen Sand. Bald schon näherten sie sich dem Privatstrand, auf dem er sie am Abend zuvor verführt hatte. Doch sie ritten weiter, immer weiter, dem Sonnenuntergang entgegen. Glühende Streifen sprengten den allmählich dunkler werdenden Himmel, und über ihnen leuchteten die ersten Sterne auf.

Es war ein wenig ungewohnt, wieder im Sattel zu sitzen, besonders weil sie keinen Slip trug, wie er es gewünscht hatte. Doch Ivy hatte den Dreh schnell wieder raus. Nur das stete Reiben an ihrer Scham, das ließ sie allmählich noch feuchter werden.

»Hier ist es gut«, sagte Alexander schließlich und hielt an, saß geschmeidig ab und band sein Pferd an einer Palme fest.

Ivy bemerkte die mächtige Beule, die sich in Alexanders Hose gebildet hatte. Es sah aus, als würde der Stoff bald reißen. Und sie wurde neugierig darauf, wie er bestückt war, denn sein Glied hatte sie bis jetzt noch gar nicht zu Gesicht bekommen. Wenn es allerdings auch nur annähernd so perfekt aussah wie der Rest seines Körpers, dann wäre dies mehr als nur zufriedenstellend.

»Du musst mir verraten, wo du so gut reiten gelernt hast.«

»Und du musst mir verraten, was du mit der Gerte vorhast.« Sie deutete auf die Gerte, die nun in seinem Gürtel steckte.

»Dazu kommen wir später, ich brauche erst mal eine kalte Dusche«, sagte er und begann, seine Sachen abzustreifen. Für Ivy war es immer noch ungewohnt, dass sich ein fast fremder Mann einfach so vor ihr auszog. Ohne Hemmungen. Aber warum hätte er die auch haben sollen? Es gab nichts, was er hätte verstecken müssen. Nackt, wie er nun war, rannte er ins Wasser. Ivy konnte jedoch noch einen kurzen Blick auf seinen Schwanz erhaschen. Wenn sie das gerade richtig gesehen hatte, war er noch gar nicht völlig erigiert gewesen, dennoch war er größer als Boris' Männlichkeit im steifen Zustand. Sie musste schlucken. Das konnte doch nur ein Traum sein.

Ivy starrte auf das Meer hinaus, sah aber nur die Wellen, die sich brachen. Von Alexander keine Spur. Nervös kaute sie an ihren Fingernägeln, hoffte, ihn irgendwo wieder auftauchen zu sehen, aber er blieb verschwunden.

Sie hatte keine Ahnung, wie stark die Strömung war, und machte sich Sorgen, rief nach ihm, doch er antwortete nicht.

Also streifte sie ebenfalls ihre Kleidung ab und rannte ihm nach. Gerade als sie mit einem Schrei in den eiskalten Wassermassen versank, tauchte plötzlich sein Kopf neben ihr auf. Alexander prustete, wischte sich die Augen aus und schnappte sich die vor Kälte zitternde Ivy.

»Was soll das?«, fuhr sie ihn an. »Ich hab mir Sorgen um dich gemacht.«

Ein leidenschaftlicher Kuss versiegelte ihre Lippen und erstickte jeden weiteren Protest, doch im nächsten Moment war er wieder in den Fluten verschwunden. Ivy blickte sich nach allen Seiten um, aber sie konnte ihn nirgends entdecken. Tatsächlich war die Strömung etwas stärker, als sie erwartet hatte, und sie drohte weiter hinauszutreiben, als plötzlich etwas ihre Beine festhielt. Ivy erschrak derart, dass sie erneut einen Schrei ausstieß, aber dann spürte sie plötzlich warme sanfte Lippen, die Küsse zwischen ihre Schenkel verteilten und an ihren Schamlippen zogen. Alexander kam für einen Moment wieder hoch, um nach Luft zu schnappen. Und bei der Gelegenheit hauchte er auch zärtliche Küsse auf ihre Brüste. Ivys Nippel wurden steif und glühten rot, aber Alexander konzentrierte sich auf ihre inzwischen pulsierende Scham. Er tauchte schnell wieder hinab, um sie so lange zu lecken, bis Ivy glaubte, jede Sekunde zu kommen. Doch bevor es so weit war, brauchte er erneut Luft.

»Eins müssen wir noch klären, meine Süße.« Seine Hände legten sich auf ihr Gesicht, streichelten ihre Wangen. Er sah heiß aus mit seinen nassen Haaren und den schimmernden Tropfen, die von seinen breiten Schultern perlten.

»Wir Animateure haben alle ein Gesundheitszeugnis und verzichten auf Kondome, wenn die Frau verhütet.«

Er schmiegte sich nun ganz eng an sie, und sie spürte sein heißes Glied an ihrer Pforte. Es pochte gegen sie, als würde es um Einlass bitten. Fordernd. Pulsierend. Alexanders heißer Atem strich über ihre Schultern. Kräftige Hände umklammerten ihre Taille, und sein Penis rieb sich begierig an ihr, ohne in sie einzudringen. Auf und nieder. Eine Vorahnung auf das, was er mit ihr machen würde.

Und Ivy wollte ihn in sich spüren. Sie nickte ihm zu, um ihr Okay zu geben, und er hielt sie fest, schob ihr seine Zunge in den Mund und drang sacht in sie. Die Wellen schlugen höher und höher, schwappten über sie beide hinweg, drückten sie für einen kurzen Moment unter, und als sie wieder hochkamen, küssten sie sich erneut wild und leidenschaftlich.

Alexanders Beckenbewegungen wurden immer schneller, und er erzeugte neue, höhere Wellen, nicht nur im Wasser, auch in ihr. Ihr Körper schien in eine einzige Vibration zu verfallen. Sie fühlte sich auf eine angenehme Weise fiebrig.

Tiefer und immer tiefer drang er in sie. Wasser umspülte ihre nackten Körper. Ivy schnappte nach Luft, schluckte Salzwasser, keuchte und stöhnte, dann krallten sich ihre Finger in sein Gesäß und zogen ihn enger an sich, wodurch er noch etwas tiefer in sie glitt.

Ihr kam es zuerst, und er folgte ihr. Die Wellen trugen sie auf und nieder. Erschöpft drückte er seine Stirn gegen ihre. Wasser perlte aus seinen Haaren, tropfte ihr ins Gesicht. Sie spürte seinen heißen, angestrengten Atem, das Zittern seiner Muskeln, von denen nun die Anspannung abfiel.

Eine große Welle trug sie zum Strand zurück, wo sie, sich küssend, im Sand liegen blieben. Nur das ferne Wiehern lenkte sie für einen kurzen Moment ab, und dann hatte Alexander plötzlich wieder die Gerte in der Hand.

»Lass das«, sagte Ivy, drückte die Gerte weg und lachte.

»Na warte«, rief er spielerisch und legte sich auf sie, drückte sie mit seinem Gewicht in den Sand, um jeden Teil ihres Körpers an seinem zu spüren. Er konnte nicht genug von ihr bekommen. Alles an ihr war süß. Ihre Figur, ihr Lächeln, ihre Augen.

»Dabei kann es ganz schön sein.«

»Was du nicht sagst.« Ihre Augen funkelten neugierig. Sie zog ihn an sich und empfing ihn mit einem sinnlichen Kuss. Ihre Lippen lösten ein aufregendes Prickeln in den seinen aus.

Ihre Münder verschmolzen, ihre Zungen kämpften um die Vorherrschaft. Währenddessen streichelte er ihre Seite mit der Spitze der Gerte. Er merkte, wie ein wohliger Schauer durch ihren Körper rieselte. Unauffällig schob er sein Knie in Richtung ihrer Scham. Diese musste er nicht einmal berühren, um die Hitze zu spüren, die von ihr ausging. Und sie wurde immer heißer, je länger er sie mit der Gerte streichelte.

Nein, sie konnte ihm nichts vormachen. Sich selbst vielleicht, aber ihm nicht. Doch etwas hemmte sie noch, und er wollte ihr helfen, ihren Körper anders wahrzunehmen, damit sie in ihrer Lust aufgehen konnte. Oh, sie war ihm viel ähnlicher, als er gedacht hatte. Erschreckend ähnlich sogar. Sein Spiegelbild.

Er spielte mit dem Ende der Gerte an ihrer Enge, die sich zusammenzog und wieder öffnete, als würde sie atmen. Ivy presste instinktiv die Beine zusammen.

»Vertrau mir«, flüsterte er und küsste sie erneut.

Ivys Lippen ließen ihn ein. Sowohl oben als auch unten. Vorsichtig schob er den Gertengriff in sie, als wäre er ein Dildo, und bewegte ihn sanft in ihr, Stückchen für Stückchen. Das Geräusch ihrer Lust vermengte sich mit dem Rauschen der Wellen.

Und dann ließ Ivy endlich locker, nahm ihn auf, öffnete die Beine immer weiter und streichelte mit einer Hand ihre Klitoris, die ihm wie die Perle einer Auster entgegenblitzte.

Dann lächelte sie ihn an. Was für wunderschöne Augen sie doch hatte. Er brauchte nur in sie zu blicken, und schon wusste er wieder, warum er sie begehrte.

Normalerweise achtete er gar nicht so sehr auf Details, das hatte er irgendwann verlernt. Aber bei Ivy war das anders. Er liebte es, sie zu küssen und sie anzuschauen. Sein Herz begann sogar, ein wenig schneller zu schlagen, wenn sie ihn anlächelte wie jetzt.

Alexander richtete nun die befeuchtete Spitze der Gerte auf Ivys Mund. Sie sah ihn fragend an.

»Vertrau mir«, wiederholte er die magischen Worte, und sie nickte, offenbar bereit, sich auf das Experiment einzulassen. Ja, sie agierte auch wie er damals. War neugierig auf das Neue, das Andere. Sein Spiegelbild.

Langsam nahm Ivy das Ende der Gerte in den Mund, lutschte daran und schmeckte ihren eigenen Nektar. Und tatsächlich verstärkte sich das Vibrieren in ihrem Körper. Das spürte er, denn es war so intensiv, dass es auch ihn erfasste.

Er legte die Gerte zur Seite, drehte Ivy um, so dass sie auf dem Bauch zu liegen kam, und drang von hinten in sie. Er hätte sich nicht länger zurückhalten können, es auch gar nicht gewollt. Er erkannte sich selbst nicht wieder, verlor er doch sonst nicht so schnell die Kontrolle über sich. Aber bei Ivy war alles anders. Sie spiegelte ihn, und er wusste, dass es richtig war, weil sie es genauso wollte wie er. Jede Geste, jeder Blick von ihr verriet es.

Er spürte ihre geile Wärme, die ihn gänzlich umschloss, ihn einhüllte wie in ein Kokon. Das war so erregend. So geil, dass sein ganzer Körper mitschwang. Jetzt wollte er das Experiment wagen.

Er zog sich aus Ivy zurück und ließ die Gerte erneut auf Ivys Po niedersausen. Ein erschrockener Aufschrei drang aus ihrer Kehle, und er gab ihr einen Moment, sich daran zu gewöhnen, zu entscheiden, ob sie es mochte oder nicht. Und Ivys Schrei verwandelte sich in ein lustvolles Stöhnen – wie er es sich gedacht hatte. Dann drang er wieder in sie, hörte ihr erregtes Stöhnen, spürte das Pulsieren in ihrem Innern. Sie wand sich unter ihm, konnte ihm nicht entrinnen, weil er sie an den Boden drückte, sich noch tiefer in sie schob. Ihr Stöhnen wurde noch lauter, noch sinnlicher. Es löste eine Kettenreaktion aus, denn ihre Lust steigerte die seine noch mehr.

»Ich will dich«, rief er aus und bewegte sich schneller, bis Ivys Körper unter seinen wilden Stößen regelrecht durchgeschüttelt wurde.

Sein Orgasmus glich einem Inferno, und das Nachglühen hielt selbst Sekunden später, in denen sie bereits wieder in seinen Armen lag, noch an.

Ivy war durcheinander. Sie genoss seine Nähe und seine Wärme, das Gefühl, gehalten zu werden. Und doch war nun alles anders als zuvor. Im Augenblick der Lust hatte es sie angetörnt, dass er sie unterworfen hatte. Aber nun, da der Hormonpegel wieder sank, fühlte sie sich merkwürdig. War sie wirklich eine Frau, die auf solche Spiele stand? Und was war das für ein Mann, der sie dazu verführt hatte? Sie blickte zu ihm auf und sah nur Sanftmut und Wärme in seinen Augen. Er küsste sie auf die Stirn.

Das, was sie gefühlt hatte, war aus ihr selbst heraus gekommen, ein fremdes, doch sehr mächtiges, ja, drängendes Gefühl. Und es schien so, als hätte er sie von Anfang an richtig eingeschätzt, sie besser gekannt als sie sich selbst.

»Verdammt«, fluchte er plötzlich und sprang auf.

»Was ist los?«

Sie hob den Kopf und sah, dass sich eins der Pferde losgemacht hatte. Alexander rannte, nackt, wie er war, ihrer Stute hinterher und hatte sie auch schon bald eingeholt. Geschickt packte er ihr Zaumzeug und brachte sie an den Strand zurück.

Ivy hatte in der Zeit die Gelegenheit genutzt, um sich anzuziehen.

»Wir sollten zum Hotel reiten«, sagte Alexander und streifte sich ebenfalls seine Sachen über.

Als sie eine gute Dreiviertelstunde später im Stall standen und die Pferde versorgt hatten, lehnte sich Ivy an eine der Boxen.

»Meintest du das vorhin ernst?«, fragte sie, denn seine Worte geisterten immer noch in ihrem Kopf herum.

»Wovon sprichst du?« Er legte ihr die Hände auf die Hüften und zog sie eng an sich, um sie zu küssen.

»Dass du mich willst«, sagte sie in einer Atempause.

Erneut erschien ein Lächeln um seine Augen, und er strich ihr zärtlich über die Wange. »Habe ich dir das nicht bereits bewiesen?«

Sie küsste die Innenfläche seiner Hand. »Ich will, dass du es mir jeden Tag beweist.«

Zur Antwort schlang er besitzergreifend seine Arme um sie, so als wollte er sie nie mehr freigeben.

»Ich werde es dir beweisen, meine Süße. Gleich morgen. Um elf in der Lobby.«

Sanfte Sonnenstrahlen drangen durch das Fenster und weckten Ivy, deren Wecker sich um 2 Uhr morgens verabschiedet hatte. Jetzt war es bereits 10.30 Uhr! Hektisch sprang sie aus dem Bett und eilte unter die Dusche. Sie durfte keine Zeit verlieren, sonst glaubte Alexander noch, dass sie ihn versetzte.

Nass, wie sie war, schlüpfte sie in T-Shirt und kurze Jeans und wühlte in ihrem Schrank nach bequemen Schuhen. Sie entschied sich für ältere Halbschuhe, die zwar nicht mehr der neueste Schrei waren, dafür aber eine Ohne-Scheuern-Garantie besaßen.

Rasch fuhr sie sich noch einmal durch die nassen Haare, denn fürs Föhnen und Stylen war jetzt keine Zeit mehr, und lief aus dem Zimmer, den Flur hinunter bis zum Lift.

Als sie endlich in der Lobby ankam, stolperte sie fast in Lenas Arme.

»Da bist du ja endlich«, sagte sie. Neben Lena stand der blonde Mann, der sie zum Tanzen aufgefordert hatte. Ungeduldig trat er von einen Fuß auf den anderen und zupfte an seinem *Amour Fou*-T-Shirt herum.

»Ja … wieso? Wir sind doch gar nicht verabredet.«

»Und ob wir das sind«, erwiderte Jessica, die ihren Arm

um einen äußerst attraktiven dunkelhäutigen Mann legte, der ebenfalls ein Mitarbeiter war.

»Ich verstehe nicht.« Sie war doch mit Alexander verabredet. Oder plante der jetzt einen flotten Dreier? Nein, sie waren ja sogar zu sechst. Wie nannte man das dann? Orgie?

»Guten Morgen, Sonnenschein«, flüsterte eine vertraute Stimme ihr ins Ohr, und als sich Ivy umdrehte, sah sie in Alexanders strahlende Augen. Er zog sie vor allen an sich und küsste sie. Das fühlte sich offiziell an, was natürlich Unsinn war. Ivy hörte ein leises »Ooooh, wie süß die zwei sind«, das sie eindeutig Lena zuordnen konnte.

»Dann kann es ja losgehen. Wir sind komplett«, erklärte Lenas blonder Begleiter.

Da sich noch gar nicht alle untereinander kannten, machte Lena sie miteinander bekannt. Ihr Begleiter hieß Leon und war ihr Stammanimateur, den sie bisher bei jedem Urlaub im *Amour Fou* getroffen hatte, und der attraktive Animateur an Jessicas Seite war Daniel, der zugleich der Fitness-Trainer des Hauses war.

»Verrät mir jetzt noch jemand, wo es eigentlich hingeht?« Ivy hatte das Gefühl, sie wäre die Einzige, die nicht Bescheid wusste.

»Zu den Ruinen. Du sagtest doch, dass du Geschichte und Kultur liebst«, erwiderte Alexander und griff nach ihrer Hand, zog sie einfach mit sich mit. Die anderen folgten ihnen.

Ivy erfuhr, dass es im Ortsteil Cimiez eine große Ausgrabungsstätte sowie einige angrenzende Museen gab. Dort hatte man die Überreste der Stadt Cemenelum freigelegt, ein Relikt der einstigen römischen Herrschaft. Das war genau nach Ivys Geschmack. Geschichte hatte sie schon immer brennend interessiert. Und noch besser als Geschichte in Büchern war natürlich Geschichte zum Anfassen.

»Klingt ja aufregend«, bemerkte Jessica und gähnte, aber Ivy fand es tatsächlich sehr spannend.

»Dann steigt mal ein«, sagte Alexander, der die Gruppe zu einem Jeep geführt hatte. Auf den Türen prangte das Logo des *Amour Fou*. Zum ersten Mal erkannte Ivy, was das scheinbar obskure Gebilde überhaupt darstellte: zwei zugegebenermaßen eher schlangenhaft wirkende Frauen, deren Körper miteinander verwoben waren. Sie küssten sich. Zwischen ihren Lippen bildeten sich die Buchstaben AF.

Während sich Alexander und Ivy nach vorn setzten, wurden die anderen auf die hinteren Plätze verwiesen, wo es zu viert ein wenig enger war. Doch wie Ivy ihre Freundinnen kannte, machte denen das ganz und gar nichts aus.

»Haltet euch gut fest«, bat Alexander und trat aufs Gas. Dennoch fuhr er umsichtig genug, so dass sich Ivy bei der steilen Strecke bergab nur wenig verkrampfte.

»Ist doch gar nicht mal schlecht, dass wir mit unseren Mädels unterwegs sind. So lernen wir Nizza auch mal von einer ganz anderen Seite kennen«, scherzte Daniel.

»Da solltet ihr euch bei Ivy bedanken, sie ist unsere Kulturmaus«, meinte Lena und drückte sie von hinten.

Als sie endlich in Cimiez ankamen, war Ivy doch ganz froh, aussteigen zu dürfen. Das ständige Gewackel aufgrund der holprigen und viel zu engen Straßen hatte ihre Knie weich werden lassen. Alexander führte die kleine Gruppe an, zeigte ihnen erst einmal den Ortsteil. Sie kehrten in ein Restaurant zum Mittagessen ein, anschließend besichtigten sie das Kloster und den angrenzenden Rosengarten. Als sie schließlich die alte römische Stadt Cemenelum erreichten, war Ivy beeindruckt, wie viel von ihr erhalten geblieben war. Besonders das Amphitheater und die Therme wirkten, als wären sie noch gar nicht allzu lange außer Betrieb.

»Also mich begeistert das alles nicht.« Jessica zog eine Schnute, und Ivy hatte immer stärker das Gefühl, ihre Freundin mit diesem Ausflug aufs Grausamste zu quälen.

»Und wenn du dir vorstellst, wie die alten Römer in ihren Bädern saßen?« Daniel zog den Rotschopf eng an sich. »Und was sie in diesen Bädern mit ihren Frauen anstellten«, scherzte er und küsste sie.

»Das ist in der Tat sehr reizvoll«, mischte Lena sich ein, dabei kraulte sie Leons Hinterkopf, der wohlig seufzte. »Aber soweit ich weiß, badeten Männer und Frauen in unterschiedlichen Badehäusern. Ist doch so, oder Ivy?«

»Ich denke schon, aber das muss ja nicht heißen, dass sich die alten Römer wirklich daran gehalten haben.«

»Mit Sicherheit haben sie das nicht«, sagte Alexander und griff nach ihrer Hand. Ihr lief ein Schauer über den Rücken. Sie musste an gestern Nacht denken und daran, was er mit ihr angestellt hatte. Ivy hätte nie geglaubt, dass eine Gerte so erotisch sein konnte.

»Ja, mag ja alles sein, aber jetzt sieht man nur noch alte Säulen und Überreste von Mauern.«

»Vielleicht bist du für das, was man in den Trümmern fand, mehr zu begeistern.« Alexander deutete den Weg hinunter, an dessen Ende ein Gebäude stand, das beinahe selbst wie eine Ruine aussah. Die Fassaden waren zum Teil abgebröckelt und erlaubten einen Blick auf das dahinterliegende Mauerwerk.

»Das ist das Museum für Archäologie und römische Geschichte.«

»Kann mir kaum vorstellen, dass es da drinnen spannender zugeht als hier.« Jessica gähnte demonstrativ, woraufhin Daniel ihr einen Kuss gab.

Das Museum hatte zwei Etagen und war nicht sonderlich gut besucht. Von ihrer kleinen Gruppe abgesehen, hatte sich noch ein älteres Pärchen in das alte Gemäuer verirrt, das von einem Ein-Mann-Unternehmen geführt wurde. Der ältere Herr hinter der Kasse, der wie besessen die schmale Haarsträhne, die ihm verblieben war, zu einem improvisierten Seitenscheitel strich, fungierte außerdem als Aufseher und Museumsführer.

»Ich sehe hier nur alte Krüge und Schüsseln«, stellte Jessica enttäuscht fest und klopfte gegen eine der dicken Glaswände, die die kostbaren Gefäße vor Zugriffen abschirmte. »Ich verstehe nicht, wie man sich dafür begeistern kann.«

»Die Begeisterung rührt vom Wert der Sachen«, erklärte ihr Leon. »Für solche Objekte zahlen manche Menschen ein Vermögen.«

Während die anderen über den Wert altrömischer Kunst debattierten, zog Alexander Ivy zu der abgesperrten Treppe, die nach oben auf den Dachboden führte.

»Ich habe eine Überraschung für dich«, flüsterte er und schlüpfte in einem unbeobachteten Moment einfach unter dem rotweißgestreiften Plastikband hindurch.

Ivy schüttelte fassungslos den Kopf. »Was machst du denn da?«

»Komm, oder willst du die Überraschung nicht?«

»Kommt drauf an, was es ist.«

»Wenn ich es dir verrate, ist es keine Überraschung mehr.« Das war eine bestechende Logik.

Ivy lachte, blickte sich nach den anderen um, die sich gerade für die Brüste einer Frauenstatue interessierten und deren möglichen Wert analysierten, und folgte ihrem Impuls. »So etwas habe ich noch nie gemacht«, gestand sie aufgeregt, während sie unter dem gestreiften Band durchschlüpfte und Alexander die Treppe hinauffolgte, die unter ihren Schritten verdächtig knarrte.

»Oh, mit mir wirst du noch so einiges tun, was du nie zuvor gemacht hast.«

»Das befürchte ich allerdings auch.«

Kurz bevor sie das Dachgeschoss erreichten, drückte er sie plötzlich mit seinem Gewicht an die Wand. Ivy erschrak, doch noch ehe sie aufschreien konnte, erstickte er den Laut mit einem wilden Kuss. Er suchte irgendetwas in seiner Hosentasche, und plötzlich hielt er ihr ein Stück Stoff vor die Augen, das samtig schwarz schimmerte.

»Werde ich jetzt geknebelt?«, fragte sie scherzhaft, aber Alexander blieb völlig ernst. »Nein. Deinen süßen Mund wirst du ja noch brauchen.« Stattdessen legte er ihr die Binde um die Augen und schnürte sie fest an ihrem Hinterkopf zusammen. »Das ist Teil der Überraschung.«

»Die ich nicht sehen darf?«

»Du hast es erfasst.«

Er nahm ihre Hand und führte sie die letzten Stufen hinauf. Es war seltsam, plötzlich auf jemanden angewiesen zu sein, weil man nichts sehen konnte.

Ihr Herz raste vor Aufregung und vor Neugier. Der Stoff war so dicht, sie konnte nicht einmal Umrisse hindurch erkennen. Sicher hatte er es vorher getestet.

Alexander wirbelte sie herum und umklammerte sie von hinten, biss zärtlich in ihre Schulter. »Jetzt bist du mir völlig ausgeliefert. Das ist dir doch hoffentlich klar.«

Ivy schmunzelte. »Ist das eine Drohung oder ein Versprechen?« Das hatte sie ihn schon einmal in einer ähnlichen Situation fragen wollen. Jetzt hatte sie auch den Mut dazu.

Er überlegte kurz. »Beides.« Dann rieb er sich an ihrem Gesäß, und sie konnte die Beule in seiner Hose spüren. Er war ziemlich erregt. So stark, dass sie das Pulsieren durch den dicken Jeansstoff spüren konnte.

»Es riecht merkwürdig.«

»Hier ist alles sehr alt«, erklärte er und schob sie ein Stück in den Raum hinein. Dann nahm er ihre Hände und legte sie auf etwas Hartes, Kühles. Ivy schreckte zurück. Was, um Himmels willen, war das?

»Keine Angst.« Langsam führte er sie nochmals heran, und jetzt ertastete sie die Täler und Hügel, die seichten Dellen. Es war eine männliche Brust, doch sie gehörte nicht Alexander, sondern war aus Stein.

»Was ist das?«

»Ein römischer Krieger. Hübscher Kerl übrigens.«

Vorsichtig glitten ihre Hände tiefer. Etwas Ähnliches hatte sie schon einmal in einem Roman gelesen. Eine heiße Stelle. Doch das, was sie jetzt erlebte, war ebenfalls ziemlich aufregend. Er war in der Tat gut gebaut, der Römer, aber Alexanders warme weiche Haut war ihr um einiges lieber. Unter ihren Fingern spürte sie jede kleine gemeißelte Delle, jeden Muskel. Dann näherte sie sich einer Region, die ihre Neugier noch mehr verstärkte. Schmale Hüften, kräftige Oberschenkel, doch dann die Enttäuschung. Gähnende Leere.

»Wo ist denn sein …?« Sie wollte die Augenbinde abnehmen, aber Alexander war schneller. Er griff nach ihren Handgelenken und band sie ihr auf dem Rücken zusammen. Ivy erschrak. Offenbar hatte er diesen sinnlichen Überfall bis ins kleinste Detail geplant, warum hätte er sonst den Strick dafür mitnehmen sollen.

»Der Ärmste verlor so einiges im Laufe der Jahre. Auch seinen Kopf. Aber manches blieb glücklicherweise erhalten.«

Ivy verstand die Anspielung nicht. Da drückte Alexander ihren Oberkörper vor, bis dieser auf einem Tisch lag und schob ihr die Beine auseinander. Ivy erstarrte. Über seine Unverschämtheit und die Selbstverständlichkeit, mit der er sie sich hier vornahm. Vor allem aber über die Lustgefühle, die diese Behandlung, die alles andere als einer Dame würdig war, in ihr hervorrief.

Schlimmer, es törnte sie unbeschreiblich an, so behandelt zu werden. Und machte sie auch nur die geringsten Anstalten, sich aufzurichten, drückte er sie sanft, aber bestimmt auf den Tisch zurück.

»Schön brav sein«, sagte er. Sein Atem kitzelte ihren Nacken, und seine Hand strich über ihren Rücken.

Dann hockte er sich hinter sie, zog ihr einfach so den Rock und den Slip herunter, so dass diese eine weitere Fesselung an ihren Knien bildete. Ivy spürte seinen Atem an ihrem Po und zwischen ihren Beinen, wo er sie kitzelte. Dann aber umschlossen warme weiche Lippen ihre Scham, saugten an ihr, weiteten sie mit der Zunge. Es fühlte sich schön an, doch es war nur eine Vorbereitung auf etwas ganz anderes.

Langsam schob er es in sie. Ivy spürte, dass es von einem Kondom umgeben war, aber es war nicht sein Schwanz, denn sie spürte weder Wärme noch das verräterische Pulsieren.

»Was ist das?«

»Das verlorene Glied«, scherzte er, und Ivy wurde klar, was genau sie da penetrierte. Es war riesig, unerbittlich und ausgesprochen hart. Hart wie Stein. Im wahrsten Sinne des Wortes. Es füllte sie vollständig aus. Alexander bewegte es vor und zurück, streichelte zugleich ihre Klitoris und hauchte Küsse auf ihren Hintern, den er gestern noch mit der Gerte malträtiert hatte. Jetzt brannte die Stelle, wenn er sie mit den Lippen berührte. Ein Stechen, das sie erregte und das sinnliche Prickeln in ihrem Unterleib verstärkte.

Nur kurz kam die Sorge in ihr auf, falls die anderen sie suchten und ihren Weg nach oben fanden. Aber Alexanders Lippen lenkten sie viel zu sehr ab, als dass sie diesen Gedanken weiterverfolgen konnte. Sacht biss er in ihr Gesäß. Sie begann zu zittern und zu stöhnen.

Tief schob er das römische Glied in sie, nur dieses Mal zog er es nicht heraus, sondern ließ es einfach in ihr. Dann packte er sie bei der Schulter und zog sie auf die Knie. Gefesselt und mit verbundenen Augen hockte sie nun vor ihrem sexy Animateur, gleich einer Gefangenen … einer römischen Sklavin. Er konnte alles mit ihr anstellen, was er wollte, wonach es ihm beliebte. Ivy hätte nicht protestiert. Ihr waren solche Gedanken früher fremd gewesen. Jetzt ging sie völlig darin auf.

»Wie fühlst du dich?«, fragte er.

Ivy erkannte ihre eigene Stimme kaum wieder. Sie war vor Erregung ganz heiser, als sie ein »gut« hervorbrachte.

»Gut?«

Sie wusste nicht, was sie sonst sagen sollte. Diese Gefühle

waren neu. Und ein wenig verstörend, denn tatsächlich machte es sie an, von ihm gedemütigt zu werden. Halbnackt vor ihm zu knien, wehrlos zu sein, das steinerne Glied in sich zu spüren …

»Einfach nur gut?«

»Nein …«

»Sondern?«

Verrucht. Sexy. Geil. Aber das konnte sie nicht sagen. Dafür waren ihre Hemmungen noch zu groß.

Er griff sanft in ihre Haare und führte ihren Kopf nach vorn. Dabei schob sich etwas Hartes in ihren Mund, öffnete ihre Lippen und verschwand tief in ihr. Ivy tastete den geäderten Schaft mit der Zunge ab, spürte, wie das Blut in ihm pulsierte und nicht nur ihn, sondern auch sie aufs Höchste erregte. Sie nahm seinen herben Geschmack auf, labte sich daran, leckte begierig über sein Glied, um es noch größer werden zu lassen. Aber dann entzog er sich ihr.

»Und wie fühlte sich das für dich an?«

Ivy stöhnte leise und leckte sich über die Lippen. »Köstlich.« Es hatte ihren Hunger nach mehr entfacht. Sie wollte, dass er sie nahm. In den Mund. Tief.

Erneut drang er in sie, dieses Mal sogar noch etwas forscher. »Willst du mehr?«, fragte er, während er sich in ihr bewegte und mit jedem Stoß noch etwas tiefer in ihr verschwand.

»Ja«, hauchte sie in einer kurzen Atempause und küsste seine Spitze. Ihre Lippen zitterten. Hatte sie das wirklich gerade verlangt?

Der Steinpenis in ihr fühlte sich schwer an, füllte sie genauso aus wie sein Glied in ihrem Mund. Sein Pulsieren, seine Härte, das war erregend. Aber dann fing er auch noch an, ihren Kopf zu steuern, ihre Bewegungen zu kontrollieren. Und jetzt ging Ivy völlig in ihrer Rolle auf, genoss es, gebraucht zu werden.

Sein Orgasmus kündigte sich durch wildes Zucken an, doch Alexander entzog ihr ausgerechnet jetzt seinen Schwanz. Stattdessen drehte er sie um, so dass sie mit Kopf und Knie am Boden lag, ihre gefesselten Hände und ihr Po dabei in die Höhe ragten. Leicht spreizte er ihre Beine und tippte neckisch mit der Hand gegen den Steinpenis, der sich nun in ihr bewegte.

Ivy stöhnte laut auf. Dieses süße Reizen, diese sachten Bewegungen eines eigentlich gewaltigen Gliedes brachten sie fast um den Verstand. Aber dann entzog er es ihr, nahm es heraus und leckte mehrere Male über ihre Scham.

Sie hörte, wie er das römische Glied auf den Boden legte, und spürte stattdessen zwei, dann sogar drei Finger, die er drängend in sie schob. Doch Ivy war geweitet, bereit dazu aufzunehmen, was immer er ihr gab. Sie hoffte nur, dass er schnell machte, weil sie sonst noch verrückt vor Lust würde.

Endlich richtete er seine pulsierende Eichel auf ihre Enge und drang ganz langsam in sie. Viel zu langsam. Ivys Körper bebte, die Wellen der Lust überschlugen sich, aber er verschaffte ihr keine schnelle Erlösung, sondern quälte sie mit äußerst sanften Stößen, die gerade so viel Druck aufbauten, um sie in der Schwebe zu lassen. Gefangen zwischen Orgasmus und Flaute.

Noch immer war keine Erlösung in Sicht. Ihre Oberschenkel zitterten, gierig schob sie ihm ihren Unterleib entgegen, versuchte, den Rhythmus durch Bewegungen ihres Beckens zu beschleunigen, aber Alexander lachte nur. »Du bist wirklich süß.«

So nah und doch so fern. Sie spürte ihn, konnte ihn aber nicht greifen, nicht halten.

»Bitte, ich halte es nicht aus …«

»Na schön …«

Starke Hände packten ihre Hüften, hielten sie fest und zogen ihren Körper nah an seinen heran. Seine Bewegungen wurden schneller und heftiger, steigerten sich mit jedem Stoß. Sie keuchte vor Lust, stöhnte, und keinen Augenblick später kam es ihr. Und ihm. Ihr Körper zuckte ohne Unterlass, als ebbten die Wellen der Lust erst nach und nach ab. Für einen winzigen Moment glaubte sie, gänzlich die Kontrolle über ihren Körper zu verlieren, aber dann genoss sie, schwebte.

Alexander legte sich über sie, küsste ihren Nacken, liebkoste ihre Brüste. Plötzlich war er wieder zärtlich, so liebevoll, als wäre er ein ganz anderer Mensch. Aber beide Seiten gehörten zu ihm. Und beide Seiten faszinierten sie. Er umarmte sie, liebkoste sie, streichelte sie sanft, fast schienen seine Fingerspitzen lediglich über ihrer Haut zu schweben, so vorsichtig waren seine Berührungen. Zwar war sie noch immer gefesselt, doch sie fühlte sich nicht mehr wie eine Gefangene, sondern wie eine Geliebte. Vorsichtig drehte er sie um, hielt sie fest, und dann spürte sie seinen heißen Atem an ihren Lippen. Ein Kuss. Er war hingebungsvoll, innig. Erst danach befreite er sie von ihren Fesseln und der Augenbinde, so dass sie nun zum ersten Mal den Dachboden sah, auf den er sie geführt hatte. Sie erblickte Spinnenweben und dicke Staubschichten auf alten Kisten, die sicherlich schon eine halbe Ewigkeit hier oben aufbewahrt wurden. Eine Steineule schaute sie von oben herab an. Und dann entdeckte sie den römischen Krieger. Er sah wahrlich nicht schlecht aus, doch Alexanders Körper war ihr um einiges lieber, war er doch viel wärmer und lebendiger, nicht so kantig.

Ein merkwürdiges Poltern war von unten zu hören. Es erinnerte Ivy daran, dass sie sich noch immer in einem Museum befand, und fast empfand sie ein wenig Scham deswegen.

»Wir sollten wieder nach unten gehen, die anderen vermissen uns sicher schon«, meinte sie, doch zu ihrer Überraschung musste sie wenige Augenblicke später feststellen, dass genau das Gegenteil der Fall war. Ihre Freundinnen und deren Begleiter waren längst verschwunden.

»Seltsam.«

»Sie sind bestimmt zum Hotel gefahren, Leon hat ebenfalls Schlüssel für den Jeep.«

»Wie lange waren wir denn dort oben?« Ivy suchte nach einer Uhr und erschrak fast zu Tode, als sie eine über dem Eingang entdeckte und mitbekam, dass sie sich den ganzen Nachmittag und einen Großteil des Abends auf dem Dachboden vergnügt hatten. Die Zeit war wie im Fluge vergangen. Kein Wunder, dass die anderen längst gegangen waren. Nicht nur das. Die Sonne ging bereits unter, und das Museum hatte eigentlich längst geschlossen. Zumindest besagten dies die Öffnungszeiten, die auf dem Schild neben dem Eingang standen.

»Oh, du meine Güte … nicht mal der Betreiber hat gemerkt, dass wir noch da sind. Er hat einfach Feierabend gemacht.«

»Ist doch egal. Hauptsache, wir kommen hier noch irgendwie raus. Ich habe keine Lust, durch das Fenster zu klettern.« Alexander testete die Tür, doch zu ihrer beider Überraschung stand sie offen.

»Das nenne ich Vertrauen«, meinte Ivy.

»Ja. Oder Vergesslichkeit.«

Der Betreiber war schon ein älteres Semester, wahrscheinlich hatte er tatsächlich vergessen, die Tür zu verriegeln. In diesem Fall war das ihr Glück.

»Lass uns gehen. Ich rufe die Museumsleitung unterwegs per Handy an, dass sie sich darum kümmert«, sagte Alexander und speicherte die Nummer, die auf einem Schild an der Kasse stand, ab.

»Aber wie … ich meine … der Jeep.«

»Wir nehmen den Bus.« Er legte den Arm um sie und küsste sie auf die Stirn. »Und dann steigen wir noch mal in der Altstadt aus, und ich lade dich in mein Lieblingsrestaurant ein.«

»Mmh, klingt gut.«

Das Blut rauschte in seinen Ohren, während er das junge Pärchen, das ihn fast erwischt hätte, beobachtete. Verdammt, was suchten die beiden hier? Um diese Uhrzeit? Er presste sich eng an die Wand und hoffte, dass ihn die Büste des römischen Senators und die Säule, auf der sie stand, vollständig verdeckten. Er hatte schon oft in brenzligen Situationen gesteckt und sich immer irgendwie rausgewunden. Doch wenn die zwei ihn hier fanden, würde es verdammt schwer werden, sich rauszureden.

Endlich ging das Paar, und er atmete auf. Doch nur für den Moment – er musste sich beeilen. Jetzt erst recht.

Eilig kam er hinter seinem Versteck hervor und betrachtete die Kunstobjekte. Aber die waren nur Peanuts, noch dazu gesichert. Nein, die wirklich wertvollen Gegenstände lagerten sie auf dem Dachboden und im Keller. Er zog die Bestandsliste aus seiner Tasche. Kiste 12, sein Ziel, war oben untergebracht.

Er eilte zum Fenster und gab mit seiner Taschenlampe das vereinbarte Signal. Dreimal lang, dreimal kurz. Wenige Augenblicke später öffnete sich auch schon die Tür mit einem leisen Knarren, und seine Partnerin kam herein. Wie er trug auch sie eine Skimaske und einen schwarzen Anzug, der ihre Formen gut verbarg, so dass sie nur anhand ihrer Größe als Frau zu identifizieren war.

»Haben sie keine Kameras?«, fragte sie und blickte sich nach allen Seiten um, suchte die Decke und Wände nach etwas Verdächtigem ab.

»Hab keine entdeckt.«

»Das heißt aber nicht, dass es keine gibt.«

»Der Laden ist veraltet, mit der neuen Technik wissen die nichts anzufangen«, sagte er abfällig, führte sie zur Treppe und hielt die Absperrung für sie hoch, so dass sie drunter hindurchschlüpfen konnte.

»Aber das ist nur umso besser für uns«, fügte er dann hinzu.

Auf dem Dachboden fanden sie schnell, wonach sie gesucht hatten. Sie holte den Bolzenschneider aus ihrer Tasche, mit der sie die Ketten der Kiste Nr. 12 sprengte. »Wir müssen uns beeilen. Der alte Louis kann jeden Moment hier sein », warnte er sie schon einmal vor. Ärgerlich, dass ihm das Pärchen hatte dazwischenfunken müssen. Aber jetzt war es nicht mehr zu ändern.

»Was will der denn hier?«

»Unsere Turteltäubchen haben ihn auf die offen stehende

Tür aufmerksam gemacht.« Bestenfalls sperrte er sie ein, was kein sonderliches Problem wäre, da er auf dieselbe Weise, wie er ins Museum gelangt war, auch wieder herauskommen würde. Aber wenn der alte Louis sie auf frischer Tat ertappte, steckten sie in echten Schwierigkeiten.

»Hier oben haben sie sich vergnügt«, kommentierte seine Partnerin und deutete zu einem steinernen Penis, dem ein Kondom übergestreift worden war.

»Alexander hatte schon immer eine Vorliebe für ausgefallene Lokalitäten.«

Er griff nach dem Brecheisen und hebelte die Kiste auf. Eine wertvolle Vase kam zum Vorschein. Er hob sie heraus, durchwühlte das Füllmaterial, aber keine Spur von Cäsar. Zerknirscht biss er sich auf die Unterlippe. »Die Aufzeichnungen sind falsch.«

»Und was nun?«

Sie wurde nervös. Das war nicht gut. Jetzt galt es, die Nerven zu behalten. Aber sie war eine Anfängerin. Vielleicht war es zu früh gewesen, sie mitzunehmen.

Rasch deutete er zur nächsten Kiste. »Wir probieren die mal.« Im Handumdrehen hatte er auch diese aufgebrochen. Wieder Fehlanzeige. Ein paar alte Münzen und ein Weingefäß lagen darin.

»Probier mal die 21, vielleicht ist es ein Zahlendreher gewesen?«

»Gut. Wo ist sie? Ich sehe sie hier nicht. Leuchte mal zur anderen Seite.«

Das Licht der Taschenlampe erhellte mehrere Holzkisten, von denen die Nummern zum Teil bereits abgeblättert waren.

»Das ist sie, sieh mal«, sagte seine Partnerin und deutete

zu einer Kiste, deren Nummer nicht eindeutig zu identifizieren war. Es konnte eine 21, aber auch eine 27 sein.

»Na schön, auf ein Neues.« Er sprengte das Kettenglied, dann hebelte er vorsichtig den Deckel auf. Wenn sie jetzt nicht fanden, wonach sie suchten, würden sie aufgeben müssen, sonst liefen sie Gefahr, entdeckt zu werden. Der muffige Geruch alter Relikte stieg ihm entgegen, doch er wagte es nicht, in die Kiste zu blicken. Wenn sie nicht fanden, wonach sie suchten, würde ihm ein Vermögen durch die Lappen gehen. Aber da hörte er ihre andächtige Stimme. »Es ist die Büste des Kaisers.« Und er atmete erleichtert auf.

»Jackpot!« Beherzt griff er zu und musste fast lachen, als er das Objekt in den Händen hielt, das man hier oben hatte vergammeln lassen. Wahrscheinlich hatten sie nichts von dem tatsächlichen Wert gewusst. Narren.

»Beeil dich!« Sie hielt ihre Tasche auf, in der sie die Beute und ihre Werkzeuge verstauten. Die Zeit rannte davon, aber er würde schneller sein. Das war er immer.

Er küsste sie, nahm ihre Hand und zog sie hinter sich her, nach draußen, gerade rechtzeitig, um den grellen Scheinwerfern des herannahenden Wagens zu entkommen. Aus der Ferne sahen sie, wie der Museumswärter ausstieg, die Tür überprüfte und verwirrt den Kopf schüttelte, um sie anschließend ein zweites Mal an diesem Abend zu verriegeln. Armer alter Louis. Er lachte.

»Wie bist du da überhaupt reingekommen?«, wollte sie wissen.

»Ich bin Profi, Süße.«

Alexander hatte das Abendessen mit Ivy sehr genossen und darüber fast seine Verabredung mit Claire Summers vergessen. Deren Ehemann hatte sie nach London zurückbeordert, es ging wohl um die Scheidung. Mrs Summers wollte vor ihrer Abreise noch eine letzte Nacht mit Alexander verbringen. Viel lieber wäre er bei Ivy geblieben, um ihre verruchten Experimente fortzusetzen. Sie hatte Blut geleckt, genauso wie er einst konnte sie nicht genug von dem Spiel aus Macht und Hingabe bekommen. Ja, sie war ihm wirklich sehr ähnlich.

Nun stand er jedoch vor Mrs Summers' Tür. Sie empfing ihn in elfenhafter Gestalt und in zarten Dessous. Mrs Summers schien in einen Jungbrunnen gefallen zu sein. Niemand, der diese Frau sah, glaubte ernstlich, sie hätte die vierzig überschritten. Vielleicht hatte sie einen guten Chirurgen.

»Guten Abend, Alexander«, hauchte sie und küsste ihn. Alexander erwiderte den Kuss. Echte Leidenschaft wollte allerdings nicht aufkommen. Mrs Summers schenkte ihm ein zerknirschtes Lächeln.

»Komm doch erst mal rein. Ich dachte mir, vielleicht willst du mir den Po versohlen«, sagte sie und streckte ihm ebendiesen Körperteil entgegen.

Po versohlen. O ja, das klang gar nicht so schlecht. Schon lag seine Hand auf ihrem Gesäß, doch ihm kam die Frage in den Sinn, wie es sich wohl anfühlte, Ivy den Hintern zu versohlen. Ohne Hilfsmittel. Mit der bloßen Hand.

Er verdrängte den Gedanken und versuchte, sich auf das Hier und Jetzt zu konzentrieren, denn er wollte Mrs Summers nicht enttäuschen. Aber das war alles andere als einfach. Ivy schwirrte unentwegt in seinem Kopf herum. Wie hätte er auch an etwas anderes denken können als an sie? Sie war süß, verführerisch, eine einzige Verlockung. Die personifizierte Wandlung der Unschuld in die Lust. Eine aufregende, erregende Wandlung. Und er war ihr dankbar, dass er sie bei ihren ersten Schritten zu ihrer dunklen Seite begleiten durfte, weil diese Reise auch seine eigenen Erinnerungen und Emotionen neu belebte.

»Was ist nur los mit dir, Alexander? Hattest du einen schlechten Tag?«

»Nein. Gar nicht.«

»Dann leg dich zu mir.« Mrs Summers hatte sich in verführerischer Pose auf ihr Bett gelegt und versuchte, ihn mit einem üppigen Dekolleté und verheißungsvollen Blicken zu locken. Aber ihr fehlte dieses Quäntchen Unschuld, das Ivy besaß. Mrs Summers war abgebrüht, sogar ein wenig verlebt. Eine Frau, die schon alles gesehen hatte. Ihr Versuch, ihn zu betören, war ein Fehlschlag. Was war nur los mit ihm? Wieso dachte er immerzu an Ivy? Und an deren Hintern?

Mrs Summers seufzte. »Alex, ich werde langsam ein bisschen böse mit dir. Vielleicht müssen wir doch die Rollen tauschen?«

Auch damit konnte sie ihn nicht aus der Reserve locken, obwohl Alexander durchaus am Rollentausch Gefallen fand. Normalerweise. Aber heute war nichts normal.

Mrs Summers stand plötzlich wieder vor ihm, kraulte sein Kinn, streichelte seinen Hals, dann wanderte ihre Hand tiefer.

»Oh, ich spüre hier eine mächtige Erektion«, sagte sie erfreut, denn sie ahnte ja nicht, was genau ihn so erregt hatte – die Vorstellung von Ivys gefesseltem Körper und ihrem rot glühenden Po.

»An wen denkst du?«, fragte Mrs Summers plötzlich. Ihr Blick hatte sich verändert. In ihm lag nicht mehr starke Begierde, sondern Unzufriedenheit, Kränkung.

»Wovon sprichst du, Claire?«

»Mach mir nichts vor. Du denkst an eine andere Frau. Ich kenne diesen Blick. Mein Mann hat mich immer so angesehen, wenn er an seine Geliebte dachte«, sagte sie. »Ich bin hier, weil ich vergessen will, nicht, um mich zu erinnern.«

Ihm tat es wirklich leid, und doch sah er immer nur Ivys geröteten Po vor sich, hörte ihre lustvollen Schreie. Die Fantasie ging mit ihm durch, die Hose wurde enger.

»Ich fühle mich nicht wohl«, erklärte er. Es klang wie eine billige Ausrede.

Mrs Summers nickte. Sie hatte längst verstanden. Und sie akzeptierte.

»Gute Besserung, Alex«, sagte sie, während er ihr Zimmer verließ, um so schnell wie möglich zu Ivy zu gelangen.

Seine Hose bebte, pulsierte, weil er das Bild nicht loswurde, das ihm Mrs Summers ungewollt in den Kopf gesetzt hatte.

Er wollte Ivys Po in seinen Händen spüren, ihren süßen Duft dabei in sich aufnehmen, ihren Widerstand brechen …

Doch als er bei ihr anklopfte und sie endlich öffnete, ein Handtuch um ihren Körper und eines um ihre Haare gewickelt, da überwältigte ihn der Drang, sie in seine Arme zu reißen und einfach nur zu küssen.

Ivy erschrak, lachte auf, ließ sich von ihm herumwirbeln und erwiderte seinen leidenschaftlichen Kuss. »Wir haben uns doch gerade erst getrennt.«

»Und schon bin ich wieder hier, weil ich es ohne dich nicht aushalte.« Das war verdammt nah an der Wahrheit. Das beunruhigte ihn ein wenig, weil es um Zuneigung ging, nicht um Lust oder Leidenschaft. Aber der Gedanke war schnell verflogen, wenn er ihr bezauberndes Lächeln sah.

Seine Arme legten sich fester um ihre Taille. Er blickte ihr in die Augen, die nun noch mehr strahlten als zuvor. Ihr süßes Lächeln wurde größer, und ihre sinnlichen Lippen wirkten nun sogar noch etwas voller, appetitlicher, luden zum Küssen ein. Weich und warm schlossen sich ihre Münder umeinander, und er glaubte, das Beben in ihrem Inneren zu spüren.

Alexander kniete sich vor sie, schmiegte seinen Kopf an ihre Scham, die nun frei lag, weil ihr Handtuch verrutscht war, und sog jenen sinnlichen Duft ein, der so anders war als der von Mrs Summers. Viel erregender.

»Wollen wir nicht erst mal die Tür schließen?« Er hörte das Schmunzeln in ihrer Stimme. Aber das war ihm völlig egal. Und auch, ob jemand ihnen in diesem intimen Moment zusah, denn er blendete ohnehin alles um sich herum aus. Alles, bis auf Ivy.

Seine Lippen tasteten über ihre Scham, saugten zärtlich an ihren Lippen und suchten nach ihrer Perle, die noch versteckt war.

»Mir ist kalt«, beharrte Ivy und schlug die Tür zu. Dann ging auch sie auf die Knie, hielt Alexanders Gesicht in beiden Händen und küsste ihre Feuchtigkeit von seinen Lippen.

»Was machst du denn hier?«, flüsterte sie, während sie kleine Küsse auf seine Wangen verteilte.

»Vielleicht … hatte ich Sehnsucht.« Seine eigenen Worte überraschten ihn und erzielten dieselbe Wirkung bei Ivy, die die Regeln des *Fou* kannte. Aber was spielten diese noch für eine Rolle? Sein Körper rebellierte gegen diese Regeln, hatte ihm längst die Kontrolle entzogen.

Alexander legte sich auf sie, riss sie zu Boden. Ivy strampelte spielerisch mit den Beinen, versuchte, ihn von sich herunterzudrücken, aber er war viel zu stark. Er wollte sie spüren, einfach nur spüren. Überall an seinem Körper.

»Hilfe!«, rief sie und lachte.

Alexander befreite sie von den Handtüchern, und sie lag nackt vor ihm. Ihre Figur so sinnlich, so natürlich, die Rundungen genau an den richtigen Stellen. Wasserperlen liefen über ihren vor Kälte zitternden Körper und tropften aus ihren Haaren. Wie süß sie aussah.

Nein, jetzt stand ihm der Sinn nicht danach, ihr den Hintern zu versohlen, obwohl auch das reizvoll gewesen wäre. Doch aufgeschoben war nicht aufgehoben.

Er rutschte zwischen ihre Schenkel und atmete ihr berauschendes Aroma ein, das von Lust und intensiver Erregung zeugte. Ihr Atem wurde schneller, und als er kurz den Kopf hob, sah er, wie sich ihre prallen Brüste im raschen Rhythmus hoben und senkten. Der Anblick erregte ihn, und als ihr Aroma intensiver wurde, weil ihre Erregung zunahm, tauchte er noch einmal ab und leckte sie, nahm all ihren süßen Nektar in sich auf, bis er ihre Perle unter seiner Zungenspitze spürte. Er rieb an ihr, lockte sie aus ihrem Versteck.

Gierig umschloss er sie mit den Lippen, saugte an ihr, bis Ivy laut aufstöhnte. Ihre Hände krallten sich in seine Haare, hielten sich an ihnen fest. Ihre Schenkel schlossen sich um seinen Nacken, drückten ihn enger an sie. Seine Hände gruben sich in ihre Pobacken. Während er sie leckte, stellte er sich erneut vor, wie er ihr ein süßes kleines Spanking verabreichte, das ihre Lust nur noch mehr steigern würde.

In dem Moment zuckte Ivys Unterleib, und es geschah etwas, das ihn unvorbereitet traf. Ihre Lust sprudelte wie ein kleiner Wasserfall hervor, landete heiß in seinem Gesicht, lief seine Wangen hinunter. Er fing ihren Nektar mit der Zunge auf, schluckte ihn hinunter, und ein Zittern erfasste ihn. Fast wäre auch er gekommen. Aber die enge Hose hatte es verhindert.

»Willst du heute Nacht nicht hierbleiben?«, fragte Ivy hoffnungsvoll.

»Wenn du dich dann auch ein wenig um mich kümmerst?«

Ivy lächelte, als er zu seiner Hose deutete. »Mal sehen, was ich tun kann«, sagte sie.

Jemand klopfte dreimal hintereinander an Lenas Tür. Das war das vereinbarte Zeichen. Sie hatte sich schon den ganzen Abend auf diesen verruchten Besuch gefreut. Nun schlüpfte sie rasch in ihre High Heels und öffnete Leon die Tür. Er war in einen dunklen Morgenmantel gehüllt, den er nur für ihre Augen lüftete. Sein nackter Körper blendete Lena für einen Moment, noch mehr blendete sie aber das leuchtende Silber an seiner rechten Brustwarze, in der ein Ring steckte.

»Für Sie … und nur für Sie«, sagte er andächtig.

Sie hatten darüber gesprochen, wie aufregend Intimpiercings bei Männern wären. Lena hätte aber im Traum nicht daran gedacht, dass er seinen Worten Taten folgen lassen würde. Es sah heiß aus. Und es symbolisierte seine Unterwürfigkeit, weil er es nur für sie getan, für sie Schmerzen erduldet hatte.

Lena faszinierte seine devote Art, zu der er stand und die er kompromisslos auslebte. Die meisten Männer, mit denen sie sonst verkehrte – und das waren vor allem Kollegen –, waren eher dominant veranlagt. Sie taten alles, um an die Spitze zu kommen, und waren dabei so bestimmend wie Lena selbst. Führungspersönlichkeiten. Machos. Davon war Leon meilenweit entfernt.

»Gehen wir«, sagte sie bestimmt und ging voraus. Leon folgte ihr. Jetzt war sie nicht mehr die fürsorgliche Freundin, die jederzeit ein Ohr für Ivy und Jessica offen hatte, nicht einmal die anspruchsvolle Kundin oder der anstrengende Gast. Sie war jetzt Herrin. Es war eine Rolle, die sie gern auslebte. Mit allem, was dazugehörte. Deshalb trug sie ein enges kurzes Kleid, Handschuhe und jene High Heels, die sie um einen halben Kopf über Leon erhoben, obwohl der sonst im Vergleich zu ihr ein wahrer Hüne war. Es kostete sie einiges an Geschick, in diesen Monsterdingern zu laufen.

»Ich bin schon sehr gespannt auf eure neuen Spielräume.«

Lena hatte bereits im Prospekt vom Dark Room gelesen, der für Kundinnen wie sie eingeführt worden war und noch mehr Spielmöglichkeiten anbot, als es bisher der Fall gewesen war.

Sie fuhren mit dem Lift in das Gewölbe des alten Schlosses, und von dort aus übernahm Leon die Führung. Er hängte den Morgenmantel an einen Haken und geleitete sie in das dunkle Reich der lustvollen Leiden.

Das spärliche Licht der künstlichen Fackeln schmeichelte seinem Knackarsch. Ein süßer Hintern. Aber eigentlich war ja alles an Leon hinreißend.

Endlich gelangten sie zu der stählernen Tür am Ende des Ganges. »Das sieht sehr authentisch aus«, meinte Lena, nachdem Leon einen riesigen Schlüsselbund aus einem an der Wand angebrachten Kasten holte und die Tür aufschloss. Mit einem leisen Ächzen ging diese auf und offenbarte den Blick auf einen Lustkerker, wie Lena ihn nie zuvor gesehen und sich nicht einmal in ihren kühnsten Träumen vorgestellt hatte.

»Alle Geräten stehen Ihnen zur Verfügung«, sagte Leon und senkte sein Haupt.

»Das muss ich mir in Ruhe ansehen.« Sie nahm ihre goldene Halskette ab und befestigte diese an Leons Brustpiercing. Das andere Ende der filigranen Kette band sie an einen Eisenring an der Wand. Leon zischte leise, weil die Kette spannte und ein wenig an seinem wunden Nippel zog. Doch Lena erlaubte ihm nicht, näher an die Wand heranzugehen. Sie begutachtete in aller Seelenruhe die verschiedenen Instrumente, die zugleich Folter- als auch Lustinstrumente waren. Ketten, ein Pranger, ein Wasserbecken, ein Folterstuhl, zahllose Fesseln, eine Sammlung von Dildos und ein Andreaskreuz. Es sah aus, als hätte die spanische Inquisition Einzug gehalten. Und doch wurde alles auf eine lustvolle, charmante Weise dargeboten, auf die Details geachtet. Blütenblätter, Kerzen, flauschige Teppiche, Weinkübel mit Inhalt, passende Gläser, Federn zum Kitzeln und Streicheln, dazu leise Musik.

»Sagt es Ihnen zu?«, hörte sie Leons Stimme hinter sich.

»O ja. Sehr sogar.« Lena löste ihre Goldkette vom Eisenring und führte ihn daran zum Andreaskreuz. Als sie ihn dort anband, die Arme und Beine von sich gestreckt, da sah sie seine starke Erektion, die sich ihr entgegenstreckte.

»Ich sehe, dir sagt es auch zu.«

»Mir sagt alles zu, was Ihnen zusagt.«

Lena schmunzelte. Was hätte er auch sonst sagen sollen?

Sie streichelte seine Brustmuskeln, zog an dem Piercing, um ihm ein leises Stöhnen zu entlocken, und zeichnete die Formen der imposanten Hügel und Täler nach, die seine Muskeln bildeten. Ihre Finger glitten tiefer, so tief, bis sie fast sein Glied berührten. Ein Zittern ging durch seinen Unterleib. Er keuchte auf, als sie, scheinbar versehentlich, über seinen Schaft strich, ihn dann aber gleich wieder losließ.

»Na, na. Wir wollen doch zuvor noch ein bisschen Spaß haben.«

Er stieß ins Leere, und sie beobachtete seine Bemühung, ihre Hand zu erreichen, mit einem süffisanten Lächeln.

Lena lief zu den Kerzen und entzündete eine von ihnen. Dann kam sie zurück und ließ ihn zusehen, wie das Wachs allmählich schmolz und der Docht niederbrannte. Das Licht spiegelte sich im Silber seines Piercings, flammte auf.

»Du ahnst sicherlich, was jetzt kommt, oder?«

Er biss sich verheißungsvoll auf die Unterlippe, und als sie die Kerze schräg hielt, so dass das heiße Wachs langsam auf seinen Körper herunterträufelte, da zischte er auf. Lustvoll. Gierig.

Leon liebte den süßen Schmerz. Das war schon immer so gewesen, und es hatte lange gebraucht, ehe er seine Neigung akzeptiert hatte.

Seine erste Freundin hatte sich von ihm abgewandt, als er sie gebeten hatte, ihn beim Sex zu fesseln. Sie hatte nicht verstanden, warum es ihn anmachte. Und er hatte lange suchen müssen, um eine Frau zu finden, die Spaß daran hatte, einen Mann lustvoll zu unterwerfen, ihn an seine Grenzen zu treiben. Doch erst seit er im *Amour Fou* arbeitete, fühlte er sich wirklich akzeptiert.

Er hatte sein ganzes Leben umgekrempelt, war von Nürnberg nach Nizza gezogen, hatte den Job als Mechaniker aufgegeben und lebte nur noch für die Lust an der Unterwerfung.

Heiß floss das Wachs zu seinem Bauchnabel hinunter, wo es langsam abkühlte und fest wurde. Ein roter Streifen zierte seine Haut.

Lena beugte sich über ihn. Sie sah in ihren High Heels so prächtig aus, dass ihm allein bei ihrem Anblick das Blut in die Lenden schoss. Sie hielt die Kerze schräg, und erneut glitt die brennende Wärme über seinen Körper, traf genau jene winzige Stelle, die Lena angepeilt hatte. Seine linke Brustwarze, die vor Erregung steif und sehr empfindlich geworden war. Leon stöhnte. Der Schmerz riss ihn fast von den Beinen. Aber dann ließ er nach, und die Qual verwandelte sich in Lust.

»Das gefällt dir, was?« Ihre Stimme klang so süß und fies zugleich. Er nickte.

Lena trat einen Schritt zurück und betrachtete ihn. »Ein wahres Kunstwerk«, sagte sie, pustete die Kerze aus und stellte sie zurück. Leon blickte an sich herunter. Seine Brust und sein Bauch waren voll roter Spuren, die seine Muskeln wie ein surreales Muster umschmeichelten. Lena positionierte sich vor ihm und zog ihren Rock etwas höher, so dass er sehen konnte, dass sie keinen Slip trug.

Ihre rasierte Scham war vor Erregung gerötet und die großen Schamlippen herrlich geschwollen. Ein starker Schauer durchfuhr seinen Körper.

Und als Lena leicht in die Hocke ging und sich mit ihrer Scham an seinem Schaft rieb, da spürte er schon die ersten Schübe seiner Lust, die wellengleich durch seinen Unterleib brandeten.

»Noch nicht«, ermahnte sie ihn und zog an dem Goldkettchen, das an seinem Piercing hing. Er zischte auf, aber der Schmerz war wie eine Droge, berauschend. Dicke Adern traten auf seinem Schwanz hervor, er begann, wie wild zu pulsieren. Unwillkürlich schob er ihr sein Becken entgegen, aber Lena erlaubte ihm nicht, in sie einzudringen. Sie neckte ihn lediglich, indem sie sich in einem teuflisch schönen, verführerischen Rhythmus immer wieder an ihm rieb.

Ihre heiße Feuchtigkeit hinterließ eine prickelnde Spur auf seinem Glied und an seinen Hoden.

»Ich könnte dich losbinden und es dir erlauben«, hauchte sie verführerisch. »Aber das müsstest du dir vorher verdienen.«

»Ich werde alles tun, was Sie verlangen.«

Lena grinste zufrieden. Und zu seiner Überraschung band sie ihn nun tatsächlich vom Andreaskreuz und führte ihn zu dem Folterstuhl, der ein wenig an einen hölzernen Thron erinnerte, nur dass er an den Lehnen eiserne Schnallen hatte. Doch anstatt ihn dort festzuschnallen, setzte sie sich selbst auf den Thron. Sie sah wie eine Königin aus. Stolz und unnahbar.

Elegant spreizte sie die Beine, und er ging in die Knie vor ihr, den Blick direkt auf ihre glitzernde Scham gerichtet. Die

Anzeichen ihrer Lust waren nicht zu übersehen, und Lena versprühte jenen sinnlichen Duft, der ihre Erregung verriet. Es war eine Mischung aus Honig und Rosen.

»Jetzt wirst du deine Zunge zum Einsatz bringen.« Sie leckte sich mit ihrer eigenen über die rot bemalten Lippen. Wie schön diese Frau war. Leon weidete sich einen Moment zu lange an ihrem Anblick, da zog sie streng an dem Goldkettchen, das sich gefährlich spannte. Berauscht atmete er ihr Aroma ein, sog es auf und versuchte, es sich einzuprägen. Er hatte nie eine Frau getroffen, deren Geruch ihn mehr angemacht hatte.

Vorsichtig trank er von ihrem Quell, leckte mit der Zunge ihre kleinen Schamlippen und die Spitze ihrer auffällig großen Klitoris. Er konnte nicht widerstehen und nahm sie in den Mund, saugte an ihr, leckte über sie, spürte das Pulsieren, das heftige Pochen in ihr. Mit einer Hand rieb er seinen Schwanz.

Lena lehnte sich zurück, schloss die Augen und gab sich ganz ihrer Lust hin. Ihre Finger umschlossen die Goldkette, mit der sie ihn in der Hand hielt. Leon war ein Zungenakrobat, und es gelang ihm, sie aufs Höchste zu erregen.

Aber dann hatte sie eine Idee, wie sie das Spiel noch interessanter machen konnte.

»Leg dich auf den Boden.«

»Gefällt es Ihnen nicht mehr?« Er sah zu ihr auf, aber Lena ignorierte seine Frage. Sie erhob sich, und der Größenunterschied zwischen ihnen wurde noch auffälliger. Sie deutete nach unten, und er leistete ihrem Befehl Folge und legte sich hin. Sie musterte seinen schönen Körper, die Muskeln, die seidig schimmernde Haut, die auffällig breiten Schultern und umso schmaleren Hüften, die roten Wachsspuren, das sexy Piercing und das enorm große Glied, das sehnsuchtsvoll ins Leere stieß. Sein Anblick erregte sie, doch er löste auch noch etwas anderes in ihr aus. Etwas, das ihr immer fremd gewesen war. Lena gab sich nach außen cool und tough, doch die wahre Lena hatte sich hinter einer Mauer verschanzt, und nur ihre engsten Freunde ließ sie an sich heran. In Liebesdingen war sie noch viel vorsichtiger gewesen, und ihre letzte Beziehung lag eine Ewigkeit zurück. Umso merkwürdiger und verwirrender war es, dass sie nun ausgerechnet zärtliche Gefühle überkamen. Der Wunsch, es schön für ihn zu machen. Und ein Bedauern, ihm weh getan zu haben, obwohl er dies wollte und genoss.

Sie setzte sich auf ihn, nahm ihn auf und bewegte sich sacht und zärtlich. Auf und nieder. Sie streichelte seine Brust, strich vorsichtig über die gepiercte Brustwarze, die in ihren Fingern aufblühte. Leon seufzte leise. Und ein dankbares Lächeln umspielte seine Lippen.

»Ich wünsche dir alles Gute, Claire«, sagte Alexander und meinte es von Herzen. Ein Page brachte die Koffer der adretten Britin nach draußen, die gerade an der Rezeption auscheckte. »Tut mir leid, dass ich gestern Nacht … nicht ganz … ich selbst war.«

»Weil du die Kleine liebst?«

Ihre Analyse erschreckte ihn. Liebe. Er lachte. Ja, er war für einen Moment schwach gewesen. Aber das hatte keine sentimentalen Gründe, es war ihm um den Sex gegangen. Gefühle konnte er sich in diesem Job auch gar nicht leisten.

Das war das A und O, die goldene Regel der Animateure. Keine echten Emotionen, nichts, was über sexuelle Leidenschaft hinausging. Er war geil auf Ivy. Nicht mehr und nicht weniger. Und er hatte auch nicht vor, allzu bald von Ivy abzulassen, denn der Sex mit ihr war anders und erfrischend. Er hatte das Gefühl, alles noch einmal neu mit ihr zu entdecken, weil es neu für sie war.

»Ein Jammer«, meinte Mrs Summers und fuhr ihm mit ihren manikürten Fingern durchs Haar. »Viele Frauen werden enttäuscht sein.«

»Du irrst dich, was mich angeht.«

»So? Tue ich das?«

»Ihr Taxi ist da«, rief der Page, und sie folgte ihm, drehte sich an der Tür aber noch einmal zu Alexander um.

»Vielleicht sehen wir uns nächstes Jahr wieder.«

Vielleicht.

Sie warf ihm einen Luftkuss zu und war im nächsten Moment verschwunden.

»Die hat Beschwerde über dich eingelegt«, erklärte Juan, der plötzlich neben Alexander aufgetaucht war.

»Die Summers?«

»Jepp.«

In dem Moment kam auch schon die Chefin aus ihrem Büro und winkte ihn zu sich.

»Wir müssen uns unterhalten, Hamilton«, sagte sie in einem scharfen Tonfall, und Alexander wusste, dass Ärger im Anmarsch war.

Antoinette hatte nicht nur die Position der Geschäftsführerin inne, ihrem Mann Gustave und ihr gehörte auch das Schloss, das sie hatten ausbauen lassen, um darin ihr Lusthotel zu eröffnen. Inzwischen hatte sich Gustave de la Celon allerdings weitgehend aus dem Geschäft zurückgezogen und das Spielfeld seiner Frau überlassen.

Sie trug die Haare streng zurückgebunden, und ein enger anthrazitfarbener Blazer betonte ihre zierliche Figur. Sie wirkte stets ein wenig burschikos, aber auch ehrgeizig und entschlossen. Mit einem freundlichen Lächeln bot sie ihm einen Platz vor ihrem Schreibtisch an und ließ sich in ihren ledernen Bürosessel sinken.

»Mrs Summers ist abgereist.«

»Ja, ich weiß. Ich habe sie gerade eben noch getroffen.«

»Sie hat sich über dich beschwert.«

Alexander seufzte.

»Du weißt doch, dass wir viel Wert auf unsere Gästebetreuung legen.«

»Ja.« Er seufzte noch einmal.

Ihm war das alles ja klar, und es tat ihm leid, dass der Abschiedsabend nicht zu Claire Summers' Zufriedenheit verlaufen war.

»Mrs Summers ist eine Neukundin gewesen. Wir können nur hoffen, dass wir sie nicht verloren haben.«

Er nickte. Das hoffte er natürlich auch.

»Ich will jetzt wissen, wieso du mit ihr nicht klargekommen bist. Was ist da schiefgelaufen? Jeder Animateur hat seine Grenzen, und ich akzeptiere diese völlig. Hat sie eine überschritten?«

»Es lag nicht an ihr.«

»Sondern?«

Wie sollte er das seiner Chefin erklären?

»Ich habe gehört, dass du ein Auge auf diese Kleine aus Frankfurt geworfen hast.«

»Sie ist auch eine Kundin unseres Hauses.«

»Sicher. Nur manchmal sollte man abwägen, welchem Gast man mehr Aufmerksamkeit schenkt. »

»Ich kümmere mich ein wenig um Ivy. Mehr ist da nicht.«

Antoinette hob eine Braue. »Ivy? Hör zu, Alexander. Ich erwarte Professionalität. Sonst kann ich meinen Laden gleich dichtmachen. Wenn dir die Spielregeln nicht mehr zusagen, dann solltest du darüber nachdenken, ob der Job bei uns noch immer das Richtige für dich ist!«

Er hatte befürchtet, dass Antoinette eine solche Andeutung machen würde. Aber er steckte noch immer bis zum Hals in Schulden wegen seines Fitness-Studios. Er brauchte den Job, der gut bezahlt war und natürlich auch Spaß machte.

»Das bin ich. Ein solcher Fauxpas wird nicht mehr vorkommen. Das verspreche ich dir, Antoinette.«

Die Chefin nickte nachgiebig. »Na schön, das kannst du ja dann gleich heute unter Beweis stellen.«

Er runzelte die Stirn.

»Die Gräfin von Alsterheim reist noch heute an.«

»Vanessa?«

»So ist es. Gibt es da ein Problem?«

Er schüttelte benommen den Kopf. Vanessa war eine seiner ersten Kundinnen gewesen. Eine heißblütige und ungemein reiche Frau, die sehr genau wusste, was sie wollte, und die ihre Lust an Machtspielen mit Vorliebe mit ihm ausgelebt hatte. Doch Antoinette ahnte nicht mal im Ansatz, dass ihn und Vanessa weit mehr verband als nur das *Amour Fou*.

»Ich möchte, dass du dich um sie kümmerst. Diese Frau bekommt, was sie will.«

Er zögerte einen Moment. Vanessa konnte sehr einnehmend sein. Das würde bedeuten, dass er Ivy seltener sehen würde. Aber Antoinettes bohrender Blick ließ ihn schnell einlenken.

»Ich werde sehen, was ich tun kann.« Er würde schon einen Weg finden, sich weiterhin mit Ivy zu treffen, auch wenn er nicht wusste, wie er ihr erklären sollte, dass sie von jetzt an nicht mehr die Einzige war.

Ivy und ihre Freundinnen hatten sich auf der Terrasse zum täglichen Brunch getroffen. Und natürlich, um Neuigkeiten auszutauschen. Wie immer wollte Lena alles wissen. Ohne Umschweife. Geradeheraus. Und Ivy enttäuschte sie nicht, schmückte ihre Erzählungen sogar noch etwas aus.

»Da sieht man es mal wieder. Stille Wasser sind tief. Du wirst ja noch ein richtiger Vamp.«

»Ach was.«

Sie kicherten.

»Ernsthaft, ich fange wirklich an, es zu genießen. Es ist neu und anders. Aber sehr aufregend. Er scheint genau zu wissen, was er tut und was mir gefällt.«

»Es wird noch heißer, wenn du ihm einen Tipp gibst.«

»Einen Tipp?«

»Worauf du stehst, natürlich. Oder soll der arme Kerl immer nur raten? Was, wenn er mal danebenliegt? Du musst es ihm sagen. Oder willst du mir erzählen, du hast keine schmutzigen Fantasien?«

»Na ja …« Ivy hustete. Das war ihr schon wieder ein bisschen zu intim, aber Lena ließ nicht locker. »Denk pragmatisch, Träume werden nur wahr, wenn man sie mitteilt. Und auch wenn es sich für dich anders anfühlte, Alex kann keine Gedanken lesen.«

»Ich … weiß nicht … was sind denn … eure schmutzigsten Fantasien?« Sie brauchte erst mal einen Vergleich – zur Orientierung. Schließlich wollte sie sich vor ihren Freundinnen nicht blamieren.

»Ich würde es gern mal mit drei Männern tun«, sagte Jessica unbefangen, und Ivy bewunderte sie darum, wie gelassen sie darüber sprach.

»Mit dreien gleichzeitig?«

»Klar, ist doch geil. Findet ihr nicht?«

»Noch geiler wäre es doch, wenn zwei Frauen einen Mann dominieren.« Lena zwinkerte Ivy zu. War das eine Einladung?

Für Ivy war es eigentlich am schönsten, wenn sie mit Alexander allein war. Aber das war ja nicht das erste Mal, dass sich ihre Meinung von der ihrer Freundinnen zu diesem Thema unterschied.

»Und jetzt bist du dran, beichte!«, forderte Lena sie auf.

»Ich weiß nicht … meins ist … peinlicher.« Damit machte sie die beiden nur noch neugieriger.

»Egal. Spuck's aus. Wir behalten es für uns«, versicherte Jessica.

»Sprich nur für dich, Süße. Ich will erst mal wissen, was es ist, bevor ich das verspreche.«

»Ich … stell mir manchmal vor … na ja …« Sie nahm schnell einen Schluck Orangensaft.

»Ja?«

»Mit einem Verbrecher zu schlafen.« So, jetzt war es raus. Plötzlich herrschte betretenes Schweigen, und Ivy wäre am liebsten im Boden versunken. »Es ist nur … eine Fantasie. Ich meine, ich wünsche mir das nicht wirklich … versteht ihr?«

»Klar doch, ist ein Klassiker«, meinte Lena. »Und ein sehr heißer noch dazu.«

»Was?« Jetzt war Ivy sprachlos.

»Und kein Grund sich zu schämen«, fügte Jessica hinzu.

»Gefahr kann sehr sexy sein.«

Ja, genau so war es. Ivy war verblüfft, dass ihre Freundinnen so locker reagierten. Insgeheim glaubte sie, die beiden hatten auch schon ähnliche Träume gehabt. In Ivys Fantasie war der Verbrecher auch gar kein richtiger Schurke, sondern sehr zärtlich und hingebungsvoll. Aber auch dominant. So wie Alexander.

»Und darüber sollte ich mit Alexander reden?« Das fühlte sich irgendwie komisch an. Sie war nicht sicher, ob sie das konnte.

»Deine Entscheidung. Das wäre sicher ein geiles Rollenspiel. Wenn du nichts sagst, wird auch nichts in der Richtung passieren«, belehrte sie Jessica.

Lena blätterte unterdessen in ihrer Zeitung und verschluckte sich plötzlich am Kaffee. Schnell klopfte Ivy ihr auf den Rücken.

»Hört euch das mal an! Ihr erinnert euch an das Museum in Cimiez?«

»Klar, dieser langweilige Kulturausflug. Ich habe jetzt noch Blasen an den Füßen.«

»Was ist denn passiert?«, wollte Ivy wissen.

»Ins Museum ist eingebrochen und wertvolle Kunstobjekte sind gestohlen worden.«

»Was?«

»Ja, hier steht es schwarz auf weiß. Am selben Tag, als wir dort waren.«

»Kann man eigentlich gar nicht verstehen. Wer stellt sich

schon diese hässlichen Büsten ins Wohnzimmer.« Jessica lachte.

»Haben die denn schon eine Spur?«

»Steht nichts von drin. Die Polizei ermittelt.« Lena faltete die Zeitung zusammen, und Ivy überlegte fieberhaft, ob sie an dem Abend irgendetwas Auffälliges gesehen hatte. Doch sie war mit den Gedanken ganz woanders gewesen, und bei der Erinnerung an den geilen Sex im Dachgeschoss des Museums jagte ihr erneut ein sinnlicher Schauer über den Rücken.

»Hey, Süße, da drüben ist dein Freund.« Lena deutete auf Alexander, der gerade eine Frau mit langen schwarzen Haaren in Empfang nahm. Er schien sie zu kennen, jedenfalls wirkten die beiden, als wären sie schon länger miteinander vertraut.

Ivy spürte ein seltsames Ziehen in der Magengegend. Wer war das? Hatte er ihr nicht versprochen, sich während ihres Urlaubs ausschließlich um sie zu kümmern? Aber das war wohl bei seinem Job als Animateur nur Wunschdenken. Hier gab es zu viele einsame Frauen.

Die Art, wie sich die Dunkelhaarige an ihn schmiegte, das war anders, als sie es sonst von den anderen Urlauberinnen kannte. Und das beunruhigte Ivy.

»Nimm es nicht so ernst«, sagte Lena und legte ihre Hand auf Ivys, die sie ihr sofort entzog.

»Mach ich auch nicht. Ich gehe eine Runde schwimmen.« Sie stand auf und ging zum Pool.

Alexander war der verunsicherte Blick Ivys nicht entgangen, als sie ihn mit Vanessa entdeckt hatte. Und auch Vanessa schien nun zu merken, dass irgendetwas nicht mit ihm stimmte. Sie legte ihm die Hand unter das Kinn und schob sein Gesicht in ihre Richtung, so dass er gezwungen war, ihr in die strahlend grünen Katzenaugen zu blicken.

»Ich hoffe doch, dass du mir deine volle Aufmerksamkeit schenken wirst«, sagte die Gräfin.

Alexander zog sie eng an sich, die Warnungen seiner Chefin immer noch im Ohr, und küsste sie.

»Beantwortet das deine Frage?«

Sie lachte tief und rau, und ihm fiel wieder auf, wie schön sie aussah. Und warum er ihr einst verfallen war. Ein paar Jahre älter als er, wie die meisten seiner Urlaubsbekanntschaften, von Ivy mal abgesehen. Frauen wie Vanessa taten viel für ihr Äußeres und gaben Unmengen an Geld dafür aus, um optisch jung zu bleiben. Und in ihrem Fall wirkte es ausgesprochen natürlich.

»Mir steht der Sinn jetzt nach einer kleinen, süßen Bestrafung.« Sie senkte den Blick, und ihre stolze Haltung veränderte sich, weil sie just in dem Moment in ihre Rolle als Sklavin schlüpfte. Ein heißes Prickeln ging durch Alexanders Unterleib.

»Dann komm mal mit, meine schöne Dienerin«, flüsterte er ihr ins Ohr, packte sie am Handgelenk und zog sie hinter sich her.

Die Gräfin folgte ihm nur zu bereitwillig, und er spürte den sinnlichen Schauer, den allein sein fester Griff in ihr ausgelöst hatte.

»Wir haben da eine hübsche kleine Neuerung, die du noch nicht kennst. Doch ich bin sicher, dass sie dir gefällt.«

Er sprach vom Dark Room, dem Folterkeller der Lust, der auf Antoinettes ausdrücklichen Wunsch mit allen erdenklichen Spielsachen ausgestattet worden war. Und die

Chefin hatte recht gehabt mit ihrer Prognose. Seit sie mit ihrem Lustkeller warben, hatten sich die Reservierungen erst verdoppelt und inzwischen sogar verdreifacht, so dass noch ein paar zusätzliche Animateure angestellt worden waren.

»Ich bin schon sehr gespannt«, hauchte Vanessa, als sie die Stufen hinabstiegen. Ein Flair von Mittelalter und Kerker umwehte sie. Vanessas Schauer wurden intensiver, übertrugen sich auf Alexander. Er wollte unbedingt auch mit Ivy in den Lustkeller. Sie dort zu lieben wäre noch um einiges aufregender.

Ivy verbrachte den ganzen Tag am Pool und versuchte, sich auf ihren Krimi zu konzentrieren. Ein Unterfangen, das von Anfang an zum Scheitern verurteilt war, denn ihre Gedanken drifteten immer wieder zu Alexander und der attraktiven Schwarzhaarigen ab, die er auf so merkwürdige Weise angesehen hatte. Ivy spürte instinktiv, dass die beiden mehr verband. Würde er sie nun vernachlässigen? Vielleicht sogar vergessen? War sie jetzt überhaupt noch interessant für ihn? Bei der Vorstellung, dass sie für den restlichen Urlaub womöglich sogar auf ihn würde verzichten müssen, bekam sie einen Kloß im Hals. Das war schlimmer als der Gedanke, ihn teilen zu müssen.

Da schob sich ein Schatten über sie, schirmte sie von der wärmenden Sonne ab. Ivy setzte verärgert ihre Sonnenbrille ab, um dem Störenfried ins Gesicht zu blicken. Zu ihrer Überraschung war es Alexander, der vor ihrer Liege stand, nur in einer Badehose, sonnengebräunt, seinen Traumkörper unverhohlen zur Schau stellend. Und er lächelte sie an.

»Hallo, Bella«, sagte er, »darf ich dich ein bisschen verwöhnen?« Er nahm ihre Sonnencreme.

Ivy war erleichtert, ihn zu sehen, und drehte sich auf den Bauch, legte das Buch zur Seite und präsentierte ihm ihren Rücken. Alexander hockte sich neben die Liege und fing an, sie einzucremen. Seine Hände fühlten sich himmlisch an. So kräftig und sanft zugleich.

»Und hattest du einen schönen Nachmittag?«, wollte er wissen.

»Ja, ging so. Deiner war sicherlich aufregender.« Sie dachte wieder an die mysteriöse Dunkelhaarige. Das ließ ihr einfach keine Ruhe. In welcher Verbindung stand sie zu Alexander?

Er lachte, denn er schien gleich zu merken, was genau sie bedrückte.

»Ich war arbeiten, Süße.«

»Ja, das habe ich gesehen.« Ivy seufzte. Welcher normale Mensch konnte sich schon damit abfinden, dass der eigene Freund fremde Frauen beglückte? Sie korrigierte sich schnell. Freund? Er war doch gar nicht ihr Freund. Sie hatten keine Beziehung, jedenfalls nichts, das über Sex hinausging. Doch Ivy war so verliebt in diesen Kerl, dass sie die Realität völlig aus den Augen verlor, mit ihren Träumen vermischte und darüber hinaus vergaß, dass er ein Animateur war. Außerdem wollte sie doch gar keine Beziehung mehr. Sie war hier, um zu vergessen!

»Bist du etwa eifersüchtig?«

»So ein Quatsch.«

»Gibt auch keinen Grund. Vanessa ist nur … ein Gast.«

»Genau wie ich.« Jemand, der für seine Dienste bezahlte. Ob Vanessa ihm ein ordentliches Trinkgeld gab?

»Du bist mehr als das«, sagte er plötzlich, und Ivy fuhr herum.

»Was?« Sie glaubte, sich verhört zu haben.

»Ich gebe zu, ich habe durchaus eigenes Interesse an unseren kleinen Intermezzi.«

»Wie ... meinst du das?«, fragte sie verunsichert. Wenn er mehr für sie empfand, und das hoffte sie von Herzen, dann sollte er es einfach sagen.

»Du bist eine aufregende Frau. Es ist mehr als nur ein Job, es ist ... geil.«

Ivy war nicht sicher, ob sie das als Kompliment auffassen sollte oder nicht.

»Mir macht Sex Spaß«, gab er offenherzig zu. »Aber mit dir, da ist das noch mal auf einer anderen Ebene. Nicht so mechanisch. Es ist ...« Er suchte nach Worten. »Feurig. Bedeutsam.«

Ivy lächelte aufgeregt. »Geht mir genauso.« Der Sex mit Alexander war in der Tat das Geilste, was sie jemals erlebt hatte. Wer war noch gleich Boris?

Aber von ihrer Seite aus war noch mehr im Spiel. Sie fühlte sich wirklich zu diesem Kerl hingezogen. Doch das würde er nicht verstehen. Er war vermutlich nicht mal der Typ für eine Beziehung. Er brauchte Abwechslung, das Neue. Und Ivy war, wie ihr gerade bewusst wurde, eben jenes Neue, auf das er aus war, das ihm einen Kick gab. Es wäre vernünftig, die Sache zu beenden, sobald Gefühle im Spiel waren, aber seine zärtlichen Hände weckten eine Sehnsucht in ihr, die sie kaum aushielt. Eine Sucht, die sie nicht unter Kontrolle hatte.

»Was machst du heute Abend?«, wollte sie wissen. Aber er sagte nichts.

»Du triffst Vanessa?«

Er nickte knapp. Sie glaubte, ihr Herz würde stehen bleiben, und sie brauchte ein paar Sekunden, um sich zu fassen. Vanessa war nun offenbar die Nummer eins, und sie spielte nur noch die zweite Geige.

»Ich kenne sie schon lange.«

Sie wollte gar keine Details hören. »Na ja, dann wünsche ich dir viel Spaß mit ihr.« Demonstrativ griff sie nach ihrem Buch und drehte sich auf der Liege herum, so dass er sie nicht weiter einreiben konnte.

»Ich muss es tun, wegen Antoinette. Glaub mir, ich wäre viel lieber mit dir zusammen.« Er setzte sich ans Fußende der Liege, nahm ihr Bein hoch und küsste ihren großen Zeh.

Ivy sah über den Rand ihres Buches hinweg zu ihm. War das wirklich wahr? Zog er sie dieser Vanessa vor?

»Ich will dich heute Nacht noch mal sehen. Bitte.«

Ivy klappte das Buch wieder zu und drückte es an ihre Brust. Sie wollte ihn doch auch sehen. Unbedingt. All die Dinge tun, nach denen sich ihr Körper verzehrte. Auch wenn es töricht war, sie hatte keine andere Wahl, als ihrem Verlangen nachzugeben. »Um Mitternacht, hier am Pool. Was hältst du davon?«

Ein strahlendes Lächeln erschien auf Alexanders schönem Gesicht. »Ich werde da sein.«

Sieben Stunden später legte sich Ivy wieder auf ihre Liege, doch am Pool war es jetzt menschenleer. Am Himmel leuchteten unzählige Sterne. Leise rauschte der Sommerwind, und das klang wie ein fernes Lied. Sie kuschelte sich in ihren Bademantel und zog den Stoffgürtel noch etwas enger um sich. Als Schritte hinter ihr erklangen, drehte sie sich um und erkannte Alexander, der langsam auf sie zukam.

Bis eben war er bei Vanessa gewesen. Das schmerzte. War die imposante Schönheit interessanter für ihn, fühlte er sich mehr zu ihr als zu Ivy hingezogen? War der Sex mit ihr besser? Wortlos erhob sie sich, warf ihren Badenmantel ab und sprang ins Wasser. Sie tauchte in einem Zug bis zum Ende der Bahn und kraulte dann zurück. Alexander stand am Rand des Pools und beobachtete sie interessiert. Unverkennbar war etwas zwischen seinen Beinen gewachsen.

»Komm ins Wasser«, forderte sie ihn auf. Als er nicht sofort parierte, packte sie seine Fußgelenke und zog ihn einfach zu sich in den Pool.

Alexander klatschte ins Wasser, das hochspritzte und ihn gänzlich verschlang. Prustend kam er wieder an die Oberfläche zurück und strich sich mit beiden Händen die Haare aus dem Gesicht.

»Ganz schön kess, die kleine Frankfurterin.«

Seine Hände legten sich besitzergreifend auf ihre Schultern, wohl in der Absicht, sie spaßeshalber nach unten zu drücken. Doch Ivy war schneller, tauchte ab und machte sich an seiner Badehose zu schaffen. Diese saß eng wie eine zweite Haut, so dass sie das Pulsieren seiner Männlichkeit durch den Stoff hindurch spüren konnte, als sie darüberstrich.

Alexander half ihr dabei, die Hose abzustreifen, und sofort richtete sich sein pralles Glied auf. Ivy nahm es in den Mund, lutschte an ihm wie an einer süßen Praline und kam nur kurz wieder hoch, um nach Luft zu schnappen. Es war ihre Revanche dafür, dass er sie im Meer oral befriedigt hatte. Es sollte ihm aber auch zeigen, dass sie keine Langweilerin war, sondern selbst die Initiative ergriff.

Er wuchs in ihrem Mund, wurde noch praller, noch härter. Ihre Zunge glitt über dicke Adern, umschlängelte seinen Schaft, rieb an ihm, bis seine Eichel glühte.

Aber die Luft wurde allzu schnell knapp. Als sie wieder hochkam, empfing er sie mit einem wilden Kuss, der ihren nächsten Atemzug hinauszögerte. Dann glitt sie wieder runter, und er schob ihr lüstern seinen Schwanz tief in den Mund.

Ivy machte es an, von ihm gesteuert zu werden. Ihre Finger gingen auf Wanderschaft, verschwanden in ihrem Bikinihöschen und fanden schnell, wonach sie gesucht hatten. Gierig fingerte sie an ihrer Perle, als sich seine Lust in wilden Stößen entlud. Ivy schluckte sie hinunter, dann tauschten sie die Rollen. Jetzt zog er ihr unter Wasser das Höschen aus. Seine warmen Lippen berührten ihre Scham, so wie er sie schon einmal im Meer liebkost hatte. Doch sie spürte nicht nur seinen sinnlichen Mund und seine Zunge, sondern auch die blubbernden Luftbläschen, die ihm entwichen und die sie auf ihrem Weg an die Oberfläche kitzelten. Was für ein geiles Gefühl, wenn sie zerplatzten. Er saugte stärker, baute ein Vakuum um ihre Klitoris auf, bis diese anschwoll und heftig pulsierte. Und kurz bevor sie kam, packte er ihre Taille mit beiden Händen und zog sie zu sich runter, verschloss ihren Mund mit seinen Lippen und drang in sie. Das war der Moment, in dem sie innerlich explodierte.

Keuchend tauchten sie wieder auf und schwammen zum Rand des Beckens zurück. Ivy war völlig außer Atem. Alexander half ihr beim Aussteigen, legte fürsorglich ein Handtuch um sie, weil sie vor Kälte zitterte.

»Na, was sagst du jetzt?«, brachte sie unter schweren Atemstößen hervor. Sie war stolz auf sich.

Alexander streichelte zärtlich ihre Wange. »Das war ohne jeden Zweifel der Höhepunkt des Tages.«

Ivy lächelte zufrieden, denn sie hatte ihr Ziel erreicht. Würde er jetzt noch einen Gedanken an Vanessa verschwenden? Schon wieder prickelte es zwischen ihren Beinen.

»Willst du noch mit auf mein Zimmer kommen?«, fragte sie.

Alexander wiegte nachdenklich den Kopf. »Diesmal nicht, Süße. Aber wir sehen uns morgen.« Er küsste sie erneut und ging. Ivy blickte ihm nach, und mit einem Mal fühlte sie sich allein.

Ivy konnte nicht ahnen, dass er ihrer Einladung am liebsten gefolgt wäre. Doch nach diesem geilen Sex erkannte er, dass es besser war, ein wenig Abstand zu Ivy zu halten. Sie brachte nicht nur seine Hormone durcheinander, sondern allmählich auch seine Gefühlswelt. Der Sex mit ihr wurde langsam zur Sucht, zur Besessenheit, und während er auf dem Weg zu seinem Zimmer war, spielten sich die soeben erlebten Szenen noch einmal in seinem Kopf ab. Er brauchte jetzt dringend eine Abkühlung, um wieder Herr seiner Sinne zu werden. Doch bereits kurz nachdem er sich unter die Dusche gestellt hatte und die Erregung verschwunden war, klopfte es an seiner Tür. Wenn das Ivy war, er würde nicht die Kraft aufbringen, sie noch einmal zurückzuweisen. Nicht nach diesem aufregend geilen Erlebnis im Pool.

Er rubbelte rasch die Haare mit dem Handtuch trocken und öffnete, nackt, wie er war, die Tür. Doch statt Ivys blauen

Kulleraugen musterten ihn nun die gierigen Augen einer Raubkatze. Vanessa.

Aus einem Reflex heraus hielt er sich eilig das Handtuch vor.

»Du? Hier?«

»Ich hatte ein bisschen Sehnsucht«, säuselte sie. »Da ist doch nichts Verwerfliches dabei, oder?«

Sie trat unaufgefordert ein. Aber Alexander hätte sie so oder so schlecht rauswerfen können. Sie war eine wichtige Kundin, und er musste sich ihren Wünschen fügen. Zu jeder Tages- und Nachtzeit. Das hatte er Antoinette versprochen.

»Fein.« Sie setzte sich auf sein Bett und schlüpfte elegant aus ihren High Heels. Alexander wusste, dass sie nicht einfach nur zum Reden gekommen war.

Ihre Katzenaugen leuchteten. »Nur keine Scham, nimm das Handtuch weg. Ich weiß doch, wie es darunter aussieht.«

Katz und Maus. Im Augenblick fühlte er sich tatsächlich wie ein Beutetier.

»Ich dachte mir, wir könnten vielleicht dort anknüpfen, wo wir vorhin aufgehört haben? Was meinst du?«

Alexander schüttelte sein eigenes Begehren, das Ivy galt, ab und beugte sich über die Gräfin, küsste sie zur Antwort zärtlich, zwickte sanft in ihre Unterlippe und zog an ihr. Vanessa stöhnte leise auf.

»Lass uns noch mal in diesen Keller gehen.«

»Dark Room«, verbesserte er sie.

»Ja, genau. Ich steh auf dieses Mittelalterflair.«

Er schob ihr seine Zunge tief in den Rachen, und dabei musste er immer wieder an Ivy denken. Eigentlich war sie es, die er jetzt küsste. Heiß. Innig. Aber er schmeckte nicht ihre unwiderstehliche Süße, sondern roch stattdessen das strenge Parfüm der Gräfin. Vanessa war eine umwerfend schöne Frau mit einem perfekten Körper. Eigentlich hätte er damit zufrieden sein müssen, doch die Gedanken an Ivys süße Nase und ihre vollen Lippen lenkten ihn zu sehr ab. Er wollte sie küssen, wünschte, er hätte ihre Einladung angenommen. Verdammt, was war nur los mit ihm?

»Kommst du?« Die Gräfin wackelte mit ihrem knackigen Hintern und öffnete die Tür. Alexander schlüpfte eilig in Shorts und Hemd und folgte ihr.

Ivy rieb an ihrer Scham, fingerte an ihren Lippen und an ihrer Klit, lauschte dem erotisierenden Geräusch ihrer eigenen Lust. Und doch wollte es ihr nicht gelingen, sich selbst zum Höhepunkt zu bringen. Ihre Berührungen hielten keine Überraschung für sie bereit, gaben ihr keinen Kick. Sie brauchte Alexander. Nur er wusste, wie er sie nehmen musste, damit es ihr kam.

Verdammt. Sie geriet mehr und mehr in Abhängigkeit. Das war nicht gut, ganz und gar nicht gut. Sie rief sich Lenas warnende Worte ins Gedächtnis, aber sie wusste längst, dass es für sie eh zu spät war. Sie hatte sich in Alexander verliebt, und ihr Körper schmerzte vor Sehnsucht nach ihm.

»Ach, was soll's«, sagte sie zu sich selbst und kletterte aus ihrem Bett, um Alexander einen Besuch abzustatten. Er würde sie gewiss nicht vor die Tür setzen, wenn sie erst mal da war. Der Morgenmantel war schnell umgeworfen, und schon huschte sie durch die Flure des *Amour Fou*, die um diese Uhrzeit wie ausgestorben waren. Sie eilte gerade vom West- zum Ostflügel, als sie Stimmen vor sich im Gang hörte. Rasch lief sie um die Ecke, denn eine dieser Stimmen kam ihr sehr bekannt vor. Sie gehörte Alexander, die andere war die einer Frau. Sie linste um die Ecke und sah, wie er Vanessa einholte, seinen Arm um sie legte und sie zum Lift führte. Vanessa lachte glockenhell, schmiegte sich an ihn, als wären sie ein Liebespärchen. Erneut wirkten sie unglaublich vertraut miteinander. Ivy musste schlucken. Hatte er ihr wegen Vanessa die Absage erteilt? Was war nur an dieser Frau, dass Alexander sie ihr trotz ihres heißen Poolspiels vorzog? Mit einem Pling öffnete sich die Fahrstuhltür, und beide betraten den Lift. Gleich waren sie außer Sicht. Doch Ivy musste es wissen – wissen, was sie miteinander verband. Welches Geheimnis sie teilten. Vielleicht war es töricht – lächerlich! –, ihnen zu folgen. Aber sie hatte keine andere Wahl. Sie musste ihrem Bauchgefühl nachgehen. Nur so konnte sie Antworten finden. Für sich selbst.

So schnell sie konnte, stürmte sie die Treppen hinunter in die Lobby. Dort sah sie gerade noch, wie Vanessa und Alexander in einer Seitentür verschwanden.

Der Mann an der Rezeption warf ihr einen müden Blick zu, denn es war längst nach Mitternacht. Augenscheinlich dachte er sich auch nichts weiter dabei, dass sie das Paar verfolgte, denn er hielt sie weder auf, noch stellte er unangenehme Fragen. Womöglich glaubte er sogar, sie hätten einen Dreier im Sinn, was im *Fou* mitnichten etwas Ungewöhnliches gewesen wäre. Ivy verschwand in einem langen Gang. Es brauchte eine Weile, ehe sich ihre Augen an das künstliche Fackellicht gewöhnt hatten. Die Wände waren karg, mittelalterlich. Dieser Ort hatte nichts von einem Luxushotel. Ivy blickte sich um, doch Alexander und Vanessa waren nirgends zu sehen, stattdessen hörte sie ein seltsames Stöhnen, das sie innehalten ließ.

Es klang gequält und lustvoll zugleich. Ihr Herz begann, heftig zu klopfen. War das Alexanders Stöhnen? Wollte sie wirklich wissen, was die beiden hier unten trieben? Auf das Stöhnen folgten ein Knall und dann wieder ein Stöhnen, das noch lauter, noch intensiver war. Ivy lief es eiskalt den Rücken hinunter. Sie nahm all ihren Mut zusammen und lief bis zum Mauervorsprung weiter, der die Sicht auf einen surrealen Kerker freigab. Ein Mann war an die Wand gekettet. Sein Körper war mit Latex umhüllt, das sogar seinen Kopf umgab. Die Frau, die vor ihm stand, war auffallend schlank und wie er vollständig in glänzendem Schwarz.

Ivy stockte der Atem, als die Frau mit einer Gerte ausholte. Doch als sie zu seinem Geschlechtsteil blickte, über das sich der Latex spannte, merkte sie schnell, dass es ihm gefiel, ihn antörnte. Die Frau gab ihm einen letzten Schlag und trat näher an ihn heran, streichelte das verhüllte Gesicht des Mannes. Der warf den Kopf in den Nacken, genoss sichtlich die zärtlichen Berührungen. Dann legte die Frau die Gerte zur Seite, kniete sich vor ihn hin und öffnete den Reißverschluss zwischen seinen Beinen. Nun ragte sein imposantes Glied heraus. Es wippte erwartungsvoll, stieß nach vorn, als suchte es nach einer Öffnung, in die es dringen konnte. Die Frau nahm den unteren Teil ihrer Maske ab, und ihre Lippen wanderten über sein erigiertes Glied, das wild zuckte, bevor es in ihrem Mund verschwand. In dem Moment glaubte Ivy, Alexanders Geschmack auf ihren eigenen Lippen zu spüren, weil die Erinnerungen an ihre verruchten Spiele in ihr hochkamen.

Dieses kräftige, würzige Aroma, von dem sie nicht genug bekommen konnte. Dieser mundige Geschmack. O ja, sie wünschte so sehr, sie wäre an der Stelle der Vermummten, die zweifelsohne Vanessa war. Sie wünschte, sie würde vor Alexander knien, um es ihm mit ihren Lippen zu besorgen.

Geh, rief ihre innere Stimme ihr zu. Willst du dich selbst demütigen?

Vielleicht wollte sie das.

Ivy befeuchtete ihre Unterlippe mit der Zunge und formte ihren Mund, als nähme sie Alexanders Schwanz tatsächlich auf. Sie schloss die Augen und gab ihrem Verlangen nach, steckte ihren Zeigefinger in den Mund, lutschte an seiner imaginären Männlichkeit, und tatsächlich schien sich sein Geschmack noch zu verstärken. Sie glaubte sogar, die pulsierenden Adern auf seinem Schaft zu spüren. Und nicht nur das. Sie spürte auch jene aufgeilende Hitze, die von seinem Schwanz ausging.

Ivy hörte die beiden im Einklang stöhnen, und da kamen ihr die Tränen. Heiß liefen sie ihr über die Wangen, weil nicht sie es war, die ihn jetzt liebte, sondern eine andere, ihre Konkurrentin. Ihre Finger krallten sich in ihren Morgenmantel, unter dem sie nackt war. Es prickelte heftig zwischen ihren Beinen, und Ivy verlor zusehends die Kontrolle. Sie legte sich auf den kalten Steinboden, spreizte die Beine und rieb an ihrer Scham, die nun so heiß war, dass sie sie kaum berühren konnte. Leicht hob sie ihr Becken an, streichelte sich, immer schneller, immer fester, bis ihr schwindelte.

Es tat so weh und war so unerklärlich aufgeilend zugleich. Ivy spürte das wilde Zucken, das unbändige Vibrieren in ihrem Inneren und konnte nicht länger an sich halten. Ein süßer Orgasmus mit einer leicht bitteren Note.

Du bist von allen guten Geistern verlassen, meldete sich erneut ihre innere Stimme. Und nun, da ihr Hormonpegel auf ein normales Level zurücksank, kehrte auch ihr Verstand zurück. Was hatte sie nur getan? Selbstbestrafung.

Rasch erhob sie sich. Sie wollte nur noch schnell weg, bevor Alexander und Vanessa sie vielleicht sahen. Das wäre mehr als peinlich. Doch zu ihrer Verwunderung war das Latexpaar längst fort, verschwunden, durch einen anderen Ausgang.

Ivy blickte sich nach allen Seiten um, hoffte, dass sie nicht bemerkt worden war, und entdeckte den Folterstuhl, das Wasserbassin, die Ketten und Stricke. Aber der Keller war menschenleer. Und doch hatte sie mit einem Mal das beklemmende Gefühl, beobachtet zu werden. Ihre Nackenhaare stellten sich auf, ein sanfter Windstoß strich über ihren Rücken, und das leise Knirschen von Schuhsohlen drang an ihr Ohr. Erschrocken fuhr sie herum, doch die Dunkelheit verschluckte alles, was sich nicht innerhalb des kleinen Lichts der künstlichen Fackel befand.

»Hallo? Ist da jemand?«

Keine Antwort. Das war wirklich unheimlich. Sie sollte sich davonmachen. Jetzt gleich. Hastig drehte sie sich um, zog den Gürtel ihres Morgenmantels fest, da spürte sie eine starke Präsenz vor sich, die ihr den Weg nach draußen versperrte. Aber sie konnte niemanden erkennen. »Hallo?«, rief sie noch einmal, doch erneut bekam sie keine Antwort.

»Hören Sie, das ist nicht lustig.«

Sie wich zurück, tiefer in den Lustkeller hinein. Das Herz klopfte ihr bis zum Hals. Was sollte sie nur tun. Vielleicht fand sie hier ja etwas, das sie zur Not als Waffe verwenden konnte. Rückwärts betrat sie den Folterbereich, da entdeckte sie einen außergewöhnlich großen Dildo auf einer Ablage, den man gewiss auch zweckentfremden konnte – der einen hervorragenden Knüppel abgab.

Rasch streckte sie die Hand nach dem Luststab aus. Und in dem Moment trat der Schatten an sie heran und riss sie fast um. Ivy erkannte nur seinen Schemen, da stülpte er ihr auch schon von hinten eine Maske über den Kopf, die ihr die Sicht nahm.

Ivy schrie in Panik auf, ließ dabei versehentlich den Dildo fallen und versuchte hektisch, sich die Maske herunterzuziehen. Eine Hand schlüpfte unter ihren Mantel, legte sich besitzergreifend auf ihren Busen und streichelte ihn auf vertraute Weise.

»Psst«, hauchte der Unbekannte in ihr Ohr. »Alles ist gut.«

Alexander!

Ivy atmete erleichtert auf. Gott sei Dank! Er war hier. Die Anspannung fiel von ihr ab. Dennoch wollte sie sich der Maske entledigen, um ihn anzusehen, doch Alexander hielt ihre Handgelenke fest.

»Was soll das?«, fragte sie verunsichert. Er rieb stärker an ihrer Brustwarze und schickte einen sinnlichen Schauer durch ihren Unterleib.

»Das war ganz schön ungezogen, mir einfach zu folgen.«

»Alexander … ich …« Ihre Stimme klang gedämpft, und sie war nicht sicher, ob er sie verstehen konnte.

»Du wolltest also herausfinden, was hier unten passiert,

mein neugieriges Kätzchen. Dabei will ich dir gern behilflich sein.«

Er riss ihr den Morgenmantel von den Schultern, zerrte sie hinter sich her, und plötzlich saß sie auf einem Stuhl, Lederschnallen legten sich um ihre Hand- und Fußgelenke, gerade so fest, dass sie nicht in ihre Haut schnitten.

Ivys Herz raste, und sie zitterte am ganzen Körper vor Verwirrung, aber vor allem vor Erregung.

Er versetzte ihr einen leichten Klaps zwischen die Beine. Ivy erschrak und zuckte vor Schreck zusammen. Wenn sie ihn doch zumindest hätte sehen können, aber Alexander dachte offenbar gar nicht daran, sie von der Maske zu befreien.

»Du bist ja schon ganz schön feucht«, stellte er fest und streichelte ihre Schamlippen.

»Was ist mit Vanessa?«

»Vanessa ist weg«, sagte er. Sie hätte es nicht ausgehalten, wenn die schöne Schwarzhaarige ihnen beim Sex zugesehen und Ivys Demütigung miterlebt hätte. Das Prickeln zwischen ihren Beinen wurde stärker. Seine kräftige Hand massierte ihre glühende Scham und schob ihre Lippen ganz langsam auseinander, um ihre Klitoris freizulegen. Ivy spürte einen kleinen Luftzug, der über ihre Perle strich. Alexander reizte sie mit der Fingerspitze, lockte sie hervor.

»Du fragst dich sicher, was das hier für ein Ort ist.«

»Ja«, gab sie mit einem leisen Stöhnen zurück, während sie ihm gleichzeitig den Unterleib entgegenreckte, sich vor und zurück bewegte, damit der sanfte Druck auf ihre Perle noch etwas mehr zunahm.

Er lachte amüsiert.

»Ich wollte dich bald hierherführen, aber jetzt hast du diesen Ort allein gefunden. Doch das macht nichts. Denn ich weiß, hier wirst du erblühen.«

»Erblühen?«, fragte sie heiser. Zu was erblühen?

Alexander versetzte ihr einen leichten Klaps auf den Venushügel. Der bescherte ihr fast einen Orgasmus. Vermutlich wäre sie genau jetzt gekommen, wenn er nicht ausgerechnet in diesem Moment seine Hand von ihrer Scham genommen hätte.

Aber gleich darauf spürte sie etwas Feuchtes, das ihre Klit umschloss, an ihr saugte, bis es leicht schmerzte. Gierig drückte sie ihren Rücken durch, rieb sich an seinen Lippen, was ihn erneut zum Lachen reizte. Aber dann hörte er auf. Einfach so ließ er von ihr ab, um sich zu erheben. Das erkannte sie durch den Stoff der Maske hindurch, da das Licht der Fackeln ihn von hinten beleuchtete. Wie ein Raubtier schlich er um sie herum, sie von allen Seiten musternd. Ivy konnte die leisen Vibrationen des Fußbodens unter ihren Sohlen spüren. Sein Atem wurde lauter und schneller, weil er genauso erregt war wie sie. Vielleicht sogar, weil er sich gerade selbst streichelte. So genau konnte sie das durch den dunklen Stoff nicht erkennen.

Aber dann entfernte er sich noch weiter von ihr, obwohl doch alles in ihr nach ihm brannte, sich nach seinen Berührungen sehnte.

»Was … hast du vor?«, fragte sie aufgeregt, und ihre Stimme überschlug sich vor Nervosität. Er würde doch nicht auf die Idee kommen, sie hierzulassen. Ganz allein. Mit ihrer ungestillten Lust.

»Geduld, meine schöne Rose. Du wirst es früh genug erfahren.«

Instinktiv presste sie die Beine enger zusammen, aber da stand er auch schon wieder vor ihr und schob ihr die Schenkel auseinander.

»Schön brav, Mädchen. Zeig mir, was du hast.«

Ivy zitterte unwillkürlich. Die Lichtverhältnisse hatten sich erneut verändert, und sie sah wieder nur Schwärze vor sich. Doch sie spürte, er hatte etwas in der Hand. Und da berührte etwas Kühles ihre feuchte Enge, drang sacht in sie, weitete sie. Ein Fremdkörper. Irgendeins der Spielzeuge. Aber sie wusste nicht, welches es war. Alexander streichelte beruhigend ihren Venushügel, kraulte ihren zarten Haarstreifen.

»Psst. Alles ist gut, ich tue nichts, was dir nicht gefällt. Hab Vertrauen.«

Sie nickte. Das hatte sie. Alexander war der einzige Mann, der sie jemals zum Orgasmus gebracht hatte. Auf gespenstische Weise wusste er besser Bescheid als sie selbst, was sie antörnte.

Das kühle Etwas entpuppte sich als Liebeskugel, die er vollständig in sie steckte, wo sie zu vibrieren anfing. Doch der ersten Kugel folgte gleich eine zweite, größere. Ivy war nicht sicher, ob sie die würde auch aufnehmen können. Alexander stimulierte gleichzeitig ihre Klitoris, und süße Wellen der Erregung brandeten durch ihren brennenden Unterleib. Sie weitete sich immer mehr, bis auch die zweite Kugel, wenn auch nicht ganz so leicht wie die erste, in ihr verschwunden war. Die Vibration verstärkte sich, aber als Ivy das kühle Metall einer dritten Kugel an ihrer Pforte spürte, verkrampfte sie sich. Das konnte nicht sein Ernst sein. Sie war schon jetzt ausgefüllt.

»Das ist zu viel. Ich schaff nicht so viel.«

»Vertrau mir. Es wird nur umso schöner für dich«, versprach er ihr. Zum ersten Mal fiel es ihr schwer, auf ihn zu hören. Wusste er wirklich, was er tat? Natürlich wusste er das. Er hatte schon so viele Frauen beglückt. Dennoch schluckte Ivy bei dem Gedanken an die dritte Kugel. Wäre es nicht so erregend, sie hätte es vielleicht sogar abgebrochen, doch sie konnte und wollte sich seinen himmlischen Händen nicht entziehen.

Mit einem leisen Surren fuhr der Stuhl plötzlich zurück, brachte ihren Unterleib in eine erhöhte und den Kopf in eine tiefere Position. Die Kugeln in ihrem Innern klackten hörbar aneinander, vibrierten ohne Unterlass. Alexanders Finger spielten an ihrem Eingang, worauf sich die Verkrampfung allmählich löste.

Hände aus Gold, hatte Lena zu ihr gesagt, als sie über die Animateure gesprochen hatte. Wie recht sie hatte. Trotz aller Aufregung fand Ivy Gefallen an dem Spiel. Großes Gefallen sogar.

»Du bist viel weiter, als du glaubst, meine Süße.« Er küsste ihre Klit und schickte erneut die schönsten Gefühle durch ihren Unterleib. Ein sinnlicher Schauer erfasste sie, ließ sie beben. Und dann spürte sie die dritte Kugel, die sich ganz langsam in Bewegung setzte. O Himmel, die war noch viel größer als die ersten zwei.

Alexanders Lippen umschlossen ihre Perle, saugten an ihr, bis sie glühte und noch empfindlicher wurde, als sie es ohnehin schon war. Jede noch so sanfte Berührung seiner Lippen löste ein kleines Feuer in ihr aus, das Schmerz und Lust miteinander verband. Ganz von selbst öffnete sie die Beine noch etwas weiter, da schob er die Kugel vor, drückte sacht gegen sie, bis sie Stück für Stück in ihr verschwand.

Ivy biss sich auf die Unterlippe. Sie spürte, wie sich ihr Körper weitete, wie er alles aufnahm, was Alexander ihr gab. Sie hungerte regelrecht danach.

»Ich bin hier, um deinen Hunger zu stillen«, sagte er, und es schien, als hätte er ihre Gedanken erraten.

»Ja«, hauchte Ivy. Das tat er. Alexander leckte erneut über ihre Scham, und sie hörte das schmatzende Geräusch ihrer Lust, spürte, wie er aus ihrem scheinbar endlosen Quell trank. Sacht hob sie ihr Becken, so gut es in ihrer gefesselten Position möglich war, ließ sich dabei nach hinten fallen, um ihre Beine noch weiter zu öffnen.

Sie spürte die Kälte der Kugeln, die sich in ihrem Innern erhitzten, zu glühen anfing, je tiefer Alexander sie in sie beförderte. Und dann hörte sie ein weiteres Klacken, spürte die Bewegung in ihrer Enge.

»Sehr gut.« Seine Hand glitt über ihre Scham, tätschelte sie. Ivy spürte das Gewicht der Kugeln und wie sie in ihr wärmer wurden. Erneut surrte der Stuhl, und ihr Kopf sank noch etwas weiter nach hinten ab. Die Luft war stickig unter der Maske, sie konnte kaum atmen. Schließlich befreite Alexander sie davon.

Nackt stand er über ihr, sein erigiertes Glied auf ihre Lippen gerichtet. Dann legte er sacht eine Hand auf ihre Kehle. Ivy öffnete bereitwillig den Mund, nahm seine Spitze auf, lutschte an ihr, leckte über sie und trank seine Lusttropfen, die so herrlich auf ihrer Zunge zergingen.

Alexander streichelte ihr Haar, kraulte ihr Kinn und versenkte sich tiefer in sie. Sie war beeindruckt, wie weit er vordrang und wie entspannt sie blieb, obwohl er ihre Kehle fast vollständig mit seiner Männlichkeit ausfüllte – bis es ihm kam. Seine Lust verteilte sich in ihrem Mund, und sie schluckte sie ganz hinunter, leckte die Reste von ihren Lippen. Oh, wie sie das antörnte. Das Feuer zwischen ihren Beinen drohte sie zu verzehren. Jetzt war sie dran!

»Bitte, leck mich«, flehte sie ihn an, und ein Lachen formte sich um seine Augen, ehe er sich erhob, um sich zwischen ihre Beine zu platzieren. Leicht schob er seinen Zeigefinger in sie, bewegte dadurch die Kugeln, die immerzu vibrierten und immer wieder aneinanderstießen, sie massierten. Seine Zungenspitze tippte in schnellen Zügen gegen ihre Klitoris. Immer wieder. Bis sich Ivy vor Lust in ihrem Folterstuhl wand. Es fühlte sich an, als fuhren kleine elektrische Blitze durch ihren Körper, und ihre Lust entlud sich in einem Stakkato, das sie von einer Seite zur anderen warf. Alexander trat einen Schritt zurück und beobachtete sie, sah ihr zu, wie sie sich von den süßen Wellen mitreißen ließ und erst, als die letzte über sie hinweggeschwappt war und ihr Körper sich entspannte, fuhr er ihren Stuhl in die Ausgangsposition zurück.

»Ich will, dass du die Kugeln heute Nacht und morgen den ganzen Tag trägst. Sie sollen dich an mich erinnern«, sagte er, während er sie losband.

Ivy erhob sich und spürte zum ersten Mal das tatsächliche Gewicht der Kugeln, die sich sinnlich in ihr bewegten. Da wurde ihr klar, was die eigentliche Bestrafung an der Sache war. Die Kugeln hielten sie in einem Zustand der Dauererregung gefangen, der durch jeden Schritt verstärkt wurde.

»Ich sehe, du merkst schon, worauf es hinausläuft. Schlaues Mädchen. Aber da ist noch etwas.«

»Was?« Ihre Stimme klang noch immer belegt.

»Während dieser Zeit darfst du dich nicht selbst berühren. Ich will derjenige sein, bei dem sich deine Lust entlädt.«

Ob er so etwas auch zu Vanessa gesagt hatte? Wohl kaum.

Alexander küsste sie zärtlich und zog ihr den Morgenmantel an, knotete den Gürtel zu und führte sie aus dem Kerker. »Ich vertraue dir«, sagte er.

Aber Ivy wusste nicht, ob sie sich selbst vertraute, denn die Kugeln reizten sie in einem fort.

Eine grausame Nacht lag hinter ihr. Aber Ivy hatte sich an Alexanders Befehl gehalten und sich nicht selbst befriedigt, was alles andere als einfach gewesen war, denn die Lust hatte sie immer wieder übermannt. Bei jeder noch so kleinen Bewegung, selbst wenn sie sich nur im Bett umgedreht hatte, hatten die Kugeln angefangen zu vibrieren. Auch das Duschen war die reinste Qual gewesen, genauso wie das Anstehen am Büfett. Lena und Jessica warfen ihr immer wieder irritierte Blicke zu, weil sie merkten, dass etwas nicht mit ihr stimmte und weil sie ständig von einem Fuß auf den anderen trat.

»Du hast aber viel Farbe bekommen«, stellte Jessica fest, dabei war das keine Sonnenbräune in ihrem Gesicht, sondern Schamesröte.

Ivy war heilfroh, als sie sich an ihren Stammtisch setzten, um zu frühstücken und die Kugeln wenigstens für ein paar Minuten Ruhe gaben.

Erst am Abend wollte Alexander sie wiedersehen. Das bedeutete, sie hatte noch einige Stunden süßer Qual vor sich.

»Was macht ihr denn heute so?«, wollte Lena wissen, aber Ivy war in Gedanken, und auch Jessica schien abgelenkt.

»Hallo? Hört mir jemand zu?«

»Wer ist diese Frau?«, wunderte sich Jessica und deutete zu einer Dame an einem anderen Tisch hinüber, die unentwegt zu ihnen schaute. Auf ihrem Top prangte das Signet des *Fou*. Außerdem trug sie Tigershorts und dazu passende Schuhe.

»Noch nicht hier gesehen«, meinte Ivy.

»Ich glaube, das ist die Neue«, klärte Lena die beiden auf.

»Die Neue?«

»Ein Vögelchen hat mir zugezwitschert, dass das *Amour Fou* sein Angebot erweitert hat. Für Frauen, die Frauen lieben.«

»Oh, verstehe. Wer's mag.« Jessica lachte. Aber Ivy hatte ein merkwürdiges Gefühl, denn ihr dämmerte, dass diese Löwin es gar nicht auf das Trio abgesehen hatte, sondern nur auf sie. Jedenfalls durchbohrte sie ihr Raubkatzenblick förmlich. Instinktiv presste sie die Beine enger zusammen und spürte dadurch die Kugeln wieder etwas stärker.

»Also, was habt ihr Süßen heute vor?«, hakte Lena nochmals nach.

»Ich gehe ins Wellness-Center«, erklärte Jessica.

»Ich hab noch nichts vor.« Hauptsache, sie bewegte sich nicht zu viel, das würde ihre Lustkugeln nur noch mehr in Schwingung bringen.

»Komm doch mit, lass dich verwöhnen«, schlug Jessica vor.

Ivy dachte darüber nach. Ja, vielleicht war es gar nicht so schlecht, sich ein wenig zu entspannen. Eine Massage tat immer gut. Außerdem wurde sie so ein paar Verspannungen los.

»Okay, warum eigentlich nicht.«

Wenige Augenblicke später lag sie im Wellness-Center auf einer Massageliege.

»Guten Tag«, vernahm sie eine weibliche Stimme hinter sich, doch ehe sie den Kopf heben und sich umdrehen konnte, wurde sie am Nacken auf ihre Liege zurückgedrückt.

»Ich bin Ellen, Ihre Masseurin. Entspannen Sie sich.«

Ivy blickte auf die Schuhe der Masseurin und erkannte sie wieder. Dieses Tigermuster gehörte zu ihrer Löwin, die sie schon heute Morgen wie ein Raubtier seine Beute beobachtet hatte. Doch die Berührungen waren so angenehm, so sanft, dass Ivy gar nichts dagegen hatte, von Ellen massiert zu werden.

Sanft glitten deren Hände über Ivys nackten Rücken, kneteten sie genau an den richtigen Stellen, wo die Muskelverhärtungen saßen, lockerten diese und arbeiteten sich so über ihren Rücken. Ivy glaubte, bald unter diesen Berührungen einschlafen zu können.

Nur einen Raum weiter trafen sich Jessica und Daniel zum Fitness-Training. Aber eigentlich hatte es Jessica weniger auf den Verlust überflüssiger Pfunde abgesehen, sondern vielmehr darauf, ihren Privattrainer zu vernaschen. Daniel war ein echter Leckerbissen. Ausgestattet mit einem perfekten Körper und einem Lächeln, bei dem jede Frau schwach wurde.

Daniel reichte ihr ein dünnes Seil, mit dem Jessica nicht allzu viel anzufangen wusste. »Springseilspringen. Das baut Kondition auf«, erklärte er und machte es ihr vor.

Jessica lachte. »Weißt du, wann ich so was das letzte Mal gemacht habe? Das ist Jahrzehnte her.«

»Na und? Das verlernt man doch nicht.«

Auch wieder wahr. Sie fing an zu springen, aber die Puste ging ihr viel zu schnell aus. Sie war halt keine solche Sportskanone wie ihr göttlich schöner Trainer. Davon abgesehen, wanderten ihre Gedanken ohnehin immer wieder ganz woanders hin, und sie ertappte sich dabei, wie sie ihm auf den Schritt starrte.

Daniel entging das nicht. Er folgte ihrem Blick und tat ganz überrascht, als er seine unübersehbare Erektion entdeckte. Na klar, das hatte er sicher nicht kommen sehen.

»Sorry, aber bei so hübschen Frauen, da machen sich gewisse Teile meines Körpers manchmal selbständig«, rechtfertigte er sich scheinbar verlegen. Doch sein herausforderndes Grinsen hatte längst verraten, dass er nichts anderes vorhatte, als sie in dieser Übungsstunde flachzulegen.

Jessica hatte nichts dagegen. Im Gegenteil. Ihr Höschen war schon ganz feucht. Sie setzte sich auf den Boden und keuchte gespielt. »Ich brauche jetzt wirklich eine Pause«, meinte sie.

»Schon so erschöpft?«

Daniel legte sein Seil zur Seite und setzte sich hinter sie, massierte ihr den Nacken. Oh, wie gut das tat. Jessica schloss die Augen und genoss es, seine kräftigen Hände auf ihrem Körper zu spüren. Aber die blieben nicht auf ihren Schultern, sondern wanderten tiefer, in Regionen, die für sie eigentlich tabu waren.

»Daniel, Daniel, Daniel ...« Sie schmunzelte. »Hast du wirklich immer nur das eine im Sinn?«

»Genau wie du«, flüsterte er ihr ins Ohr. »Schon als du den Raum betreten hast, hab ich gerochen, dass du geil bist.«

Jessica erschrak ein wenig. Konnte er das wirklich riechen? Aber dann lachte sie wieder. »Was du nicht sagst.«

Er löste sich von ihr, und sie war enttäuscht. Dann hörte sie, wie er etwas Schweres in die Mitte des Raums rollte. Es klang fast wie ein vollbeladener Einkaufswagen, doch als sie die Augen öffnete, erkannte sie, dass es ein Bock war, wie sie ihn aus dem Sportunterricht kannte.

»Du hast jetzt nicht allen Ernstes vor, das Training fortzusetzen.« Das durfte er ihr nicht antun, denn sie war tatsächlich geil. Geil auf ihn. Ihr Höschen war bereits pitschnass.

Daniel lächelte süffisant. »Komm, meine hübsche Athletin, ich zeige dir, was ein geiler Bock ist.« Das hatte er jetzt nicht wirklich gesagt. Jessica schüttelte ungläubig den Kopf.

»Deine Sprüche waren auch schon mal besser.«

»Dabei meinte ich es ernst.«

Er schraubte die Beine des Geräts etwas höher, da sie auf der niedrigsten Einstellung gestanden hatten. Dann klopfte er auf das weiche Leder. »Komm, leg deinen Oberkörper hier drauf.«

Jessica wurde allmählich misstrauisch. Was hatte Daniel nur jetzt wieder vor. Weil sie ihm nicht schnell genug parierte, kam er auf sie zu, schob sie sacht in Richtung des Bocks und legte ihr eine Hand in den Nacken, um sie dann vornüberzubeugen.

Jessica ahnte allmählich, worauf das hinauslaufen sollte, und schmunzelte. Geiler Bock. Das war jetzt in der Tat eine passende Bezeichnung.

Daniel ging in die Hocke und schob ihre Beine etwas auseinander, dann fesselte er erst ihr linkes, dann ihr rechtes Fußgelenk mit den beiden Springseilen an die Beine des Bocks.

Sichtlich zufrieden musterte er sie von allen Seiten. Ihr praller Hintern ragte in die Höhe. Sie trug lediglich kurze Shorts, und er konnte sogar am Rand ihren Slip durchschimmern sehen. Ein süßer Anblick. Daniel fand zusehends mehr Gefallen an dem Spiel. Aber das war nicht weiter verwunderlich. Er gehörte zu jenen Animateuren, die ihren Job aus Überzeugung machten. Ein wenig eitel war er auch, das gab er unumwunden zu. Und er mochte den Gedanken, sich nicht an nur eine Frau zu binden, sondern viele von ihnen glücklich zu machen. Dazu gehörte für ihn, dass die Lust seiner Partnerin im Vordergrund stand. Wenn sie das Spiel genoss, war es auch für ihn aufregend und erregend. In all den Jahren, in denen er jetzt für das *Fou* arbeitete, war er in viele verschiedene Rollen geschlüpft, was ihm intern den Namen »Casanova« eingebracht hatte. Frauen zu befriedigen, egal auf welche Weise, solange es ihnen Lust bereitete, war für ihn das höchste Glücksgefühl.

Daniel legte ihr die Hände auf den runden Po. Vorsichtig schlüpften sie dann unter die engen Shorts, massierten ihre Pobacken, die vor Erregung schon ganz warm geworden waren. »Ich ziehe dir jetzt deine Hose aus«, kündigte er an.

Jessica zog verspielt an den Seilen. »Untersteh dich«, rief sie und lachte. Aber Daniel war inzwischen selbst so geil, dass er ihr einfach die Shorts herunterzog. Bis zu den Knien, so dass ihre eigene Hose sie zusätzlich fesselte. Sie zerrte weiter an den Seilen, und ihr Po hüpfte dabei auf süße Weise immer wieder ein kleines Stückchen in die Höhe. Daniel beobachtete sie amüsiert, bis sie schließlich erschöpft aufgab und sich einfach auf den Bock fallen ließ.

Nun legte er seine Hand unter sie, berührte ihre Schamlippen durch das Höschen hindurch, und er merkte, dass sie bereits feucht war. Sehr feucht sogar. Denn als er seine Hand wieder zurücknahm und betrachtete, glänzten seine Finger von ihrem Nektar. Er lutschte ihn ab, und der Geschmack weckte seinen Appetit auf mehr.

Ohne Vorwarnung zerriss er ihren Slip. Jessica bäumte sich empört auf. »Spinnst du?«, entrüstete sie sich, aber er hatte nur Augen für ihre schimmernde Scham, die sich ihm nun in all ihrer Schönheit präsentierte.

Zärtlich küsste er sie, spielte vorsichtig mit seiner Zungenspitze an ihrer Pforte, und da wurde Jessica augenblicklich still. Sie zitterte leicht, weil ein Schauer durch ihren Körper rieselte. Ihr Atem wurde lauter und schneller. Daniel leckte über ihre Schamlippen, teilte sie mit seiner Zunge. Seine Finger krallten sich in ihre Pobacken. Wie fest sie waren. Und wie weich ihre Haut, die sich so perfekt anfühlte, zart wie ein Pfirsich. Es war erstaunlich, dass diese Frau mit ihrer Topfigur gar keinen Sport trieb, denn sie sah definitiv wie jemand aus, der mehrmals die Woche etwas für seine Kondition tat. Aber manche Frauen waren von Natur aus mit einem tollen Körper gesegnet worden.

In Daniels Job kam es oft vor, dass die Damen, die er betreute, nicht unbedingt seinem ästhetischen Sinn entsprachen, aber an Jessica gab es nichts auszusetzen. Er hätte sie auch dann attraktiv gefunden, wenn sie kein Gast im *Fou* gewesen wäre.

Jessicas Po zuckte und reckte sich ihm entgegen, eine stumme Aufforderung, der Daniel nur schwer widerstehen konnte. Doch noch wollte er sich ein wenig an ihrer Süße laben, und so drang er mit der Zunge in ihre Spalte, steckte ihr dabei gleichzeitig einen Zeigefinger in ihre Enge, wo er ihn sacht bewegte. Ihr Körper antwortete mit eindeutigen

Zeichen. Er spürte jedes noch so sanfte Vibrieren, jedes noch so leise Beben.

»Daniel … ich … halte es nicht länger aus«, sagte sie und stöhnte erneut auf. Ihre Stimme zitterte dabei auf so sinnliche Weise, dass er sie nur noch lauter stöhnen hören wollte.

Ich auch nicht, dachte er und erhob sich, stellte sich hinter sie, eine Hand legte er auf ihren Rücken, mit der anderen zog er seine Hose aus, unter der er keine Unterwäsche trug, und befreite seinen Schwanz, der lustvoll bebte.

Jessica stockte der Atem, als sie seine Männlichkeit spürte, die sie nach und nach ausfüllte. Seine Stöße wurden schneller und härter. Gierig schob sie sich ihm entgegen, soweit es ihre Fesselungen zuließen.

Mit einem leisen Klatschen schlugen seine Hoden gegen ihren Hintern, wenn sie aufeinander zustrebten. Jedes Mal drang er noch ein Stückchen tiefer in sie ein. Eine Hand wanderte weiter hinauf, krallte sich plötzlich in ihre Haare, und da wusste sie, was er mit »geiler Bock« wirklich gemeint hatte.

Er vögelte sie wie ein ausgehungertes Tier, wie ein Sexsüchtiger, der lange Zeit keine Frau mehr gehabt hatte. Ihr Herz raste, und ihr schwindelte, weil ihr ganzer Kreislauf verrücktspielte. Tiefer und tiefer. Stoß um Stoß. Ihr ganzer Körper wurde durchgerüttelt, so dass sie bald nicht mehr wusste, wo oben und wo unten war.

Aber dann ging es ganz schnell. Ein süßer Orgasmus, dem viele kleinere folgten. Einer nach dem anderen rieselten sie durch ihren Körper, der noch immer zuckte.

Daniel küsste ihren Po. Gab ihr einen leichten Klaps. Und als er sie losband, rutschte sie vor Erschöpfung vom Bock. Ihm gelang es gerade noch, sie aufzufangen.

»Mädchen, was ist denn los?«, fragte er und lachte. »Wir müssen wirklich was für deine Kondition tun.«

Jessica stützte sich am Bock ab und rang nach Atem. »Daniel, das war Wahnsinn.«

Der Fitness-Trainer blickte sie erstaunt an.

»Wirklich, das war Wahnsinn«, wiederholte sie. »Deine Zunge … deine Hände … kriegst du das noch mal so hin?«

»Ich denke schon.« Er lächelte stolz.

»Gut, abgemacht.«

»Was immer du willst, Jessica.« Seine Hand glitt über ihre Brüste. Aber sie schob sie weg, führte sie stattdessen zu ihren Lippen und hauchte süße Küsse auf seine Fingerkuppen. »Nicht jetzt. Ich habe etwas anderes im Sinn.« Sie zwinkerte ihm zu.

Alexander legte sich auf sie, schmiegte seine harte Brust an ihren Rücken und hielt ihr die Arme über dem Kopf zusammen. Ivy konnte sich nicht bewegen. Sie spürte sein Gewicht, seine Muskeln und den Schlag seines Herzens. Vor allem aber spürte sie sein mächtiges Glied, das gierig gegen sie drückte, sich in ihrer Pospalte rieb und dort noch größer wurde.

Ivy hielt den Atem an, als sein Schwanz sich ihrem Anus näherte, an ihre hintere Pforte stieß, ohne aber einzudringen. Sein Körper fesselte sie förmlich an die Massageliege, und so blieb ihr nichts anderes übrig, als sich seinem Willen zu beugen.

»Sag es mir. Ich will es hören«, flüsterte er ihr ins Ohr. Seine Stimme klang sinnlich rau. Ein Zittern erfasste sie, und sie spürte, wie sich überall an ihrem Körper eine Gänsehaut bildete.

»Ich … will …« Sie keuchte.

»Ja?«

»… dass du mich fickst.«

»Und?«

»In … meinen …« Sie schluckte. Ihr fiel es schwer, es auszusprechen.

Er ließ eines ihrer Handgelenke los und kraulte ihren Nacken, während Ivy dazu verdammt war, durch die Öffnung in der Liege auf den Boden zu blicken, nicht sehen zu können, was er tat. Sie sah nur die kalten Fliesen. Eine Augenbinde hätte kaum grausamer sein können.

»Deinen?«, hakte er nach, den Unwissenden spielend, obwohl sich ihr Hintern willig gegen sein Glied schmiegte.

Ivy hustete. »In meinen Anus!« Aber sie konnte es nicht aussprechen.

Alexander rieb sich weiter in ihrer Spalte, reizte sie ohne Unterlass, einzudringen dachte er allerdings nicht. Im Gegenteil, er provozierte sie völlig bewusst, um ihr die magischen Worte zu entlocken.

»Niemand ist hier. Niemand außer mir«, versicherte er. »Niemand sonst wird es hören.«

Das Kraulen in ihrem Nacken wurde heftiger, schließlich umklammerte er ihren Hals von hinten. Ein Griff, der seine Überlegenheit demonstrierte. Doch Ivy konnte sich noch immer nicht überwinden. Sie fühlte sich schmutzig und erregt zugleich.

Alexander stieg von ihr herunter.

»Was tust du?«, fragte sie erschrocken und hob den Kopf, sogleich wurde dieser aber zurückgedrückt.

»Psst, Süße. Vertrau mir.«

»Gut«, nuschelte sie in das Handtuch, das verrutscht war

und ihr nun die Sicht auf das Muster der Fliesen versperrte.

Sie spürte, wie Alexander um ihre Liege herumging, sie von allen Seiten musterte, und sie fühlte sich ausgeliefert und nackt. Sehr nackt. Die Situation verstärkte das Prickeln zwischen ihren Beinen, machte es beinahe unerträglich.

Dann hörte sie das Klicken eines Riegels, der umgedreht wurde. »Jetzt kann niemand hereinkommen«, erklärte Alexander und trat wieder hinter sie, schob ihre Beine auseinander und spielte unverhohlen an ihrer Scham.

»Also, wo soll ich dich ficken? Hier vielleicht?«, fragte er. »Oder hier vielleicht?« Nun umkreiste sein Zeigefinger ihre zweite Öffnung.

Ivy biss sich vor lauter Lust auf die Unterlippe.

»Ich höre nichts. Willst du es mir nicht sagen, Süße?«

Sie wünschte, er hätte sie einfach genommen, die Entscheidung für sie getroffen. Aber er wollte es aus ihrem Mund hören. Und Ivy wünschte sich nichts sehnlicher, als dass sie ihre Hemmungen hätte abstreifen können, denn insgeheim träumte sie schon seit längerem davon, von einem Mann in den Hintern gevögelt zu werden. Es war ein Wunsch, den sie in Boris' Gegenwart niemals ausgesprochen hätte, weil er ein Mann war, der kaum Fantasie hatte und alles, was über Vaginalsex hinausging, für pervers hielt.

Aber dann fiel Ivy ein, dass es noch nicht Abend war und das Problem ganz einfach zu lösen war. »Es gibt nur eine Möglichkeit, es sei denn, du willst deine eigene Anordnung brechen und mir die Lustkugeln schon jetzt entfernen.«

Alexander lachte. »Ganz schön gewitzt, die Kleine. Na

schön.« Er stellte sich wieder hinter sie, legte sich mit dem Oberkörper auf sie, und dann spürte sie ihn endlich. Ein süßer Schmerz durchzuckte ihren Unterleib, als er sich ganz langsam und behutsam in sie schob. Tiefer. Immer tiefer …

Und dann fing er an, ihre Rückenmuskulatur zu kneten, die Verkrampfungen eine nach der anderen zu lösen. Erschrocken fuhr Ivy hoch und blickte in das Gesicht von Ellen, die ihr den Schrecken offenbar auf den ersten Blick ansah.

»Oh, Sie sind wohl eingeschlafen. Hatten Sie süße Träume?«

Sie stellte die Massagelotion auf ein Regal und rieb weiter Ivys Rücken ein, die sich benommen auf die Liege zurückfallen ließ.

»Ich … kann mich gar nicht … erinnern«, log sie.

»Soso.«

Gerade jetzt spürte sie ihre Kugeln, die leise klackend aneinandergerieten, besonders intensiv, denn nach diesem Traum bebte alles in ihr. Hoffentlich hatte Ellen das verräterische Klirren nicht gehört. Ihr wäre es peinlich, sich deswegen erklären zu müssen.

Doch glücklicherweise endete die Sitzung just in dem Moment. Ellen wusch sich die Hände am Waschbecken, während Ivy sich in ein kuscheliges Handtuch hüllte.

»Ich hoffe, Sie konnten sich ein wenig entspannen.«

»O ja, ja. Es war sehr schön«, gab Ivy zu. Obwohl sie inständig hoffte, ihr Traum wäre real gewesen. Das hätte ihr noch besser gefallen. Sie stieg von der Liege und erzitterte innerlich, als die Liebeskugeln erneut zu vibrieren begannen. Vorsichtig zog sie sich ihre Schuhe an.

»Alles in Ordnung mit Ihnen?«, hakte Ellen nach, die ihren eigenartigen Gang bemerkt haben musste.

»Ja, alles bestens.« Ivy streifte ihr T-Shirt über. »Vielen Dank noch mal.« Jetzt aber nichts wie weg. Wie sollte sie es nur mit diesen Teufelsdingern bis zum Abend aushalten?

»Warten Sie noch einen Moment«, sagte Ellen und kam auf sie zu, ihre nassen Hände an den engen Tigershorts abwischend.

Ivy blieb vor der Tür stehen. »Ja?« Unauffällig presste sie die Oberschenkel zusammen, damit ihre Kugeln zum Stillstand kamen, was sie leider nicht taten. In ihr brannte längst ein Feuer, das die kleinen Quälgeister in Bewegung hielt.

»Ich würde gern noch etwas mit Ihnen besprechen, wenn Sie kurz Zeit hätten?«

»Oh. Das ist jetzt aber ganz schlecht.«

»Vielleicht später? An der Bar? Gegen 17 Uhr?«

Ivy musste raus. Schnell. Das Pulsieren wurde immer heftiger. Sie konnte ihre Finger kaum noch bei sich lassen.

»Okay. Bis später«, sagte sie hektisch und stürmte hinaus. Jetzt war es ihr völlig gleich, was Ellen von ihr dachte. Sie wollte nur eins. Einen gewaltigen Orgasmus!

Schnell hatte sie ihr Zimmer erreicht und sich auf ihr Bett geworfen. Das Prickeln war nun so intensiv, dass ihr Kreislauf gänzlich verrücktspielte, ihr sogar schwindelte.

Sie schob ihre Hände unter den Bauch und rieb an ihrer glühenden Scham. Eigentlich hatte Alexander ihr verboten, sich selbst zu berühren. Er wollte derjenige sein, der sie von der süßen Qual befreite und durch seine Hand Lust bereitete. Doch sie konnte jetzt nicht länger warten. Oder sie würde verrückt werden!

Immer hektischer rieb sie an ihrer geschwollenen Klitoris, während sich die Kugeln in ihrem Innern unentwegt drehten. Erneut spürte sie ihr volles Gewicht und wie eine von ihnen an ihrem G-Punkt rieb, auf so süße, unerträgliche Weise, dass sie, um nicht laut aufzuschreien, in ihr Kissen biss.

Dabei stellte sie sich vor, wie er sie von hinten vögelte, wie sein Schwanz sich in ihren Anus versenkte, und ihr Körper ging mit, bäumte sich unter den elektrisierenden Stößen und dem süßen Vibrieren der Liebeskugeln auf, bis sie schließlich in selige Entspannung versank. Ivy gab das Kissen wieder frei, atmete auf und streichelte beruhigend ihre Schamlippen, die noch immer bebten. Sie rollte sich zur Seite, und damit bewegten sich auch die Kugeln in ihr, entfachten das Feuer von neuem.

Bis sie Alexander heute Abend wiedersah, würde sie erneut so scharf sein, dass er gar nichts von diesem kleinen Zwischenspiel bemerken würde.

Gegen 17 Uhr traf Ivy in der Hotelbar ein. Sie war neugierig darauf, was Ellen ihr zu sagen hatte, fürchtete aber insgeheim, dass sie in Wahrheit nur ein sexuelles Interesse an ihr hatte. Und das wäre nun gar nicht ihr Ding. Auch wenn Ellen eine äußerst attraktive Frau war. Doch Ivy stand vollends auf Männer. Sie brauchte einen starken Part in der Beziehung und beim Sex, der sie führte und der auch wusste, welche Knöpfe er bei ihr drücken musste. Keinen Loser wie Boris. Sie brauchte jemanden, bei dem sie sich geborgen, angenommen und irgendwie ... ja ... zu Hause fühlte.

Sie schaute sich suchend nach Ellen um, doch die Masseurin war nirgends zu sehen. Na super, unpünktlich war die Dame also auch noch. Ivy musste jedenfalls um Punkt 18 Uhr bei Alexander sein, schließlich wollte der sie von ihrer süßen kleinen Last befreien

»Was darf es sein?«, fragte der Barkeeper, und Ivy bestellte ein Ginger Ale, dann schaute sie auf die Uhr. Ellen verspätete sich bereits um mehr als zehn Minuten. Gut, das war nicht die Welt, aber eigentlich war es ja Ellen, die etwas von Ivy wollte und nicht umgekehrt. Ivy trank ihr Glas aus und blickte immer wieder ungeduldig zum Eingang. Männer und Frauen in luftiger Kleidung kamen herein, aber keine Ellen. Merkwürdig. Wieso hatte die sie überhaupt hierherbestellt, wenn sie augenscheinlich gar kein Interesse mehr an dem Treffen hatte. Sie hätte ihr zumindest absagen oder eine Nachricht hinterlassen können.

Ivy warf ein paar Münzen auf die Theke und ging. Sie wollte die Chance nutzen und sich noch schnell etwas Frisches anziehen, bevor sie sich in die Höhle des Löwen wagte. Ein sinnlicher Schauer lief ihr den Rücken hinunter, als sie an ihr aufregendes Erlebnis im Dark Room zurückdachte. Und die Kugeln in ihr ließen sie diese süße Erregung noch einmal spüren.

Ivy fuhr mit dem Lift bis in den fünften Stock und eilte den Gang hinunter, doch als sie gerade ihre Tür mit der Schlüsselkarte öffnen wollte, vernahm sie Geräusche von drinnen. Verdutzt hielt sie inne. Wer war in ihrem Zimmer? Schnell fasste sie sich wieder und schob die Karte durch den vorgesehenen Schlitz. Es konnte nur Alexander sein. Als Mitarbeiter des *Amour Fou* konnte er gewiss einen Zweitschlüssel organisieren, um jemanden zu überraschen. Voller Vorfreude stürmte sie in ihr Zimmer, doch in dem Moment, in dem sie es betrat, wich ihr sämtliche Farbe aus dem Gesicht.

Ein wüstes Durcheinander! Überall lagen ihre Sachen verstreut, die Matratze war aus dem Bettgestell gehoben und Bilder waren von den Wänden genommen. Großer Gott! Was ging hier vor sich? Und mitten in dem Chaos stand ihre Masseurin Ellen in einem aufregenden schwarzen Kleid. Sie blickte Ivy genauso erschrocken an, wie sich Ivy fühlte. Auf frischer Tat ertappt.

»Bestehlen Sie alle Gäste, oder haben Sie es speziell auf mich abgesehen?«

Jetzt wurde ihr auch klar, warum Ellen sich mit ihr an der Bar hatte treffen wollen und dann gar nicht dort erschienen war. Ivy sollte lange genug abgelenkt sein, damit sich Ellen in Ruhe in ihrem Zimmer umtun konnte. Aber was suchte sie? Glaubte sie wirklich, sie hätte etwas Wertvolles in ihr Zimmer mitgenommen? Wenn sie Derartiges schon unbedingt in den Urlaub hätte mitnehmen wollen, dann hätte sie es im Hotelsafe verwahrt.

Ellen strich die Falten ihres engen Kleides glatt, das ihr gerade mal bis zur Mitte der Oberschenkel reichte.

»Sie wissen doch ganz genau, was ich suche«, fauchte Ellen. Aber Ivy hatte keine Ahnung.

»Nein, und woher sollte ich das wissen?«

»Spielen Sie doch nicht die Unschuldige. Ich bin schon lange hinter Ihnen und Ihrem Partner her.«

»Partner? Wovon zum Teufel reden Sie?«

Ellen zückte plötzlich eine Polizeimarke aus ihrem Umhängetäschchen, das ihr lässig über der Schulter hing. Ungläubig starrte Ivy auf die Marke, die wie frischpoliertes Silber glänzte. Die Diebin arbeitete für die Polizei. Das wurde ja immer absurder.

»Schön, dass Sie glauben, Ihre coole Marke legitimierte

Sie dazu, das Gesetz in Ihre Hand zu nehmen. Aber ich möchte wetten, Sie haben keinen Durchsuchungsbefehl. Sonst hätten Sie mich ja einfach ansprechen können.«

Ellen steckte ihre Marke wieder weg und reckte verärgert das Kinn in die Höhe. In ihren Augen blitzte es. »Und wenn schon. Ich kriege Sie. Sie beide!«

Sie wollte sich an Ivy vorbeidrängen, doch die hielt sie am Arm zurück. »Hören Sie, Ellen, ich will keinen Ärger. Weder mit Ihnen noch mit dem Gesetz oder sonst wem. Hier liegt eine Verwechslung vor. Wenn Sie mich doch endlich aufklären würden, könnte ich das Missverständnis aus dem Weg räumen.«

Einen scheinbar ewig langen Moment funkelten sie die Augen der Löwin an, und Ivy konnte sehen, wie es hinter ihren Schläfen pochte.

»Na schön. Gehen wir einen trinken?«

Ivy nickte. Jetzt war sie wirklich gespannt.

Sie gingen in die Hotelbar, in der sie sich ursprünglich hatten treffen wollen, und Ellen zog in ihrem hautengen Kleid sämtliche Blicke auf sich, sowohl von Männern als auch von Frauen.

Ellen schien das entweder nicht zu bemerken, oder es schien ihr nichts auszumachen. Sie setzten sich an die Theke, und Ellen gab dem Barkeeper ein Zeichen, der offenbar sofort wusste, was sie haben wollte.

Ellen schüttelte ihr langes Haar und bat Ivy, auf dem Hocker neben ihr Platz zu nehmen.

Sie fühlte sich ein wenig unbehaglich, denn Ellen warf ihr immer wieder diesen Löwinnenblick zu, der sie zutiefst verunsicherte. Denn es war der Blick einer Verführerin, die alle Register zog. Das machte Ellen nur noch undurchsichtiger.

»Was möchten Sie trinken?« Ellen klopfte mit den Fingern in einem ungeduldigen Rhythmus auf die Theke. Ihre Nägel klackten. Und was für Krallen das waren. Knallrot. Lang. Während der Massage hatte Ivy die gar nicht gespürt. Die Löwin konnte also auch kratzen, wenn sie es wollte.

»Ich nehme … ein Ginger Ale.«

Ellen hob eine Braue. »Wie wäre es mit dem Banana Rouge? Sie sind doch alt genug, oder?« Sie deutete auf den Pappaufsteller mit den alkoholischen Cocktails.

Ivy zuckte mit den Schultern. »Meinetwegen auch den.«

Kurz darauf hatten sie beide ihre Drinks.

»Also, ich will jetzt alles wissen. Was haben Sie in meinem Zimmer gesucht? Und was wollen Sie überhaupt von mir?«

Ellen lutschte den Stiel des kleinen Schirmchens ab, der in ihrem Cocktail steckte. »Sie spielen die Ahnungslose so gut, dass ich fast versucht bin, Ihnen zu glauben.«

»Ich *bin* ahnungslos«, erwiderte Ivy etwas zu laut und schrumpfte auf ihrem Hocker zusammen, als sich plötzlich alle Blicke auf sie richteten. »Ich bin ahnungslos«, wiederholte sie etwas leiser. »Noch mal, ich mache hier nur Urlaub. Um genau zu sein, bin ich zum ersten Mal hier. Was auch immer Sie mir unterstellen, es kann nur etwas völlig Absurdes sein.«

Ellen legte das Schirmchen neben ihr Glas und musterte sie erneut eindringlich. Das ging Ivy gehörig auf die Nerven.

»Ich bin hinter Alexander Hamilton her«, offenbarte sie plötzlich.

»Das ist normal, er ist ein Frauentyp«, erwiderte Ivy nüchtern.

Ellen lachte auf einmal. »Nicht so, Mädchen. Sie sind wirklich ahnungslos.« Sie schüttelte den Kopf.

»Schön, dass Sie mir das endlich glauben. Also, was wollen Sie von Alexander, wenn nicht … Sie wissen schon.«

»Vielleicht ist es auch besser, wenn Sie ahnungslos bleiben.« Ellen trank ihr Glas aus und wollte aufstehen, aber Ivy hielt sie erneut am Arm fest.

»Was wollen Sie von Alexander?«

»Oh … Sie sind ja direkt ein bisschen eifersüchtig.« Sie schmunzelte. »Aber ich kann Sie beruhigen. Nichts Sexuelles. Obwohl, süß ist er ja, das stimmt. Doch das ist auch seine gefährlichste Waffe, weil er Frauen damit gefügig macht.« Sprach sie etwa aus Erfahrung? Ellen leckte sich gedankenversunken über die Lippen. Dann bestellte sie noch einen Drink.

»Vielleicht könnten wir sogar zusammenarbeiten«, fügte sie hinzu.

»Wir beide?« Ivy hielt das für keine gute Idee. Schließlich hatte diese Frau sie ausgetrickst und ihr Zimmer durchsucht. Ihr zu trauen wäre töricht.

»Sie könnten mir helfen, ihn endlich dingfest zu machen.«

»Was, um Himmels willen, hat Alexander denn verbrochen?« Wieder war Ivy etwas zu laut geworden. Sie hätte sich am liebsten auf die Zunge gebissen.

»Kunstraub«, erklärte Ellen sachlich.

»Kunstraub?«

Sie nickte. Dann nippte sie an ihrem Glas, bevor sie leise weitersprach. »Der Mann ist gefährlich. Nehmen Sie sich vor ihm in Acht.«

Ivy lachte. O ja, gefährlich war er, aber auf eine gänzlich andere Weise, als Ellen meinte.

»Haben Sie nichts davon gehört? Das Museum für Archäologie wurde ausgeraubt.«

»Und jetzt vermuten Sie, dass Alexander dahintersteckt.«

Ellens Blick bestätigte dies.

Ivy schüttelte den Kopf. »Sie meinen das alles ernst.«

»Natürlich. Aber dieser Teufel hat immer ein Alibi. Niemand konnte ihm je etwas nachweisen. Auffällig ist nur, da, wo er auftaucht, findet über kurz oder lang ein Raub statt. Und diese Kunstwerke sind einiges wert, das können Sie mir glauben.«

»Mag ja alles sein. Doch Alexander hat ein Alibi für diesen Abend.«

»Lassen Sie mich raten. Sie sind sein Alibi.«

»So ist es.«

»Sehr glaubwürdig, meine Kleine.«

Ivy biss sich verärgert auf die Unterlippe. Was fiel Ellen ein, sie Kleine zu nennen. »Es ist die Wahrheit«, erwiderte sie ärgerlich.

»Und waren Sie auch den ganzen Abend mit ihm zusammen? Ohne Unterbrechung?«

»Das nicht, aber …«

»Er hatte also Zeit, nach Cimiez zu fahren?«

»Ich weiß nicht … ach, hören Sie doch mit diesem Unsinn auf.« Ivy hatte langsam genug. Das alles war an den Haaren herbeigezogen. Sie hatte nie etwas Verdächtiges in Alexanders Gegenwart bemerkt.

»Waren Sie nicht zu verliebt, um überhaupt klar zu sehen? Liebe macht blind, den Spruch kennen Sie doch.«

Das hatte gesessen. War sie womöglich wirklich nicht objektiv? Hatte sie manches vielleicht sogar ganz bewusst nicht sehen wollen? Für einen kurzen Augenblick war sie verunsichert, dann aber erinnerte sie sich an seine zärtlichen Hände. War dieser Mann tatsächlich ein Räuber?

Ellen holte eine Zeichnung aus ihrer Umhängetasche und schob sie Ivy über den Tresen. »Kommt Ihnen dieser Kerl bekannt vor?«

Ivy erkannte Alexander auf dem Phantombild, dennoch zuckte sie mit den Schultern und reichte Ellen die Zeichnung zurück. »Kaum. Sie jagen den Falschen«, erklärte sie entschieden, doch sie war jetzt weniger überzeugt, als sie vorgab. Sie erinnerte sich, wie gut sich Alexander im Museum ausgekannt hatte, besonders in Bereichen, die dem normalen Besucher gar nicht zugänglich waren. »Warum gehen Sie dann nicht zum Staatsanwalt, wenn das alles so eindeutig ist?«

»Das ist es ja eben nicht. Er ist ein Meister seines Fachs, dem man nichts nachweisen kann. Bisher.« Sie trank ihr zweites Glas aus und wischte sich mit einer Serviette über den Mund. Ihre Lippen schienen in diesem Augenblick noch etwas voller zu werden. Verführerisch spitzte sie diese, als wollte sie Ivy mit einem Kuss locken.

»Wie dem auch sei. Ich kann Ihnen nur raten, sich von ihm fernzuhalten.«

Ivy erkannte darin einen ehrlich gemeinten Ratschlag, doch selbst, wenn sie es wollte, sie wäre nicht in der Lage, ihn zu befolgen. Wahrscheinlich würde sie Alexander sogar eher helfen, falls er tatsächlich dieser Kunsträuber war, anstatt sich von ihm fernzuhalten oder ihn gar der Polizei auszuliefern. In ihr waren diese Sehnsucht, dieses Verlangen nach ihm, seinen starken Händen, seiner Männlichkeit. Vor allem der Wunsch, dass ihm nichts zustieß.

Und doch fiel ihr gerade jetzt auf, wie wenig sie eigentlich über ihn wusste. Wer war Alexander Hamilton wirklich?

»Ich meine es nur gut mit Ihnen.«

»Und wenn ich ihm von Ihnen erzähle?«

Ellen grinste breit. »Glauben Sie wirklich, Alexander Hamilton wüsste nicht längst, dass wir ihm auf den Fersen sind? Wenn wir Pech haben, ist er morgen nicht mehr in Nizza.«

»Und wo sollte er dann sein?«

»Keine Ahnung. Wohin der Wind ihn trägt. Wäre nicht das erste Mal.«

Sie erhob sich und schlenderte durch die Bar, dabei wippte ihr Po so anzüglich hin und her, dass sie erneut alle Blicke auf sich zog.

An der Tür angekommen, drehte sie sich noch einmal zu Ivy um und spitzte die Lippen. Ein Luftküsschen flog ihr zu. »Passen Sie auf sich auf«, hörte sie Ellen noch sagen. Und dann war sie auch schon verschwunden.

Ivy seufzte schwer. Das alles konnte nicht wahr sein. Krampfhaft versuchte sie, sich zu erinnern, was an dem besagten Abend wirklich passiert war. Sie hatten geilen Sex gehabt, im Dachgeschoss des Museums, wo er sich offenbar ausgekannt hatte, aus welchen Gründen auch immer. Vielleicht war sie ja nicht die Erste gewesen, die er da oben verführt hatte. Nach ihrem Intermezzo und einem wunderbaren Abendessen im Restaurant hatte er sich von ihr verabschiedet. Theoretisch hätte er wohl die Zeit gehabt, um nochmals in das Museum einzudringen, dann aber wäre es unsinnig gewesen, dem Betreiber von der offen stehenden Tür zu berichten. Oder war das sogar Teil seines Plans gewesen, damit weder sie noch der Betreiber Verdacht schöpften? Das erschien ihr nicht sonderlich logisch, aber dann fiel ihr noch etwas ein, was sie nervös werden ließ. Die meiste Zeit über hatte er ihr die Augen auf dem Dachboden verbunden gehabt. Sie hatte nicht wirklich gesehen, was er gemacht hatte. Womöglich, und so weit wollte sie lieber gar nicht erst denken, hatte er sich an den Kunstschätzen bedient, ohne dass sie es gemerkt hatte. Ivy schluckte. Dann wäre sie doch, wenn auch indirekt, in den Fall verwickelt. Sie schaute auf ihre Uhr und bekam eine Gänsehaut, weil es fast 18 Uhr war. Alexander erwartete sie.

Zaghaft klopfte sie an seine Tür. Sie hatte nicht mehr die Zeit gefunden, sich umzuziehen. Nach alldem, was Ellen ihr erzählt hatte, war sie nervös und unsicher. Ihr zitterten sogar die Knie. »Es ist offen«, vernahm sie seine männlich markante Stimme.

Sie bewegte den Knauf und trat ein. Ihre Kehle war trocken, das Schlucken fiel ihr schwer. Bisher war sie nie in sein Reich gekommen. Sie hatten sich an allen möglichen und unmöglichen Orten geliebt. Aber seine Suite war tabu gewesen. Vielleicht weil er seine Privatsphäre hatte schützen wollen. Oder etwas anderes. Ein dunkles Geheimnis zum Beispiel.

Der Wohnbereich war komfortabel eingerichtet, sogar mit einer kleinen Bar, an der zwei Barhocker standen. Über eine gläserne Tür gelangte man auf den Balkon, von dem aus man einen fantastischen Blick auf das Meer hatte.

Ivy musterte die antik anmutenden Säulen, die als Dekorationen vor der Badezimmertür angebracht waren. Sie wirkten alt, und sie konnte nicht mit Sicherheit sagen, ob sie es auch waren oder ob sie aus einem Trödelladen stammten. Doch eines war gewiss, er hatte zweifelsohne ein Faible für antike Kunst.

Alexander erhob sich aus seinem Sessel, stellte sein Weinglas auf den Tisch und kam auf Ivy zu. »Willkommen in meinem kleinen Reich«, begrüßte er sie und führte sie in sein Schlafgemach.

Er war nackt. Natürlich. Denn er hatte sie ja erwartet. Und wie immer erregte sie der Anblick seines Körpers.

»Du bist spät«, stellte er mit einem charmanten Lächeln fest. Dann lief er um sie herum, betrachtete sie ausgiebig von allen Seiten und stellte sich schließlich hinter sie.

Ivy versuchte, ihre Nervosität zu unterdrücken, und musterte mit allzu großem Interesse das auffällige Himmelbett, das den Raum dominierte und Alexander sicherlich schon oft als Spielwiese gedient hatte.

Seine Hand strich über ihre Seite, ihren Oberschenkel. Schließlich griff er ihr beherzt in den Schritt. Diese kurze obszöne Geste ließ sie erschaudern. Er bewegte die Kugeln in ihr und aktivierte dadurch die Vibrobälle.

»Sehr gut. Du hast dich an unsere Vereinbarung gehalten.«

Wenn Alexander wüsste!

Sie wagte es nicht, ihm in die Augen zu sehen, und das verriet sie.

»Aber nicht ganz«, stellte er genüsslich fest, fast so, als hätte er es vorausgeahnt. »Sehr schön. Nun habe ich einen Grund, dich zu bestrafen.« Sein Lächeln wurde breiter. Diabolisch. Das Lachen eines Verbrechers? Kalter Schweiß lief ihr den Rücken hinunter.

Was, wenn Ellen doch die Wahrheit gesagt hatte? Was, wenn er tatsächlich der gesuchte Räuber war? Ja, was dann? Es würde nichts an ihren Gefühlen für ihn ändern, stellte sie erschrocken fest. Rein gar nichts.

»Was ist mit dir los? Du wirkst angespannt.«

»Ich? Ach was?« Sie versuchte zu lachen, aber sie war keine besonders gute Schauspielerin.

»Du hast doch nicht etwa Angst vor mir?«

Sie schüttelte den Kopf. Angst wäre wohl übertrieben. Sie wich ein Stück von ihm zurück, was sie sonst nie tat, weil sie normalerweise alles in seine Arme zog.

Alexander lachte. »Du fürchtest deine Bestrafung. Das kann ich dir nicht verdenken. Doch ich bin sicher, du wirst sie auch genießen.« Hinter seinem Rücken zog er plötzlich ein Seil hervor. »Keine Sorge, du weißt doch, eine Bestrafung ist immer auch eine Belohnung.«

Wie recht er hatte – wenn es nur um etwas Sexuelles gegangen wäre. Aber in ihrem Hinterkopf spukte immer wieder die Angst, dass sie sich in diesem Moment einem Kriminellen auslieferte, der weiß Gott was mit ihr anstellen konnte.

Alexander baute sich vor ihr auf. Etwas Düsteres, Unheimliches lag in seinem Blick, aber da war auch ein Feuer in dieser Tiefe, das hinaufzüngelte, als wollte es sie jeden Augenblick verschlingen.

Ivys Herz begann, heftig zu schlagen, während ebendieser feurige Blick über ihren Körper glitt.

»Zieh dich aus«, hauchte Alexander. Sie fing unwillkürlich an zu zittern, dann packte er sie beim Nacken und zog sie eng an sich, so dass sie die Hitze spürte, die von seinem Körper ausging. Gierig verschlossen seine Lippen ihren

Mund, schob sich seine Zunge in sie, rieb an der ihren. Ivy bekam keine Luft, doch sie brachte nicht die Kraft auf, sich einfach von ihm wegzudrücken. Im Gegenteil, ihre Finger krallten sich besitzergreifend in seinen Rücken. Sie hörte ihn leise aufzischen und spürte das wilde Pulsieren zwischen seinen Beinen. Ihre Hände glitten tiefer, legten sich auf seinen Hintern, während seine freie Hand ihr die Hose herunterzog. Ganz langsam drängte er sie zu seinem Bett. Und als sie das Holzgestell an ihren Beinen spürte, versetzte er ihr einen leichten Stoß, und sie fiel nach hinten auf die weichen Kissen.

Und schon thronte er über ihr. In der einen Hand das Seil, mit der anderen drückte er sie sacht nach unten.

»Es wird dir gefallen«, versicherte er, und ehe sie es sich versah, lag das Seil plötzlich um ihren Hals. Ivy versuchte, sich zu befreien, fürchtete, er wolle sie erdrosseln. Doch es gelang ihm erneut, ihren Widerstand mit einem Kuss zu brechen. Zärtlich schoben seine Lippen die ihren auseinander, und sie spürte, dass er ihr nichts antun wollte.

»Schieb deine Arme nach oben«, bat er sanft, und Ivy gehorchte. Sie fühlte sich ihm ausgeliefert, aber zugleich prickelte es so herrlich zwischen ihren Beinen, dass sie sich gar nicht wirklich befreien wollte.

Wie er es verlangt hatte, legte sie die Arme über den Kopf. Er band die beiden Enden des Seils um ihre Handgelenke. Würde Ivy nun zu fest daran ziehen, dann würde das unangenehm werden, das war ihr schnell klar.

Alexanders Hände glitten unter ihr Shirt, legten sich auf ihre Brüste und massierten diese. Wie herrlich warm seine Hände waren. Unter ihnen schien ihr Busen zu wachsen, aufzublühen, wie eine Knospe zur Blüte wurde. Das Gleiche galt für ihre Brustwarzen, die immer fester und heißer wurden. Ivy spürte ein sinnliches Stechen und biss sich auf die Unterlippe.

Aber dann fiel ihr Blick auf die römischen Büsten, die an der gegenüberliegenden Wand auf einem Regal standen. Vier Stück. Sie hatte keine Ahnung, ob es Nachbildungen waren oder nicht.

»Du liebst Kunst«, flüsterte sie aufgeregt, und ihr versagte fast die Stimme.

»Ich bin ein Künstler«, erklärte er selbstbewusst und schob ihr Shirt hoch, so dass ihre Brüste nun freilagen. Seine Lippen berührten ihre Brustwarzen, zwickten verspielt daran, so dass sich das süße Stechen verstärkte, sich in ein Prickeln verwandelte.

Ivy lachte. »O ja, das bist du wohl.« Die Kunst, sie zum Orgasmus zu bringen, beherrschte er wie kein Zweiter. Es gab auch keinen Zweiten, dessen Lippen sie derart aus der Fassung brachten, wenn sie zärtlich über ihren Körper glitten.

»Aber diese Büsten …« Sie versuchte, ganz natürlich zu klingen, damit er nicht mitbekam, welchen Verdacht sie hegte. Doch in ihrer Situation war es alles andere als leicht, natürlich zu klingen. Jetzt gerade wanderten seine heißen Lippen über ihren Bauch, und seine Zungenspitze zeichnete die leichten Wölbungen um ihren Bauchnabel nach.

»… die sehen doch aus wie aus dem Museum.«

»Jupp.« Er küsste ihren Venushügel.

Die Ähnlichkeit der Büsten war extrem auffällig. Nicht, dass Ivy sich wirklich damit ausgekannt hätte. Aber je länger sie die vier Steinköpfe anstarrte, desto unheimlicher wurden ihr die Situation und auch Alexander.

Seine Lippen verschmolzen mit ihren großen Schamlippen, und es fühlte sich an, als gäbe er ihr einen ziemlich geilen Zungenkuss zwischen die Beine. Das Prickeln in ihrem Zentrum wurde immer stärker. Dennoch verkrampfte sie, weil ihr allmählich klar wurde, dass der Mann, der sie gerade nach allen Regeln der Kunst verführte, möglicherweise ein Krimineller war.

Alexander drehte sich um und blickte zu den vier Römern auf. »Fühlst du dich von ihnen beobachtet?«, fragte er und lachte leise, doch sichtlich amüsiert.

»Nein … nein … ich … ignorier sie von jetzt an.«

Er nickte und tauchte erneut zwischen ihre Schenkel ab. Die Kugeln in ihrem Innern bewegten sich im Rhythmus seiner Zunge, reizten ihren G-Punkt.

Seine Zunge war so geschickt, so einfühlsam und übte genau die richtige Menge an Druck an den richtigen Stellen aus, dass ihre Befürchtungen in den Hintergrund traten, nur noch ein stilles Echo waren, das allmählich verklang.

Dann endlich zog er an der Schnur, an der ihre Kugeln aufgereiht waren. Sie spürte, wie sie sich erneut bewegten. Beruhigend kraulte er ihren Venushügel, während sich die kleine Karawane vibrierend in Bewegung setzte. Eine nach der anderen holte er sie heraus.

»Wow, die sind ja richtig heiß«, stellte er fest und legte sie auf das Bett. Und im nächsten Moment spürte Ivy seine nicht weniger heiße Spitze an ihrer Enge, die nun so geweitet war, dass sie ihn mühelos ganz aufnehmen konnte.

Er legte ihr die Hände auf die Brüste und stieß in sie. Immer schneller. Immer heftiger. Ihr Körper prickelte überall, als rauschte ein süßes Gift durch ihre Adern. Abwechselnd wurde ihr heiß und kalt. Sie glaubte zu fiebern.

Ihr Körper wurde unter seinen Stößen regelrecht durchgeschüttelt. Doch gerade als es ihr kommen wollte, entzog er sich ihr, und Ivy schrie gepeinigt auf.

»Was soll das?«, fuhr sie ihn an.

»Schon vergessen? Die kleine Bestrafung«, erinnerte er sie und verschwand in einem Nebenraum.

Das durfte doch nicht wahr sein. Ivy konnte nicht mal aufstehen und ihm folgen, geschweige denn das Zimmer verlassen. Im Moment verspürte sie genügend Wut, es tatsächlich zu tun. So kurz vor dem Ziel. Das Prickeln zwischen ihren Beinen wurde schwächer. Sie presste die Schenkel eng zusammen, als könnte sie so das Gefühl festhalten. Aber das war unmöglich. Es erlosch.

Ivy hätte aufschreien oder heulen oder sogar beides tun können. Ihr Körper zitterte vor unerfüllter Sehnsucht, vor aufgestauter Lust, die herauswollte, aber nicht konnte, weil er es ihr verwehrt hatte.

Endlich kam er wieder. Und wie er sie angrinste. »Du solltest dich sehen, Süße.« Alexander stellte einen Kübel neben sie. Doch was darin war, konnte sie nicht sehen, dazu hätte sie den Kopf heben müssen, was aufgrund der Fesseltechnik unmöglich war.

»Augen zu!«, befahl er.

»Alexander, bitte.« Sie rieb ihre Schenkel aneinander, um ihm zu verstehen zu geben, dass sie ihn jetzt brauchte.

»Ich weiß, Süße. Ich weiß«, sagte er, ohne sich erweichen zu lassen.

»Bitte.«

»Es wird noch schöner.« Er streichelte ihre Brüste. »Versprochen.« Alexander griff in den Kübel und legte Eiswürfel auf ihre Brustspitzen. Ivy stöhnte gequält auf, zog ein wenig zu fest an dem Seil, so dass sich dieses in ihren Nacken drückte.

Das geschmolzene Eis floss über ihre Hügel, kühlte ihren Bauch. Es war so kalt, dass sie kaum stillhalten konnte, also hielt er sie mit beiden Händen fest. Dann beugte er sich über sie und leckte das Eiswasser von ihrer Haut, stülpte seine Lippen über den Eiswürfel auf ihrer rechten Brustwarze, hielt ihn mit seinem Mund fest und bewegte ihn so zu ihrem Bauchnabel. Ivys Bauchmuskeln zuckten, aber dann legte er den Eiswürfel in ihrem Nabel ab. Den zweiten Eiswürfel ließ er über ihren Venushügel durch ihre Spalte gleiten und schob ihn schließlich mit der Zunge in sie.

Ivy stöhnte auf, als sie das kühle Eis in ihrer feuchten Enge spürte. Dort schmolz es schnell, und das kühle Nass glitt wieder aus ihr heraus, vermengte sich mit ihrer Feuchtigkeit.

Alexander streichelte ihre Scham und zeigte ihr dann seine Hand, an der die Spuren ihrer Lust glänzten.

»Wow, das hat dich richtig scharfgemacht, was?« Er steckte sich die Kuppe seines Zeigefingers in den Mund und lutschte sie ab. Das sah geil aus. Genüsslich glitten seine Lippen über seinen Finger, auf und nieder, als saugten sie in Wahrheit an einem Glied. Er wiederholte das Spiel an seinen anderen Fingern, leckte über den Mittel- und Ringfinger, steckte ihr dann aber seinen kleinen Finger in den Mund, damit auch sie von ihrer eigenen Süße kosten konnte.

Ivy kannte ihren Geschmack inzwischen. Hatte sie es anfangs befremdlich gefunden, sich selbst zu schmecken, so machte sie nun die dezente Süße an, weil sie sich vorstellte, dass auch er diesen Geschmack auf seiner Zunge verspürt hatte. Weil auch er wusste, wie sie schmeckte. Das war unglaublich intim und törnte sie noch mehr an.

Sie hoffte inständig, dass er nun das Feuer in ihr löschte, das inzwischen so hoch loderte, dass es sie zu verzehren drohte. Sie biss sich lustvoll auf die Unterlippe und stöhnte leise.

»Was ist?«, fragte er.

»Das weißt du doch ganz genau …«

»Ja«, gab er zu. »Aber ich will es aus deinem Mund hören.« Das erinnerte sie auf bizarre Weise an ihren Traum im Massageraum. Sie hatte es nicht über sich gebracht, die Worte auszusprechen, und dann war sie aufgewacht …

Alexander tauchte zwischen ihre Schenkel und küsste sie. Aber dachte er daran, sie endlich zu nehmen, leidenschaftlich zu lieben? Sie richtig durchzuvögeln? Von wegen! Mit voller Absicht zögerte er es hinaus, weil er es viel zu sehr genoss, sie hinzuhalten. Dieser Sadist. Aber konnte sie ihm böse sein?

»Ich steh darauf, wenn eine Frau mich um Sex anfleht.«

»Flehen? Pah.«

Da konnte er lange darauf warten. Auch wenn er noch so talentierte Hände hatte.

Er streichelte scheinbar gedankenversunken ihre Scham, und das fühlte sich teuflisch gut an. So gut, dass sie schwach zu werden drohte.

»Vor ein paar Tagen noch, ja, da hättest du nicht gefleht. Aber da warst du auch noch die alte Ivy.«

»Die bin ich jetzt nicht mehr?«

Er schüttelte den Kopf. Daumen- und Zeigefinger hatten längst ihre Klitoris ausfindig gemacht. Die verräterische Perle hatte nicht mal versucht, sich vor ihm zu verstecken.

Jetzt pulsierte sie auch noch ohne Ende. Ihr Körper sabotierte sie.

»Nein, du bist jetzt die neue, die leidenschaftliche Ivy, die sehr weiblich ist und die sich nicht dafür schämt, einen Mann um Sex zu bitten. Eine Ivy, die genau weiß, was sie will und wie sie es bekommt.«

Das Bild, das er nun von ihr hatte, machte sie an.

Ivy schluckte ihren Stolz hinunter, weil sie es vor Lust nicht mehr aushielt. Und weil ihre Perle schon schmerzte.

»Bitte«, sagte sie. »Bitte nimm mich.«

Alexander lachte und nahm ihr damit gleich wieder den Mut.

»Das kannst du aber besser, Süße. Mehr Leidenschaft. Lass es raus. Deswegen mach ich das doch alles für dich. Damit du endlich loslässt.«

Sie schloss die Augen und atmete tief durch.

»Konzentrier dich auf dich, auf deine Lust. Und dann, lass es raus.«

Sie tat, was er sagte. Fühlte nur das Vibrieren, das Beben und die Hitze in ihrem Innern. Alles um sie herum trat in den Hintergrund. Alles wurde egal. Jetzt zählte nur noch Alexander.

»Bitte«, hauchte sie. Sie schluckte den Kloß in ihrem Hals hinunter.

»Bitte, fick mich. Fick mich.« Sie wurde lauter. »Fick mich!« So laut, dass er ihr mit einem Mal die Hand auf den Mund legte und »Psst« machte. Dann aber sah sie sein strahlendes Lächeln.

Er nahm die Hand von ihrem Mund und küsste sie, mit einem Stoß war er in ihr, und Ivy glaubte zu vergehen.

Für einen wundervollen langen Augenblick waren alle dunklen Wolken verzogen. Ivy lag in seinen Armen und fühlte sich geborgen, glücklich. Gedankenverloren streichelte sie seine Brust, dabei glitt ihr Blick zu den Büsten, die immer noch auf sie herabstarrten. Und dann kehrte die Erinnerung zurück.

»Alles okay?«, fragte er und küsste ihre Stirn. Er hatte wohl gemerkt, dass sie sich verkrampfte.

»Ich sollte jetzt gehen«, entschied sie, doch Alexander hielt sie fest.

»Ich finde, du solltest bleiben.« Seine Augen verengten sich, und für einen Moment sah er wirklich böse aus.

»Oder hast du noch immer Angst vor mir?« Ein Lächeln umspielte seine Lippen, aber sie war nicht sicher, wie sie es deuten sollte. Sein Blick bereitete ihr eine Gänsehaut, löste ihren Fluchtreflex aus, doch seine Arme legten sich nur noch enger um sie.

»Was?« Sie lachte verunsichert. »Das ist doch albern.«

Ahnte er etwas? Wusste er, was sie wusste? Hatte er sie ein letztes Mal gevögelt, um sie dann … sie wollte den Gedanken lieber nicht zu Ende führen.

»Ist es das? Nun ja, wenn man bedenkt, dass es dich ziemlich geil gemacht hat, mit einem Verbrecher zu schlafen, dann hast du wohl recht.« Jetzt war er es, der lachte.

Ivy spürte, dass sie kreidebleich wurde. War das ein Geständnis, oder wie sollte sie das verstehen? Es hatte ganz den Anschein. Himmel! Jetzt hatte sie den Beweis. Ellen hatte recht gehabt.

»Das nennt sich Rollenspiel, meine Süße. Ellen ist genauso wenig eine Polizistin, wie ich ein Kunsträuber bin.«

»Was?« Sie verstand noch immer nicht.

»Rollenspiel. Eine Rolle zu SPIELEN, um den Sex noch prickelnder zu machen. Ein zusätzlicher Kick. Manche ziehen sich Uniformen oder Latexkostüme an. Hast du noch nie davon gehört?«

»Doch«, gab sie zu. Irgendwann hatte sie mal eine Fernsehreportage über solche Sexrollenspiele gesehen, bei denen die Beteiligten vorgegeben hatten, bei der Armee zu sein. Entsprechend hatten die Teilnehmer auch Tarnanzüge angehabt. Einer hatte Befehle gegeben, die anderen hatten sie befolgt. Und solch ein Rollenspiel war das jetzt auch gewesen? Ohne ihr Wissen?

Ivy fühlte sich plötzlich richtig dumm, weil sie auf diese Scharade hereingefallen war. Er war kein international gesuchter Verbrecher, er hatte nur mit ihr gespielt. Und Ellen war eingeweiht gewesen – Gott sei Dank! Sie war unschlüssig, ob sie böse oder erleichtert sein sollte, weil er sie ganz bewusst in dem Glauben gelassen hatte, er sei ein Räuber, um sie zu erregen. Und das, so musste sie zugeben, hatte ja auch funktioniert.

»Wie bist du denn nur auf diese Idee gekommen?«

»Gar nicht. Ein Vögelchen hat mir was gezwitschert.« Er zwinkerte ihr zu. Ein Vögelchen?

Lena! Die kannte ihre Fantasie! Jetzt wurde ihr allmählich alles klar. Sie steckte in Wahrheit hinter allem. Na warte, mit ihr würde sie noch ein Hühnchen rupfen. Aber nun musste Ivy erst einmal herzlich lachen. Die Anspannung fiel von ihr ab, und sie war heilfroh, dass alles nur ein erotisches Rollenspiel gewesen war, und ziemlich aufregend noch dazu.

»Also bleibst du?«

»Ja«, sagte sie und strahlte. Ein Küsschen landete auf seinen weichen Lippen. »Solange Vanessa nicht dazwischenfunkt und der Abend nur uns gehört.«

»Sie wird nie mehr dazwischenfunken.«

»Nein?«

»Ich habe sie an Juan abgetreten.« Abgetreten. So nannte man das also.

»An Juan?«

»Klar, der ist doch sexy, findest du nicht?«

»Geht so …« Sie wollte nicht ins Detail gehen. Sie erinnerte sich nur zu gut an Juan und dessen nächtlichen Überfall auf sie.

»Aber war das denn so einfach möglich?«

»Nein, ganz und gar nicht. Meine Chefin war außer sich. Aber ich konnte sie schließlich überzeugen, zumal Juan der Gräfin bereits ins Auge gefallen war. Sie steht auf Latin Lover.«

»Ja, aber warum … hast du das getan?« Sie hatte immer den Eindruck gehabt, dass Alexander und Vanessa mehr miteinander verband und dass er sie niemals aufgegeben hätte. So wie sie ihn nicht aufgeben konnte.

»Weil mir einiges klar geworden ist.«

Sie hob eine Augenbraue. »Zum Beispiel?«

»Dass es an der Zeit ist, sesshaft zu werden. Ich habe genug vom Abenteuer. Von den Frauen. Ich will jetzt nur noch mit einer zusammen sein.«

Ivy verstand allmählich die Bedeutung seiner Worte. »Du bist verrückt«, brachte sie nur hervor.

»Genauso verrückt wie du.« Er küsste sie erneut, doch sie wich ihm aus. Das schien ihn zu überraschen. Und irgendwie auch sein Ego zu verletzen.

»Was stimmt denn nicht?« Er richtete sich auf, stützte sich

auf die Ellbogen und schaute sie forschend an. »Ich dachte, du empfindest dasselbe?«

Das tat sie auch. Und sie war überglücklich, dass er ihr dieses Geständnis machte. Sie wusste zwar inzwischen, dass Ellen nur Teil eines verruchten Rollenspiels gewesen war, und ihr war auch bewusst, dass sie sich zu keinem anderen so hingezogen fühlte wie zu Alexander, so sehr, dass es fast körperlich schmerzte, dennoch war er ein Fremder geblieben. Sie mochte jeden Zentimeter seines Körpers kennen, aber nicht seine Geschichte.

»Doch. Ich … mag dich. Sehr sogar. Mehr als das.«

Er beobachtete sie ganz genau, und das machte sie nur noch nervöser. »Aber … das genügt vielleicht nicht. Ich meine, ist dir schon mal aufgefallen, dass wir nichts voneinander wissen?«

»Stimmt. Aber das macht es besonders reizvoll, findest du nicht?«

»Ja. Nein. Am Anfang vielleicht …«

»Ich verstehe schon. Du willst wissen, mit wem du dein Bett teilst, und bald vielleicht auch mehr. Nur zu, stell mir Fragen. Ich werde sie alle beantworten, wenn ich kann.«

»Wirklich alle?« Das erstaunte sie.

»Ich will keine Geheimnisse vor dir haben. Vielleicht habe ich es eben nicht deutlich genug gemacht, aber ich habe ernstes Interesse an dir, Ivy Marschall.«

Sie schluckte erneut. Seine Worte ließen ihr Herz flattern. »Und ich darf dich wirklich alles fragen?« Bisher hatte er doch noch nie etwas über sich preisgegeben, aber nun war er nicht der Animateur, sondern lediglich Alexander. Dies war nicht mehr Teil seines Jobs.

»Ja, klar.«

»Also … mal sehen, was weiß ich denn überhaupt schon. Du bist aus England …«

»Aus London«, präzisierte er und streichelte ihren Busen, der auf seine Berührung wie eine durstende Blume auf einen Regenschauer reagierte.

»Was hast du beruflich gemacht, ich meine, bevor du im *Amour Fou* angefangen hast?«

»Ich habe ein Sportstudium absolviert und besitze ein Fitness-Studio in London, das sich gerade im Aufbau befindet. Habe es günstig erworben, was mich hätte stutzig machen sollen, denn später hat sich rausgestellt, dass das Haus von Grund auf saniert und renoviert werden muss. Hübsche Stange Geld.«

»Oh, beeindruckend. So etwas kann ich nicht vorweisen, ich bin nur Konditorin.«

»Klingt doch gut. Als Konditorin kannst du überall arbeiten und problemlos zu mir nach London ziehen.«

»Hey, tritt mal auf die Bremse.«

»Nur Spaß. Das heißt, irgendwann wäre das sicher ganz hübsch. Aber jetzt wird mir so einiges klar.«

»Was denn?«

»Warum du so süß schmeckst … und süß aussiehst.« Er zwinkerte ihr zu.

»Du meinst, weil Konditorinnen an der Quelle sitzen?« Sie verkniff sich ein Grinsen. »Jetzt mal ernsthaft. Das Studio, wie kannst du dir das denn leisten?«

»Was meinst du, warum ich hier arbeite? Der Job ist gut bezahlt. Und natürlich aufregend. Sonne, Strand, hübsche Frauen.«

»Hey … ich dachte, du wolltest sesshaft werden?« Sie knuffte ihn in die Seite.

»Korrigiere: Sonne, Strand, hübsche Ivys.«

Obwohl er sie mit seinen charmanten Späßen zum Schmunzeln brachte, hörte Ivy doch heraus, dass er in finanziellen Nöten steckte. Und die waren vermutlich der Hauptgrund, warum er im Lustschloss arbeitete.

»Ich habe vor einigen Jahren ein bisschen was geerbt, von einem Onkel mütterlicherseits. Ich könnte …«

»Stopp. Bevor du weiterredest, denk nicht mal daran. Ich komme klar, Ivy. Mach dir keine Sorgen. Erst kürzlich hat sich etwas Überraschendes ergeben, das meine Schulden mit einem Schlag tilgen wird.«

»Und was soll das sein?«

»Du darfst zwar alles fragen, aber nicht alles wissen.« Er stupste ihre Nase an.

»Eben hast du noch gesagt, du beantwortest jede Frage.«

»Wenn ich es kann«, erinnerte er sie.

Ivy zuckte mit den Schultern, dann halt nicht.

»Also kommen noch mehr Fragen? Oder ist deine Neugier etwa schon gestillt?«

Sie überlegte einen Moment, dann fiel ihr noch eine ein, die ihr schon die ganze Zeit auf der Zunge lag. »Wie hast du deine dunkle Seite entdeckt?«

»Mit der Frage habe ich gerechnet. Ich bin sogar überrascht, dass sie erst jetzt kommt.«

»Ach ja?«

»Ja. Frauen wollen solche Sachen immer wissen. Ihr seid derart neugierig. Und in diesem Fall auch vorhersehbar.«

»Zeugt doch von Interesse, wenn man alles über den anderen wissen will.«

»Das hätte ich jetzt auch behauptet.«

Ivy streckte ihm die Zunge raus, aber neugierig war sie schon, da hatte er völlig recht.

»Bevor ich beschloss, mich selbständig zu machen und mein eigenes Studio zu eröffnen, arbeitete ich als Fitness-Trainer. Und gab auch Privatstunden.«

»Du meinst für Prominente?«

Er nickte. »Unter anderem.«

Ivys Neugier wurde größer. Wen mochte er trainiert haben? Sicherlich fiel das unter irgendeine Schweigepflicht.

»*Sie* war wegen eines Wohltätigkeitskongresses in London und suchte einen Trainer für die nächsten zwei Wochen, in denen sie sich in der Stadt aufhalten würde. Ein Freund von ihr, den ich bereits trainiert hatte, empfahl mich weiter, und wir merkten schnell, dass die Chemie zwischen uns stimmte. Sie war sehr ehrgeizig, genau wie ich. Und die fünf Pfund, die sie abtrainieren wollte, waren schnell runter, so dass sie perfekt in ihr Galakleid passte. Jeden Morgen um acht trafen wir uns in ihrem Hotel. Aber schon nach zwei Tagen merkte ich, dass etwas anders war. Sie warf mir immer wieder eigenartige Blicke zu, die mich verunsicherten. Ich war damals noch sehr jung«, betonte er, weil es offenbar an seinem Ego kratzte, vor ihr zuzugeben, dass eine Frau ihn aus dem Konzept gebracht hatte.

»Und nach einem harten Training nahm sie mich mit unter die Dusche.« Ein Schmunzeln umspielte seine Lippen, und sein Blick nahm einen sehnsüchtigen Ausdruck an. Ivy fragte sich unwillkürlich, ob er noch etwas für diese Frau empfand.

»Wie gesagt, ich war jung und auch etwas unerfahren. Was ich damals nicht verstand, war, dass es ihr nur um den Sex ging, nicht um Gefühle.«

»Du warst in sie verliebt?«

Er nickte. »Deswegen bekam sie mich auch dazu, Dinge zu tun, die ich davor niemals für möglich gehalten hätte.«

»Was für Dinge?«

»Sie zwang mich, vor sie zu knien und ihre Scham zu lecken. Ich werde nie das Gefühl vergessen, als sie an meinen Haaren riss, um meinen Kopf zu steuern. Machtlosigkeit. Erregung. Lust. Das alles gehörte plötzlich zusammen.«

»Moment, Moment. Sie hat dich dominiert?« Das passte doch überhaupt nicht zu dem dominanten Mann, als den sie ihn kennengelernt hatte.

»Ja, sie dominierte mich«, bestätigte er.

»Aber ...«

»Ich bin ein Switcher. Und sie war es auch.«

»Switcher? Was soll das bedeuten?«

»Rollentausch. Mal der dominante, mal der devote Part sein.«

»So etwas gibt es?«

»O ja.«

Ivy musste an das Paar in Lack und Leder denken, das sie im Dark Room beobachtet hatte. Waren das am Ende doch Alexander und die Gräfin gewesen? Die Gräfin. Natürlich. Sie war die Frau, die ihn als Personal Trainer engagiert und ihm das Herz gebrochen hatte. Die Prominente, die nach London gekommen war und die er trainiert hatte.

»Vanessa wusste, was ich für sie empfand, und ließ mich in dem Glauben, sie würde meine Gefühle erwidern.« Seine Stimme wurde mit einem Mal leise. »In Wahrheit hat sie nur mit mir gespielt, und das probiert sie auch heute noch. Nur heute bin ich erwachsen.«

»Deswegen hast du sie an Juan abgetreten?«

»Nein. Das war deinetwegen. So wie ich es dir sagte.«

Ivy musste an Boris denken, der ihr ebenso übel mitgespielt hatte. Boris, der Bäckergeselle aus der Konditorei, der ihr am Anfang die Welt zu Füßen hatte legen wollen und sie später nur noch kleingeredet, ihr das Selbstbewusstsein geraubt hatte. Besonders beim Sex. Schließlich hatte er sich eine neue Freundin gesucht und von einem Tag auf den anderen mit ihr Schluss gemacht. Übers Internet hatte er die »Neue« gefunden, sie gerade einmal getroffen, und schon war Ivy auf dem Abstellgleis gelandet. Tja, das mit der Neuen lief schief, weil die plötzlich erkannte, dass sie doch noch was für ihren Ex empfand, und so war auch Boris reumütig zu ihr zurückgekommen. Aber Ivy hatte ihn, wenn auch schweren Herzens, abgewiesen. Der Schlussstrich war trotz aller Zweifel das einzig Richtige gewesen.

»Das mit Vanessa ist lange vorbei. Ich liebe sie nicht mehr. Vielleicht habe ich das auch nie. Lange Zeit konnte ich mich auf keine andere Frau mehr einlassen, weil ich, so dumm es auch klingen mag, fürchtete, noch einmal hintergangen zu werden. Ich schaltete meine Gefühle vollständig aus. Das war eine hervorragende Voraussetzung für diesen Job.« Er lachte bitter, doch sein Blick haftete an ihren Lippen. Ivy reckte sich ihm entgegen und empfing seinen sinnlichen Kuss. Er schmeckte ehrlich. So wunderbar ehrlich.

»Ich werde nie mit dir spielen«, flüsterte sie und streichelte seine Wange.

»Ich weiß.« Sein Lächeln zauberte Wärme in ihr Herz.

»Das ist genial«, flüsterte sie.

»Ich weiß«, sagte er und lachte leise.

Im *Amour Fou* waren die Lichter schon vor ein paar Stunden ausgegangen. Und er hatte ihr versichert, dass niemand den Dark Room für eine Mitternachtssession gebucht hatte. Er musste es wohl wissen, schließlich arbeitete er in diesem Haus. Sie waren also ungestört.

Er schob das Andreaskreuz zur Seite und deutete auf das dahinter befindliche Mauerwerk. Für das bloße Auge war es nicht zu erkennen, oder nur dann, wenn man genau hinsah. Eine Geheimtür im Gestein. Vorsichtig drückte er einen Stein leicht ein, und mit einem Knarren schob sich ein Teil der Wand zur Seite. Wie im Film.

Sie lugte staunend hinein, doch es war zu dunkel, um etwas zu sehen. Also betätigte er den Hebel noch einmal, und die Wand fuhr wieder zu.

»Und hier hinter hast du die Beute versteckt?«

Er nickte.

»Unsere Kundin wird als normaler Gast einchecken und somit keinen Verdacht erregen. Ich nehme sie mit in den Dark Room und zeige ihr die Ware. Wir wickeln das Ganze ab, und voilà, wir sind reich.« Er grinste von einem Ohr zum anderen.

»Vorausgesetzt, niemand entdeckt die Ware vorher«, gab sie zu bedenken und tastete das Gemäuer vorsichtig ab.

»Die Polizei tappt im Dunkeln. Hilf mir mal mit dem Kreuz.« Gemeinsam beförderten sie das Andreaskreuz an seinen angestammten Platz zurück.

»Davon abgesehen, die meisten wissen nicht einmal von dem Versteck. Der alte Schlossherr war sehr vorausschauend, als er das Château erbauen ließ. Dies war eine Art

Schutzbunker für ihn. Ich bin auch nur dahintergekommen, weil ich mir die Baupläne unter den Nagel gerissen habe.« Er lachte heiser.

Zufrieden legte sie ihm die Arme um den Nacken. »Du bist ein richtiger Ganove, weißt du das?«

»Und du bist die heißeste Ganovenbraut, die mir je untergekommen ist. Hätte nicht gedacht, dass diese Partnerschaft so gut funktionieren würde.«

»Ich stecke eben voller Überraschungen.«

»Darauf kannst du wetten.« Er küsste sie, und sie schmeckte seinen sinnlich herben Geschmack auf ihrer Zunge, nahm seinen markanten Duft wahr, der sie erregte.

Langsam drängte er sie in Richtung des Folterstuhls, in den sie sich bereitwillig fallen ließ. Er kniete vor ihr und hob ihr Bein an, zog ihr ganz vorsichtig den feuerroten Schuh aus.

»Du steckst nicht nur voller Überraschungen, du bist auch wunderschön«, hauchte er andächtig und leckte über ihre Fußsohle.

Sie lachte auf, weil es kitzelte. Und doch erregte es sie. Vorsichtig nahm er ihren großen Zeh in den Mund, lutschte an ihm. Dann wanderten seine Lippen ihre Wade hoch, liebkosten ihr Knie, und schließlich schob er mit beiden Händen ihren Rock zurück, so dass ihre Scham sichtbar wurde.

»Keine Unterwäsche?«, fragte er erstaunt.

»Ich wusste doch, wo wir uns treffen. Und da dachte ich mir gleich, dass wir sicher nicht wieder gehen, ohne ein paar hübsche Dinge ausprobiert zu haben.«

»Ich mag Frauen, die mitdenken.«

Er tauchte zwischen ihren Schenkeln ab und leckte sie,

während sie sich an ihre letzte Session erinnerte. Sie beide im Lustkeller, ganz in Latex gekleidet, er angebunden, ihr ausgeliefert. Und dann war da noch diese Kleine, die sie beobachtet hatte. Zwar hatte sie nicht erkannt, wer das Mädchen war, doch ihre bloße Anwesenheit hatte ihr einen zusätzlichen Kick gegeben. Auch jetzt lief ihr ein lustvoller Schauer über den Rücken, seine Zunge berührte genau die Stellen, die besonders empfindlich waren. Ihr wurde heiß zwischen den Beinen. Instinktiv spreizte sie diese etwas weiter, so dass er mehr Platz hatte.

Auf der Lehne lag die Gerte, die sie beim letzten Mal benutzt hatten. Sie nahm sie in die Hand, spielte damit vor seinen Augen, die nun vor Erregung regelrecht leuchteten.

Sie grinste, doch anstatt ihm die Gerte zu spüren zu geben, steckte sie ihm ihre Zunge in den Mund.

»Er meint es tatsächlich ernst?« Lena rührte ihren Kaffee um, und Ivy schmierte sich Frischkäse aufs Hörnchen.

»Ich weiß nicht. Ich glaub schon.«

»Aber hallo? Er hat gesagt, du sollst zu ihm nach London ziehen!«

»Das war doch nur ein Scherz.«

Lena lehnte sich zurück und schüttelte den Kopf. »Mädchen, du musst auch mal deine Chance ergreifen.«

»Klingt ja fast, als wolltest du mich loswerden.«

»Unsinn. Ich denke einfach praktisch. Wenn du in London lebst, hab ich doch einen guten Grund, rüberzufliegen und am Piccadilly Circus shoppen zu gehen.«

Ivy lachte. Lena war wie immer ein echtes Original.

»Wo steckt eigentlich Jessica?«

Ivy zuckte mit den Schultern. »Du weißt doch, sie schläft gern mal ein bisschen länger.«

Just in dem Moment tänzelte eine sichtlich vergnügte und ausgesprochen gut gelaunte Jessica in einem Hauch von nichts über die Terrasse und setzte sich zu den beiden.

»Guten Morgen, ihr Süßen«, flötete sie. »Ach, ist das nicht ein herrlicher Tag?«

Ivy und Lena tauschten irritierte Blicke aus. Jessica war zwar eine ausgesprochen nette Person, aber das merkte man meistens erst dann, wenn man sie näher kennengelernt hatte. Auf Außenstehende wirkte sie eher ein wenig distanziert. Ganz anders an diesem Morgen. Sie war ein echter Sonnenschein. Ivy konnte sich nicht erinnern, Jessica jemals so gesehen zu haben.

»Da hat wohl jemand eine heiße Liebesnacht hinter sich«, vermutete Lena.

»Wie kommst du denn darauf?« Jessica pfiff vergnügt vor sich hin.

»Nur so ins Blaue hineingeraten.«

»Entschuldigt mich, ich hole mir mal ein Stückchen Kuchen. Soll ich euch was mitbringen?«

»Nein, danke«, erwiderten Ivy und Lena wie aus einem Mund. Und schon war Jessica verschwunden. Ihre hauchdünne geöffnete Bluse wehte ihr wie ein Umhang hinterher. Auch farblich hatte sie in die Vollen gegriffen. Bunt. Wie ein Paradiesvogel. Ganz untypisch.

»Kuchen?«, wunderte sich Lena. »Sie zählt doch sonst die Kalorien.«

»Offenbar bin ich nicht die Einzige, die verliebt ist.«

»Meinst du … sie hat sich in … diesen Daniel verknallt?«

»Wieso nicht? Ist doch ein heißer Typ.«

»Ja, ja, ist er. Großer Gott, und wie heiß der ist. Aber ein schöner Körper allein, das stellt doch keinen auf Dauer zufrieden.«

»Er hat sicher mehr zu bieten«, war Ivy überzeugt. Bei Alexander war es ja genauso. Und Lenas Liebling Leon bildete sicher keine Ausnahme. Insgeheim glaubte Ivy, ihre Freundin hatte sich ein wenig in ihn verguckt.

»Da fällt mir ein, ich habe noch ein Hühnchen mit dir zu rupfen«, erinnerte sich Ivy und verengte zum Spaß die Augen, denn wirklich wütend war sie schon längst nicht mehr auf Lena.

»Mit mir? Ich will doch immer nur dein Bestes.«

»Ja, aber manchmal meinst du es etwas zu gut. Wie bist du denn auf die verrückte Idee gekommen, ein Rollenspiel für mich zu organisieren? Mir ist fast das Herz stehen geblieben, weil ich glaubte, Alexander wär ein Verbrecher.«

Lena lachte. »Ich hatte dich doch mal gefragt, wie deine heißeste Fantasie aussieht. Das war der Impuls. Und dieser Raub im Museum lieferte mir die Idee.«

»Kam mir ja gleich alles ein bisschen komisch vor. Mit Ellen als Polizistin.«

»Ja, die war natürlich auch eingeweiht, damit es echt wirkt. Hat es das wenigstens?«

»Viel zu echt.«

Lena winkte ab und trank ihren Kaffee. In dem Moment kam Jessica mit zwei Stückchen Kirschkuchen zurück.

»Seid mal ehrlich, Mädels, sieht das nicht zum Anbeißen aus?«

»Und wie«, gab Ivy zu, der tatsächlich das Wasser im Munde zusammenlief. Aber sie wollte etwas mehr auf ihre

Linie achten. Alexander hatte ja schon angekündigt, regelmäßig mit ihr Sport zu treiben, wenn sie erst in London war.

»Und jetzt raus mit der Sprache. Was hat Daniel mit dir gemacht?«

»Daniel?«

»Sag nicht, du warst nicht mit ihm zusammen.«

»War ich nicht.«

Das erstaunte nicht nur Lena, sondern auch Ivy. Sie hatte das Gefühl gehabt, dass Jessica an ihrem persönlichen Fitness-Trainer hing. Dass nun noch ein anderer Mann im Spiel war, überraschte.

»Wer war es dann?« Lena beugte sich neugierig vor.

»Mein Geheimnis.« Genüsslich steckte sie sich die Kuchengabel in den Mund. »Ihr solltet ihn auch probieren.«

»Du verrätst ja nicht, wer es war.«

»Ich meinte doch den Kuchen, Lena.«

»Lena denkt immer nur an das eine.« Ivy musste herzlich lachen.

Der Vormittag war schnell herum. Die Freundinnen gingen noch in die Innenstadt shoppen, und am Mittag lagen sie am Strand.

Am Nachmittag ging Ivy zurück zum Hotel, da ihr die Hitze zu viel war und sie sich noch ein wenig frisch für den Abend machen wollte. Sie war neugierig auf die Show im *Fou,* von der alle Welt sprach.

In der Hotellobby hingen schon überall Plakate, auf denen die sexy Tänzer zu sehen waren, die am Abend das weibliche Publikum mit ihren Reizen verführen wollten. Auf den meisten Abbildungen trugen sie kaum mehr als

Stringtangas. Ein Traum aus Muskeln, aber keiner der Showstars konnte mit Alexander mithalten.

»Hallo, Fräulein Ivy«, hörte sie eine sinnliche Stimme hinter sich, doch sie gehörte nicht Alexander. Und als sie sich umdrehte, blickte sie direkt in Juans feurige dunkle Augen.

»Juan …« Sie wusste gar nicht, was sie sagen sollte. Seit dem Vorfall in ihrem Bett hatte sie ihn nicht mehr gesprochen. »Es … tut mir leid … was da … passiert ist … ich …«

»Schon gut, Ivy. Ich bin nicht nachtragend.« Er lächelte ein bisschen schmierig, und Ivy wurde das Gefühl nicht los, dass er ihr irgendetwas sagen wollte, auf das er sich ganz besonders freute.

»Da bin ich erleichtert, Juan. Wären Sie böse mit mir, hätte es mir sicherlich den Abend verdorben.«

»Ich fürchte … der Abend wird so oder so ein wenig … wie soll ich sagen … dunkle Wolken heraufbeschwören.« Sein Grinsen wurde breiter.

»Wovon sprechen Sie?«

»Ich habe etwas beobachtet, was Ihnen nicht gefallen wird.«

Jetzt wurde sie misstrauisch. Was führte der Kerl im Schilde? War das irgendeine Form von billiger Rache, weil sie sein Ego verletzt hatte?

»Ich habe mich auch gefragt, ob ich es Ihnen überhaupt sagen soll, Ivy. Doch da Sie so verliebt erscheinen, müssen Sie es einfach erfahren. Es geht um Alexander.«

»Was Sie nicht sagen.« Sie hatte es geahnt. Ihr Gefühl bezüglich Juan hatte sie nicht getäuscht. Er war ein unangenehmer Mensch. Sicher folgte nun eine Gemeinheit, aber Ivy war auf alles vorbereitet.

»Vanessa und er sind … in den Lustkeller gegangen. Und sie sahen einander sehr zugetan aus.«

Erschrocken blieb sie stehen, um Fassung ringend. Sie hatte mit allem gerechnet, aber nicht damit. Das musste eine Lüge sein, Alexander hatte Vanessa den Laufpass gegeben. Sie kannte seine traurige Geschichte von der unerfüllten Liebe. Und wenn er doch noch nicht von ihr losgekommen war?

Nein, nein. Juan wollte sie nur kränken, verletzen. Jetzt setzte er auch noch diese Mitleidsmiene auf. Aber sie wollte ihm keine Genugtuung verschaffen.

»Das muss Sie sehr treffen, Ivy.«

»Es ist sein Job, oder nicht?« Sie straffte die Schultern.

Sein mitleidiges Lächeln erstarb. »Ja. Das stimmt. Ich dachte auch nur … Sie sollten es wissen.«

»Sehr fürsorglich, Juan. Aber ich bin mir im Klaren darüber, wie die Stellenbeschreibung eines Animateurs aussieht. Vielen Dank.«

»Na schön, wenn Ihnen das alles nichts ausmacht …«

Ein Gast betrat die Lobby, und Juan half der jungen Dame, die nicht wusste, wo der Tennisplatz war. »Ich bringe Sie gern dorthin, Mademoiselle«, sagte er, und Ivy war froh, ihn endlich los zu sein. Diesen gemeinen Kerl. Ihr Blick glitt zu der schwarzen Seitentür, die in den Lustkeller führte. Sie konnte ganz leicht herausfinden, was an seinen Worten dran war.

»Beug dich vor«, flüsterte Vanessa, und er tat es, legte sich mit dem Oberkörper auf den Tisch. Es war nur ein Job. Ein letzter Auftrag, rief er sich ins Gedächtnis. Danach begann ein neues Leben. Und er freute sich darauf. Doch dieser eine Auftrag, den musste er noch übernehmen, denn Vanessa hatte ihm ein Honorar geboten, dass er nicht hatte ablehnen können, dass all seine Schulden mit einem Schlag tilgen würde. Er hatte Ivy nichts davon erzählt, dass er vor zwei Tagen einen Anruf aus London bekommen hatte, weil es auch noch Probleme mit den Wasserleitungen in dem Gebäude gab. Ein Rohr war gebrochen, und das austretende Wasser hatte die bereits zum Teil renovierten Räume überschwemmt. Was dazu geführt hatte, dass sich sein Schuldenberg fast verdoppelt hatte. Und die Banken wollten ihm nichts mehr zahlen. Dann war Vanessa auf der Bildfläche erschienen – mit ihrem unmoralischen Angebot.

Ihre zarten Finger streichelten seinen Hals, legten ihm eine enges Lederband an, das in einer Leine endete, die sie nun kräftig spannte. Er stöhnte leise auf, weil das Leder in seinen Nacken schnitt. Früher hätte es ihn erregt, nun fühlte es sich demütigend an.

Vor sich sah er die Leine, die sie an einem Ring in der Wand befestigte. Und wieder musste er an Ivy denken. Sie beherrschte seine Gefühlswelt. Es war eine völlig neue Erfahrung für ihn, da er in den letzten Jahren nicht fähig gewesen war, mehr als nur Lust für eine Frau zu empfinden. Doch bei Ivy war es anders. Ganz anders. Natürlich fand er ihren Körper geil, liebte jedes Gramm an ihr. Und wie es ihn anmachte, wenn ihre Scham unter seinen Berührungen vibrierte. Aber da war noch mehr als Erregung und Verlangen. Es war Zuneigung. Er liebte ihre süße Stupsnase, ihre blauen Augen, ihre Pausbäckchen. Sie war perfekt, genau so wie sie war. Einfach perfekt. Für ihn.

»Ganz ruhig«, flüsterte die Gräfin und rieb an seinem erigierten Glied. »Ich wusste ja schon immer, dass ich dich geil mache, aber noch habe ich doch gar nicht angefangen, mit dir zu spielen. Spar dir deine Energie für später, mein Hübscher.« Sie strich ihm übers Haar. Dann stellte sie sich vor ihn hin. Nicht ahnend, dass ihm die Erektion nur deshalb gekommen war, weil er an Ivy gedacht hatte.

»Mach die Augen auf, ich liefere dir jetzt eine Show, die du nicht so schnell vergessen wirst.« Ihre Stimme klang herrisch. Heute zog er die sanfte und liebevolle Stimme von Ivy vor.

Vanessa fing an, vor ihm zu strippen. Ihr Körper war schlank, und sie wusste sich zu bewegen. Ihr sexy Hüftschwung war nicht ohne. Aber sie kam nicht an Ivy heran. Nicht mal annährend.

Die Gräfin streifte ihre Kleidung bis auf ein Paar schwarze Handschuhe und einen dunklen BH ab. Ihre Scham lag frei, war rasiert, bis auf einen kleinen dünnen Streifen, der ihren Venushügel zierte. Sie wandte sich um, präsentierte ihm ihren Knackarsch und stolzierte in ihren Plateau-Schuhen zu einem Schrank, öffnete ihn und schnallte sich einen dunklen Gürtel um. Als sie zu ihm zurückkehrte, traute er seinen Augen nicht, denn sie hatte einen künstlichen Penis um ihre Lenden gebunden. Einen Strap-On.

Ivy spähte um die Ecke, wie sie es schon einmal getan hatte, und beobachtete das Schauspiel mit schmerzendem Herzen. Juan hatte recht gehabt, die beiden hatten sich tatsächlich zu einer Session getroffen.

Vanessa stand vor dem angebundenen Alexander und schob ein künstliches Glied in seinen Mund, das er begierig aufnahm und zärtlich an ihm lutschte. Fest schloss er seine

Lippen um den Stab, und Vanessa bewegte ihr Becken vor und zurück, als wäre das Glied tatsächlich Teil ihres Körpers. Switcher. Er hatte mal wieder die Rolle getauscht. Und auch seine Gespielin.

»Gut machst du das, wirklich gut.« Vanessa stöhnte leise, und da wurde Ivy erst klar, wo das andere Ende des Strap-On tatsächlich steckte.

Wann immer sie in Alexander stieß, bewegte sich ein Teil des Dildos gleichzeitig in ihr. Vanessas Hand grub sich in seine Haare, um seinen Kopf zu lenken, und Alexander stöhnte lauter. Es schien ihm zu gefallen. Sein Unterleib vibrierte so stark, dass sie es selbst aus der Entfernung sehen konnte. Seine Hände legten sich um sein Glied, rieben an ihm, und es kam ihm gewaltig. Auch Vanessa schrie vor Lust auf.

Aber das hörte Ivy nur noch aus der Ferne. Sie hatte sich von den beiden abgewandt und war aus dem Lustkeller in die Lobby geflohen. Mit dem Entschluss abzureisen. So bald wie möglich. Hier hielt sie nichts mehr. Es war von Anfang an eine Schnapsidee gewesen hierherzukommen, sich dann auch noch auf so ein Abenteuer einzulassen. Heulend flüchtete sie in den Lift. Wenige Augenblicke später war sie in ihrem Zimmer und warf sich aufs Bett, vergrub das Gesicht im Kissen. Sie hätte von Anfang an auf Lena hören sollen. Keine Gefühle. Nicht im Hotel *Amour Fou*. Alles, was hier geboten wurde, waren Illusionen. Und von denen hatte Ivy nun endgültig die Nase voll.

Sie raffte sich auf, um ihre Koffer zu packen. Zwar hatte sie noch eine halbe Woche, aber die konnte sie nicht hierbleiben. Gerade als sie den ersten Koffer gepackt hatte, klopfte es an der Tür.

Ivy zog die Nase hoch. »Wer ist da?«

»Ich bin's. Lena.«

Sie ließ die Freundin herein. »Bist du so weit? Die Vorstellung geht gleich los. Jessica hat uns einen Tisch ganz vorn reserviert.« Als sie die Koffer sah, fragte sie erstaunt: »Was wird denn das, wenn es fertig ist?«

»Sieht man doch.«

Ivy ließ sich auf das Bett sinken. »Ich habe gepackt.«

»Und warum, wenn ich fragen darf?«

»Ist doch egal.«

»Ist es nicht. Alles, was mit dir zu tun hat, ist wichtig. Und jetzt sag deiner alten Lena, was dich derart aus der Bahn geworfen hat. Heute Morgen hattest du doch noch Schmetterlinge in deinem Bauch.«

Ivy seufzte. Sie war eine dumme, naive Kuh gewesen. »Er hat mich angelogen. Du weißt es doch selbst, sie spielen einem was vor, sagen einem, was man hören will. Gehört zum Job.«

Lena schob den Koffer auf dem Bett zur Seite und setzte sich neben Ivy. »Nein, das gehört sicher nicht zum Job, einer jungen Frau Hoffnungen auf eine gemeinsame Zukunft zu machen. Ich bin sicher, er meinte es ernst.«

»Und wieso vögelt er dann schon wieder diese Vanessa?«

Lena verengte die Augen. »Er tut was?«

»Ja, er macht weiter wie bisher.«

»Das kann ich nicht glauben.«

»Glaub es ruhig, ich habe es mit eigenen Augen gesehen.«

Es war einer jener seltenen Augenblicke, in denen Lena gänzlich sprachlos war. Nach einer halben Ewigkeit sagte sie: »Arschloch. Das hätte ich nicht von ihm gedacht.«

»Ich hätte auf dich hören sollen, von Anfang an. Aber natürlich wusste ich alles besser.«

»Weißt du, wenn man mit jemandem so intim wird, wie wir es mit den Animateuren werden, dann entstehen ganz automatisch Gefühle. Du kannst es nicht verhindern. Es ist Teil des Spiels. Und auch Teil dessen, was es so schön macht. Ich wollte dich nur davor warnen, damit du weißt, was auf dich zukommt.«

»Du willst sagen, ich hätte es ohnehin nicht verhindern können?«

Lena zuckte mit den Schultern. »Wer weiß. Uns bleiben wohl nur die Erinnerungen.« Sie legte einen Arm um Ivy und zog sie an sich. »Sag, wenn ich dir beim Packen helfen kann.«

»Wie jetzt? Du willst es mir nicht mehr ausreden?«

»Nein. Ich denke, du weißt selbst am besten, was für dich gut ist. Ist doch so, oder?« Ein prüfender Blick, und Lena fing an zu lachen. Dann wurde sie aber wieder ernst. »Tut mir leid, dass ich dich in dieses Gefühlschaos gestürzt habe. Ich hatte es nur gut gemeint.«

»Ich weiß.« Ivy gab ihr ein freundschaftliches Küsschen auf die Wange. »Und ich bin froh, dass du Verständnis zeigst.«

»Aber heute Abend kommst du doch noch einmal mit, oder? Die Show soll super sein.«

Ivy wiegte den Kopf hin und her.

»Komm schon, es ist dein Abschied.«

Der Scheinwerfer ging an. Musik drang aus den Boxen. Lena hatte nicht zu viel versprochen, ihr Tisch befand sich tatsächlich weit vorn. Genauer gesagt, direkt am Bühnenrand.

Der Vorhang ging auf, und vier Polizisten und eine Polizistin betraten die Bühne. Ivy erkannte die Frau wieder. Es war Ellen. Die Uniform betonte ihren üppigen Busen. Aber lange behielt sie die nicht an.

Genauso wie die Männer, die zum Beat tanzten und sich nach und nach vor den Gästen entkleideten. Gutgebräunte muskulöse Körper wippten im Takt der Musik. Ein Polizist sah sexier aus als der andere.

»Du hast mir gar nicht gesagt, dass die Chip'N'Dales hier auftreten«, flüsterte Ivy Lena zu, aber die schien ganz in Trance, so verzückt war sie von den Strippern. Die Frauen im Publikum jubelten, es flog sogar ein BH auf die Bühne.

»Nein, das sind die Hot Spices«, erklärte Lena und atmete schneller. Der Auftritt musste ihre Freundin ja wirklich ziemlich anmachen.

»Entschuldigt mich, mir ist nicht gut«, sagte Jessica plötzlich und erhob sich.

»Was ist denn los? Kann ich dir helfen?«, fragte Ivy besorgt.

Jessica schüttelte den Kopf. »Lass mal, alles in Ordnung. Ich lege mich hin. Wahrscheinlich ist mir der Fisch von heute Mittag in der Stadt nicht gut bekommen.«

»Dann gute Besserung.«

»Danke, genieß den Abend, ja?«

»Ich versuch's.«

Auch in der Lobby war das Jubeln der Frauen zu hören. Die männlichen Gäste waren sowohl von der Show als auch von dem Gekreische genervt, und Alexander ging es nicht gerade besser. Ivy war nicht zu ihrer Verabredung gekommen, und sie ging auch nicht an ihr Handy. Ein ungutes

Gefühl machte sich in ihm breit, etwas wie eine Ahnung. Er spähte durch einen Seiteneingang in den Saal, um einen Blick auf das Publikum zu erhaschen, doch es war zu dunkel, um etwas außerhalb der Bühne zu erkennen. Und das Geschrei schmerzte allmählich in seinen Ohren. Alexander zog sich zurück und bemerkte in dem Moment, in dem er sich abwandte, die adrette blonde Frau, die gerade an der Rezeption stand und eincheckte. Mrs Summers.

Juan wünschte ihr einen angenehmen Aufenthalt, und sie lächelte ihn zärtlich an, Alexander aber würdigte sie keines Blickes.

»Die ist ziemlich nachtragend«, feixte Juan, als Mrs Summers im Lift verschwunden war. »Warum ist die überhaupt wieder da? Ich dachte, sie hätte schwerwiegende Probleme mit ihrem Bald-Exmann zu lösen.«

»Kann uns doch egal sein. Ich beschwer mich jedenfalls nicht über Kundschaft. Da kommt Geld in die Kasse.«

Alexander lächelte milde. Auf das Geld aus dem *Fou* war er jetzt nicht mehr angewiesen. Die Gräfin hatte Wort gehalten und ihm einen Scheck über eine üppige Summe ausgestellt, mit der er seinen Schuldenberg abzahlen konnte. Er hätte darüber in Jubelstürme ausbrechen sollen, doch stattdessen fühlte er sich mies. Wie ein Verräter. Am liebsten würde er Stillschweigen darüber bewahren, doch er meinte es ernst mit Ivy und wollte ihre gemeinsame Zukunft nicht auf einer Lüge aufbauen. Also würde er mit ihr über den Vorfall sprechen müssen. Und er hoffte, dass sie seine Beweggründe verstand.

»Da in letzter Zeit immer mehr Frauen deinetwegen das Hotel verlassen, haben wir das auch bitter nötig«, sagte Juan zynisch.

»Wovon redest du denn jetzt schon wieder?«

»Davon, dass Ivy Marschall morgen abreist. Wieder mal eine deiner Frauen.«

»Was?« Jetzt blieb ihm vor Schreck fast das Herz stehen. Das konnte doch nicht wahr sein. Das hätte sie ihm doch gesagt!

»Sie hat dich mit Vanessa gesehen«, fügte Juan mit einem scheinheiligen Lächeln hinzu. »Und das hat ihr wohl nicht gefallen.« Jetzt verwandelte sich das Lächeln in ein schadenfrohes Grinsen. »Na ja, ein bisschen, das muss ich zugeben, hab ich auch nachgeholfen, die Kleine wäre ja sonst ewig im Dunkeln getappt.«

Alexander brannten alle Sicherungen durch. Er packte Juan am Kragen und schüttelte ihn heftig durch. »Was bist du denn für ein Freund?«, schnauzte er ihn an und zog ihn halb über den Tisch.

»Hey, das ist doch nicht meine Schuld. In einer Beziehung sollte man ehrlich sein. Du hast es selbst vergeigt.«

»Ich wollte mit Ivy darüber reden, weil es ein letztes Treffen zwischen Vanessa und mir war. Und das wusstest du auch.« Das war die Wahrheit. Ihn ärgerte es, dass er sich Juan überhaupt anvertraut hatte. Auch wenn Juan nicht unbedingt der beliebteste Animateur unter den Kollegen war, hatte Alexander ihn doch für einen Freund gehalten. So konnte man sich eben irren.

»Dann klär das jetzt mit ihr.«

Wütend ließ er von Juan ab. »Warum hast du mich da reingeritten?«

Juan stützte eine Hand in die Hüfte. »Lass mal nachdenken. Vielleicht weil du mir immer in die Quere kommst?«

»Was redest du denn da?«

»Bevor du hier aufgekreuzt bist, war ich die Nummer eins bei den Frauen. Jetzt wollen sie alle immer nur zu dir, und ich bekomme deine Abgelegten.«

Alexander starrte den Kollegen fassungslos an. Aus Eifersucht hatte der ihn angeschwärzt. Na, großartig! Am liebsten hätte er ihm einen Kinnhaken verpasst, doch in dem Moment kam gerade Jessica durch die Lobby gerauscht. Er rannte ihr nach und hielt sie am Arm fest.

Erschrocken zuckte sie zusammen.

»Ich bin es nur. Hast du Ivonne irgendwo gesehen? Ich muss mit ihr reden.«

Jessica blickte sich gehetzt um, dann deutete sie zum großen Saal. »Ganz vorn. Links.« Und schon eilte sie weiter.

Alexander lief an den Kellnern vorbei, ignorierte das ohrenbetäubende Kreischen und die bunten Lichter, die durch den Saal tanzten. Dann endlich entdeckte er Ivy. Vorn. Links. Wie Jessica es gesagt hatte. Er stürmte auf ihren Tisch zu, packte sie am Handgelenk und zog sie hoch.

»Bist du verrückt! Das tut doch weh!«, fuhr sie ihn an. Zorn funkelte in ihren Augen.

»Ich muss mit dir reden. Auf der Stelle.«

»Ich aber nicht mit dir. Verzieh dich zu deiner Vanessa.«

Die ersten Buhrufe ertönten, weil Alexander nicht nur lautstark die Vorführung störte, sondern einigen Damen auch die Sicht auf die erotischen Tänzer versperrte.

»Ivy, bitte. Hör mir zu. Ich will nicht, dass du gehst.«

»Das hättest du dir vorher überlegen können. Und jetzt verschwinde. Ich will die Show sehen.«

»Zwing mich nicht, das zu tun.«

»Was zu tun?«

»Komm einfach freiwillig mit.«

»Ich denke ja nicht daran.« Sie riss sich los und wollte sich wieder hinsetzen, doch Alexander packte sie bei der Taille und warf sie sich einfach über die Schulter.

»Hast du den Verstand verloren?«, kreischte Ivy und strampelte mit den Beinen. »Lena! Hilf mir!«

»Vielleicht solltet ihr euch wirklich aussprechen«, sagte sie.

»Was?«

»Lena hat recht, und jetzt komm.«

Alexander ignorierte ihre Gegenwehr, ließ die kleinen Faustschläge an seiner Schulter einfach abprallen und lief aus dem Saal.

Lena hatte von all dem Chaos um sie herum nicht viel mitbekommen. Aber Ivy und Alexander würden ihre Differenzen schon irgendwie aus der Welt räumen.

Auch der erotische Tanz ging an ihr vorbei, denn was sich gerade unter ihrem Tisch abspielte, war um einiges reizvoller.

Sie spürte ein zärtliches Lecken zwischen ihren Beinen, das sie alles andere vergessen ließ. Leons Zunge schleckte über ihre kleinen Schamlippen und tippte mit der Spitze immer wieder gegen ihre Klitoris, die bereits geschwollen war und hervorragte. Niemand ahnte, dass der Animateur unter ihrem Tisch hockte, und er war bisher so geschickt vorgegangen, dass selbst Jessica und Ivy nichts bemerkt hatten.

Nun legte er seine Hände auf ihre nackten Beine, massierte diese sanft, so dass sich eine Gänsehaut auf ihren Schenkeln bildete.

Lena musste sich sehr zusammenreißen, um nicht laut

aufzustöhnen, doch in dem Jubel hätte man es vermutlich sowieso nicht gehört.

Sie blickte nach vorn, wo sich das Bühnenbild unterdessen verändert hatte. Bisher war ihr gar nicht aufgefallen, dass die sexy Stripper tatsächlich verschiedene Szenerien darstellten. Die, die sie jetzt sah, war äußerst ansprechend und verhalf ihr dabei, ihre Lust nur noch mehr zu steigern.

Das Szenario spielte bei einem Verhör. Einer der Männer stand mit dem Rücken zum Publikum, seine Hände waren mit einer Kette gefesselt, die von der Decke hing, und sein nackter Po glänzte im Licht der Scheinwerfer. Die Zuschauerinnen jubelten und pfiffen bei dem Anblick des Knackarschs, und auch Lena lief das Wasser im Mund zusammen. Ganz automatisch pressten sich ihre Oberschenkel etwas fester um Leons Kopf, so dass dieser in seiner Position zwischen ihren Beinen eingeklemmt wurde. Gierig leckte er weiter, und Lena spürte ihre eigene Feuchtigkeit. Das war geil.

Ellen betrat die Bühne. Sie trug ein Lederoutfit und offenbarte eine aufregende, unerhört schlanke Figur. Einzig ihre Brüste waren ein wenig üppiger, sie steckten in einem dunklen BH, der sie noch mehr betonte. Ihre blonden Haare waren zu einem strengen Zopf gebunden, und ihre Stiefel machten sie, obwohl sie ohnehin schon ziemlich groß war, gut und gern noch einmal zehn Zentimeter größer.

Unter dem Applaus der Frauen zückte sie eine Gerte, an deren Ende eine Art Paddel steckte, und positionierte sich neben dem Knackarsch.

Ihre Hand kniff in eine Pobacke und schlug dann auf den Hintern des Strippers, um zu demonstrieren, dass dieser Hintern zum Großteil aus harten Muskeln bestand.

»Gibt es eine Freiwillige, die sich überzeugen will, dass dies der mit Abstand knackigste Hintern ist, den die Hot Spices zu bieten haben?«

Dies war offenbar das Stichwort gewesen, denn nun betraten die drei anderen Stripper, nur in Tangas, die Bühne und präsentierten dem Publikum ebenfalls ihre Hinterteile, die im Takt der Musik mitwippten.

Tatsächlich meldete sich eine Frau aus dem Publikum und wurde auf die Bühne gebeten. In dem Moment flatterte Leons Zunge wie Schmetterlingsflügel über Lenas Klit, in der es nun so wild pulsierte, dass sie glaubte, jeden Moment zu kommen. Aber irgendwie gelang es ihm, sie genau davon abzuhalten, indem er im rechten Augenblick den Druck ein wenig zurücknahm.

»Wie ist Ihr Name?«, schallte es über das Mikro durch die Boxen.

»Katja.«

»Herzlich willkommen, Katja. Jetzt mach bitte den Härtetest.«

Aus dem Augenwinkel sah Lena, wie Katja erst die Hintern der drei Stripper untersuchte und schließlich auch ihre Hand auf den Knackarsch legte.

»Wow«, flüsterte Katja. »Der ist wirklich der Knackigste.«

Unter stürmischem Applaus begab sich Katja auf ihren Platz zurück. Auch die drei Tänzer verschwanden im Hintergrund. Ein Spot fiel auf Ellen und den Mann an der Kette, dramatische Musik wurde eingespielt, und dann setzte es den ersten Schlag.

Der Mann zuckte, schon gab Ellen ihm mit sichtlichem Spaß einen weiteren Klaps mit der Gerte. Das Paddel hinterließ einen roten Abdruck auf seiner Pobacke. Lena, die nun sehr genau hinsah, glaubte zu erkennen, dass sich seine Hose spannte, was ein untrügliches Zeichen dafür war, dass ihm die Behandlung und die öffentliche Zurschaustellung offenbar recht gut gefielen.

Leon war da anders, er wollte lieber im Verborgenen gedemütigt werden. Dabei hatte es doch auch seinen Reiz, was Ellen und ihr Partner gerade vollführten. Den Frauen im Publikum sagte es jedenfalls zu.

Ein heißes Prickeln rieselte durch ihren Unterleib, weil sich zu Leons Zunge nun auch noch sein Finger hinzugesellte, der verspielt um ihre Pforte kreiste, sie reizte, aber noch nicht in sie eindrang. Lena seufzte wohlig und schloss die Augen. Leon war immer so gut zu ihr, umgarnte sie. Und der Gedanke an ihre baldige Abreise hinterließ ein flaues Gefühl in ihrem Magen. Sicher, sie würde nächstes Jahr wiederkommen, doch vielleicht war er dann gar nicht mehr hier. Das versetzte ihr einen Stich. Hatte sie sich wirklich so sehr an den jungen Mann gewöhnt, dass sie ihn gar nicht mehr missen wollte?

Der Jubel der Zuschauerinnen riss sie aus ihren Gedanken, und sie blickte wieder nach vorn. Ellen befreite den Knackarsch, dessen Hinterteil nun im Scheinwerferlicht gerade zu glühte, mit Hilfe eines Strippers von der Fesselung und befahl ihm dann, sich vor ihr hinzuknien. Und das Publikum rastete förmlich aus, als sie vor ihn trat und seinen Kopf zwischen ihre Beine drückte.

Lena war nicht ganz sicher, ob er nun tatsächlich über Ellens Slip leckte oder nur so tat, doch es sah so geil aus, dass es ihr den Kick gab. Ihr Unterleib zuckte, krampfte, und genau in dem Moment, in dem Leon seine Fingerspitze in sie stoßen wollte, kam es ihr. Lena presste den Mund zusammen. Nur nicht laut aufschreien. Aber die Lust überwältigte sie derart, dass sie nicht an sich halten konnte. Sie fing an zu beben, zu zittern, und ein leises Stöhnen ließ sich einfach nicht unterdrücken.

Doch das Publikum war abgelenkt, und niemand schien ihren heißen Orgasmus überhaupt mitzubekommen.

Lena aber leckte sich befriedigt über die Lippen. Das war tatsächlich der bisher geilste Höhepunkt gewesen, den ihr Leon beschert hatte. Ihr Leon? Sie sollte aufpassen, dass sie nicht ihre eigenen Regeln brach.

Sie hob die Tischdecke an, um Leon zu danken, doch sie erschrak, als ihr plötzlich das freche Grinsen von Jessicas Fitness-Trainer Daniel entgegenstrahlte. War er etwa die ganze Zeit … aber wo war Leon? Lena schwindelte.

»Ich hoffe, Sie waren zufrieden mit mir«, sagte Daniel laut genug, dass sie es in der stark anschwellenden Geräuschkulisse verstehen konnte.

»Bitte seien Sie mir nicht böse, Frau Gruber. Ihre Freundin Jessica brachte mich auf die Idee, denn ich wollte Ihnen unbedingt nahe sein. Sie sind eine sehr schöne Frau.« Das klang beinahe ehrlich. Doch Lena war zu verwirrt, um das Kompliment zu würdigen.

Alles lief nach Plan. Die Kundin hatte eingecheckt. In wenigen Minuten würden sie sich im Lustkeller treffen. Das Hotel wirkte wie ausgestorben, da sich die Männer in die Strandbars zurückgezogen hatten und die Frauen die heiße Stripshow der Hot Spices nicht verpassen wollten.

Er schob das Andreaskreuz zur Seite und öffnete die sich

dahinter befindende Geheimtür. Dann schaltete er die Taschenlampe ein und leuchtete in die dunkle Kammer hinein. Der Geruch war widerlich. Aber lange würde er ihn nicht aushalten müssen. Schon bald würde ein neues Leben für ihn beginnen. Mit seiner Partnerin. Vielleicht in der Karibik.

Das Licht seiner Taschenlampe glitt über die Kiste, in der er seine Beute untergebracht hatte. Ein römischer Schatz, der seiner Kundin eine Dreiviertelmillion wert war. Er musste lachen. Für welchen Scheiß die Leute ihr Vermögen zum Fenster rauswarfen. Ihm konnte das ja egal sein. Hauptsache, die Dame zahlte.

Zärtlich strich er über die Holzkiste, doch gerade, als er sie öffnen wollte, um die wertvolle Büste noch einmal zu betrachten, vernahm er Schritte. Es waren mindestens zwei Personen, eine davon männlich – das hörte er an der Schwere der Schritte. Verdammt! Es sollte doch niemand in den Dark Room kommen! Das war so nicht geplant!

Panisch drehte er sich um und betätigte den Hebel auf der Innenseite der Kammer, woraufhin sich die Wand in Bewegung setzte. Dann schaltete er die Taschenlampe aus und lauschte.

»Lass mich runter!«, fauchte Ivy. Jetzt war Alexander endgültig zu weit gegangen. Wie eine Puppe schleppte er sie über seiner Schulter durch den Kerker, ohne ihren Protest zu beachten.

Er setzte Ivy am Andreaskreuz ab. Diese versuchte zu fliehen, doch schon hatte er sie an einem Handgelenk gepackt und band es an der oberen Leiste fest. »Tut mir leid, Ivy, aber anders hörst du mir offenbar nicht zu.« Auch das zweite Handgelenk band er fest, so dass Ivy sich nicht mehr bewegen konnte.

»Bind mich los!«, forderte sie.

»Wieso? Ich weiß doch, dass dich die Situation genauso scharfmacht wie mich.«

»Das ist eine Unverschämtheit! Eine gemeine Lüge!« Ivy versuchte, das Prickeln zwischen ihren Beinen zu unterdrücken, und ignorierte, dass ihr Höschen binnen weniger Sekunden feucht geworden war.

Alexander schob ihr Kleid hoch, so dass der dünne Stoff über ihren Brüsten liegen blieb und sie nur in Unterwäsche vor ihm stand.

»Was soll das werden?« Ihre Stimme klang heiser. Verdammt.

Er küsste ihr Dekolleté. Zärtlich. So unendlich zärtlich, dass es ihr heißkalt den Rücken herunterlief. Seine Lippen glitten über ihre Haut, und schließlich drückte er das rechte Körbchen ihres BHs herunter, um ihre Brustspitze zu befreien. Doch nur für den Moment. Im nächsten schlossen sich seine heißen Lippen um ihren Nippel, hüllten ihn in feuchte Wärme ein.

Ivy warf gequält den Kopf in den Nacken. Eigentlich hatte sie standhaft bleiben wollen. Er hatte sie hintergangen. Das hatte so weh getan, dass sie am liebsten sofort abgereist wäre. Doch jetzt schien sie schon wieder schwach zu werden. Sie musste sich ihm entziehen. Irgendwie. Er war manipulativ, darauf durfte sie kein zweites Mal hereinfallen.

»Alexander, bitte, lass mich gehen …«, flehte sie, denn sie wusste sehr genau, dass sie ihm nicht lange würde widerstehen können.

»Ich denke nicht daran. Du gehörst mir.«

Er packte sie am Hals, sanft, aber bestimmt, und schob ihr Kinn hoch, so dass sie ihn ansehen musste. Seine Augen funkelten voller Begehren, und seine Lippen bebten, als hungerten sie nach einem Kuss von ihr.

Es sah so verdammt echt aus. Und Ivy vergaß fast, dass Alexander ein Betrüger war. Ein hervorragender Schauspieler. Aber konnte solche Leidenschaft wirklich gespielt sein? Ivy schluckte. Ihr Körper brannte vor Verlangen nach ihm und sabotierte sie erneut, indem sich ihre Beine ganz von selbst ein wenig öffneten, als wollten sie ihn einladen.

»Und was sagt deine Vanessa dazu?«, brachte sie mühsam hervor. Sie durfte sich nicht einlullen lassen.

»Die ist auf und davon.«

»Mal wieder«, sagte sie bitter.

»Ich weiß, was du denkst.« Seine Hand streichelte die Stelle zwischen ihren Brüsten, fuhr tiefer hinunter und verschwand schließlich in ihrem Höschen. Er lächelte zufrieden, weil er offenbar ihre Feuchtigkeit spürte.

»Aber es ist anders.«

»Es ist immer anders«, konterte sie. Verflucht, jetzt streichelte er auch noch ihre Schamlippen, wie sollte sie da stark bleiben? Das Prickeln zwischen ihren Beinen lenkte sie ab, wurde immer heftiger. Ivy atmete keuchend aus.

»Es war ein letzter Auftrag.«

»Und wie viele letzte Aufträge wird es noch geben?«

»Keinen«, erklärte er. Ivy wünschte, sie hätte ihm glauben können. Sein Finger drang in sie. Sie zuckte zusammen und hielt den Atem an. Ganz langsam schob er sich in sie, füllte sie ganz aus und verharrte. Dann setzte er sich in Bewegung. Sanft. Mit jedem Stoß ein wenig schneller.

Schweiß trat ihr auf die Stirn. Ihr wurde heiß. Ihr Körper glühte regelrecht. So als fieberte sie.

»Vanessa hat mir für eine letzte Gefälligkeit versprochen, meine Schulden zu begleichen.«

»Und wenn schon.« Endlich setzte sich ihr Verstand durch.

Er zog sich aus ihr zurück. »Ich weiß … es war ein Fehler. Ich hätte nicht darauf eingehen sollen.«

»Allerdings.« Sie beruhigte sich allmählich.

»Mir hat es nichts bedeutet. Aber vielleicht brauchte ich noch diese Klarheit.«

»Klarheit will ich auch. Und vor allem will ich, dass diese Spiele aufhören.« Sonst konnte sie sich nicht vorstellen, mit ihm etwas Ernstes anzufangen.

Sein Blick wurde samtig, und ein kleines Lächeln umspielte seine Augen. »Klarheit kann ich dir geben. Ich will dich«, sagte er, und schon stand er wieder so dicht vor ihr, dass es ihr den Atem raubte. »Ich habe mich verliebt«, flüsterte er und streichelte ihre Wange.

Ivys Herz schlug schneller. Was diese Worte auszulösen vermochten, ihr Körper spielte verrückt. »Ich will dich auch.« Schon die ganze Zeit. Wahrscheinlich schon, seit sie ihn das erste Mal gesehen hatte. Doch da waren noch immer Zweifel in ihr.

»Wir sind … zu verschieden.« Konnte das überhaupt gut gehen? Sein Lifestyle war nicht gerade das, was sie sich für ihre Beziehung wünschte. Sie war nicht einmal sicher, ob er wirklich sesshaft werden konnte und sich mit nur einer Frau zufriedengeben würde.

»Nein, das sind wir nicht.« Er strich ihr eine Strähne aus dem Gesicht und streichelte sanft ihre Wange.

»Ich habe erkannt, dass du genau das Leben führst, das ich auch führen will.« Er lachte leise. »Klingt vielleicht verrückt für dich, aber es ist diese Normalität, die ich vermisse. Das Gefühl, ein Zuhause zu haben, nicht ständig auf der Reise zu sein. Ich hab genug vom Abenteuer. Meine Hörner sind schon abgestoßen. Jetzt suche ich ein Nest.« Er schmunzelte über seine eigenen Worte, zog die Form ihrer Lippen mit dem Zeigefinger nach.

»Ich will das Nest bauen. Mit dir.«

Seine Lippen berührten fast ihre, und Ivy konnte der Versuchung nicht länger widerstehen. Sie beugte sich vor, soweit es die Fesselung ihr erlaubte, und küsste ihn. Oh, wenn das nur wahr wäre, was er da sagte. Sie hoffte es so sehr. Ein Heim. Mit ihm. Eine Familie.

»Ich hoffe für dich, du meinst es ernst«, hauchte sie. »Sonst ziehe ich diesmal einen Strap-On an.«

Alexander schmunzelte. »Wer weiß, vielleicht würde mir das sogar gefallen.« Er küsste sie noch einmal, und sie nahm seinen herben Geschmack begierig auf. Und plötzlich konnte sie es sich doch vorstellen, morgens gemeinsam mit ihm aufzuwachen und abends mit ihm zu Bett zu gehen. Ein normales Leben zu führen und ihre Gelüste auszuleben.

Es wäre ein realer Traum.

Ihre Lippen näherten sich erneut einander, als plötzlich Schritte im Gang zu hören waren. Ivy blickte erschrocken über Alexanders Schulter zu den beiden Frauen, die gerade den Lustkeller betreten hatten. Das Licht der künstlichen Fackeln fiel auf ihre Gesichter, und Ivy erkannte ihre Freundin Jessica wieder. Sie trug jetzt ein enges schwarzes Top und dunkle Jeans.

»Jessica?«

»Ivy?«

»Mrs Summers?«, staunte Alexander.

»Alexander«, sagte Mrs Summers kühl und nickte ihm zu. Ivy sah in Alexanders Augen, dass er genauso überrascht war wie sie, das ungleiche Duo hier unten anzutreffen.

Was hatten die beiden Frauen miteinander zu schaffen?

»Ihr hättet gar nicht hier sein dürfen«, sagte Jessica nervös. »Ich meine, wieso seid ihr nicht bei der Show?«

»Wir hatten etwas zu besprechen«, klärte Alexander sie auf.

»O ja, das sieht man«, zischte Mrs Summers eifersüchtig. Hatte die kühle Britin etwa immer noch etwas für Alexander übrig?

»Und was tut ihr hier?«, wollte Ivy wissen, die sich allmählich etwas dumm vorkam, weil sie angekettet war.

»Wir hatten auch etwas zu besprechen«, erwiderte Jessica und umfasste plötzlich Mrs Summers Gesicht und küsste sie. Ivy glaubte zu halluzinieren. Seit wann stand Jessica denn auf Frauen?

Nach einem langen, nicht enden wollenden Kuss schnappte Mrs Summers nach Luft, und Jessica wischte sich mit dem Handrücken über den Mund. Irgendetwas an dieser Vorstellung war faul, das war ganz offensichtlich. Leidenschaft sah anders aus.

»Na schön, der Keller ist groß genug für alle«, meinte Alexander und wandte sich wieder Ivy zu.

»Du willst doch jetzt nicht allen Ernstes weitermachen, oder?«

»Warum nicht? Das wird sicher noch ein wenig aufregender mit Zuschauern.«

Ivy seufzte leise, dann aber sah sie Alexanders Grinsen, und ihr wurde klar, dass er nur Spaß gemacht hatte.

»Schuft«, sagte sie, und hätte sie eine Hand frei gehabt, sie hätte ihm einen sanften Knuff gegeben.

Aus dem Augenwinkel sah sie, wie die beiden Frauen sich gerade in eine dunkle Ecke zurückziehen wollten, als ein seltsames Schaben hinter der Wand ertönte und leise Vibrationen am Boden spürbar wurden. Auch Alexander hatte es gehört. Irritiert klopfte er mit der Faust gegen das Gemäuer.

»Ein Raum hinterm Raum?«, wunderte er sich, da schob sich plötzlich ein Teil der Wand zurück, und ein Mann in dunklen Sachen kam wie aus dem Nichts aus der Öffnung. Alexander wich erschrocken zurück.

»Leon?«, rief er erstaunt. Jetzt fehlte eigentlich nur noch Lena, dann war die »Familie« komplett. Doch das Lachen blieb Ivy gleich im Halse stecken, als Leon plötzlich eine Waffe auf Jessica und Mrs Summers richtete.

»Genug mit den Späßen. Wo ist die Büste?«

»Wovon redest du?«, fragte Jessica.

»Stell dich nicht dumm, du Hure. Du bist die Einzige, die von dem Versteck wusste.«

»Die Büste ist weg?«

»Ja, verdammt noch mal. Und ich will auf der Stelle wissen, wo sie ist!«

»Leon, was geht hier vor? Mach doch keinen Scheiß. Lass die Waffe fallen.« Alexander stellte sich vor seinen Kollegen und wollte ihm die Pistole abnehmen, aber der richtete sie nun stattdessen auf ihn.

»Vorsicht, Alexander. Wenn du kein Blei schmecken willst, halt dich da raus. Das ist etwas zwischen mir und diesem Flittchen.«

»Ich habe die Büste nicht.«

Alexander wich zur Seite, und Leon entsicherte seine Waffe. Er zielte auf Jessicas Kopf, die gemeinsam mit Mrs Summers näher gekommen war. Unweigerlich fing sie an zu zittern, hob beide Hände schützend vor die Brust.

Im ersten Moment wäre Ivy fast das Herz stehen geblieben, denn die Situation sah mehr als beängstigend aus, aber dann wurde ihr allmählich klar, was hier wirklich vor sich ging. Ein weiteres Rollenspiel. Und dieses war um einiges glaubwürdiger als das letzte. Man konnte fast meinen, Jessica schwebte gerade tatsächlich in Lebensgefahr. Auch Alexander spielte seine Rolle hervorragend. Das Entsetzen in seinen Augen, die verkniffenen Lippen, die Anspannung in seinem Gesicht. Jetzt fehlte nur noch Ellen, die als Polizistin den Schurken Leon dingfest machte.

»Ihr macht das echt klasse«, gab Ivy ihrem Impuls nach. Sie wusste, dass ihr Kommentar das Spiel ein wenig störte, aber sie wollte unbedingt ihre Anerkennung für die tolle Leistung zollen. Zumal das Ganze so aufregend und gut gespielt war, dass sie es im ersten Moment für echt gehalten hatte.

Leon ruckte zu ihr herum. »Was bitte?«

Das war der Moment, den Alexander nutzte. Er stürzte sich plötzlich auf seinen Kollegen und riss ihn zu Boden, wo sie verbissen um die Pistole kämpften. Alexander versetzte Leon einen Fausthieb mitten ins Gesicht, was Ivy deutlich zu übertrieben fand, denn es sah aus, als hätte es dem armen Kerl wirklich weh getan.

»Nicht so doll, Alex«, bat sie, aber Alexander hörte nicht auf sie. Er war eindeutig der stärkere der beiden Männer. Leon ließ die Pistole tatsächlich los, nachdem Alexander sein Handgelenk fest umklammert und mit voller Wucht immer wieder gegen den Steinboden geschlagen hatte. Leon stöhnte vor Schmerz auf. Und Alexander gab ihm noch einen letzten Schlag auf die Nase. Ein unangenehmes Knacken erklang, dass Ivy durch und durch ging. Jetzt war sie wirklich geschockt.

»Ihr geht zu weit«, beschwerte sie sich, aber noch immer reagierte niemand auf ihre Einwände. Wäre sie nicht angebunden gewesen, sie wäre dazwischengegangen. Aber Jessica und Mrs Summers standen einfach nur wie angewurzelt da und starrten zu dem am Boden liegenden Leon, aus dessen malträtierter Nase Blut floss.

»Das Geschäft ist geplatzt«, erklärte Mrs Summers schließlich nach einer halben Ewigkeit und stöckelte zum Ausgang des Kellers. Doch gerade als sie an der Tür war, ging diese auf, und eine Frau in Uniform, ebenfalls bewaffnet, trat ein.

Ellen! Na endlich! Wie im Film kam die Polizei zu spät, wenn der Held bereits aufgeräumt hatte. Ihr folgte ein Kollege. Es war einer der Tänzer der Hot Spices. Ivy erkannte ihn in seiner schmucken Uniform wieder. Während er sich um den angeschlagenen Leon kümmerte und ihm die Handschellen anlegte, führte Ellen Jessica ab.

»Sie sind verhaftet.«

»Pah! Sie haben doch keinen Beweis«, schrie Leon auf.

Ivy wünschte wirklich, ihre Hände wären frei gewesen, sie hätte den Darstellern Applaus gespendet. Die Vorführung war bühnenreif, ach was, oscarreif.

»O doch, den haben wir«, entgegnete plötzlich Mrs Summers und zauberte nicht nur die verschwundene Büste aus einem Regal mit diversen Spielzeugen hervor, in dem sie das Kunstobjekt offenbar zuvor versteckt hatte, sondern auch eine ähnliche Polizeimarke, wie Ivy sie schon einmal bei Ellen gesehen hatte. »Dummerweise hatten Sie mir bereits am Telefon verraten, wo Sie die Beute versteckt haben«, sagte Mrs Summers triumphierend. »Es war ein Leichtes, sie ausfindig zu machen und zu bergen.«

»Sie haben sie mir also gestohlen!« Leon schnaubte vor Wut.

»Gut kombiniert.«

»Es war von Anfang an eine Falle. Ellen und ihr Tanzpartner, sogar Sie, Mrs Summers – verdeckte Ermittler!« Leon versuchte, sich aus dem Griff des Polizisten, der ihn auf die Beine zog, zu befreien, doch der war um einiges stärker.

»Und wieso hast du da mitgemacht?«, wollte Ivy von ihrer Freundin wissen. Sie war gespannt auf die Erklärung, die diese ihr lieferte, aber Jessica antwortete nur mit einem giftigen Blick.

Die »Verbrecher« wurden abgeführt, und nur Alexander und Ivy blieben zurück. Jetzt würde wohl der aufregendste Teil des Rollenspiels kommen, und Ivy konnte es gar nicht erwarten, endlich Alexanders Hände an ihrem Körper zu spüren. Geliebt vom Helden, der den Schurken bezwungen hatte. Gab es ein aufregenderes Szenario? Doch merkwürdigerweise wirkte Alexander immer noch ausgesprochen blass und durcheinander.

»Du spielst deine Rolle wirklich gut, aber jetzt lass mich nicht länger warten. Sonst überlebe ich das nicht.« Sie leckte sich über die Oberlippe, um ihn ein wenig anzutörnen, aber Alexanders Miene blieb starr. Zu starr. Er trat vor sie und löste zu ihrer Enttäuschung ihre Fesseln.

»Ivy, das war kein Rollenspiel«, sagte er. »Das war Ernst.«

»Ernst?«

Er nickte.

Ellen war also wirklich eine Polizistin, die sich nur als Animateurin getarnt hatte? Leon war ein echter Verbrecher?

Oh, mein Gott. Dann war auch die Pistole echt gewesen. Ivy spürte, wie ihre Beine plötzlich nachgaben und ihr schwarz vor Augen wurde. Doch da war jemand, der sie auffing und festhielt. Sie spürte seine Wärme. Und als sie kurz darauf wieder die Augen öffnete, blickte sie in Alexanders azurblaue Iriden.

Zwei Wochen später im Café »Sugar« am Piccadilly Circus

»Du siehst gut aus. London scheint dir zu bekommen.« Lena stellte ihre kleine Tasche aus Krokodillederimitat auf den leeren Stuhl neben sich und schob sich die Sonnenbrille ins Haar.

»Danke. Du siehst auch erholt aus.«

Lena lächelte verlegen. »Ach, na ja … was erwartest du von einer Frau, die ihren Urlaub im *Fou* um zwei Wochen verlängert hat?«

»Genau das, was ich vor mir sehe. Aber ohne Leon war es doch sicher nur halb so aufregend.«

»Hör mir mit Leon auf, Ivy. Der soll mir nicht mehr unter die Augen kommen.«

»Du hattest ihn gern, oder?«

»Ja, schon.« Sie zuckte mit den Schultern, doch dann trat ein Lächeln auf ihre Lippen. »Aber dieser Daniel ist ganz süß.« Lena kicherte. Ivy blieb jedoch ernst. Leons kriminelle

Machenschaften hatte sie noch immer nicht verdaut. Genauso wenig die Tatsache, dass Jessica darin involviert gewesen war.

»Hast du mit Jessica gesprochen?«

Lena nickte. »Zumindest habe ich es versucht. Sonderlich gesprächig war sie ja nicht.« Für beide war es noch immer ein Schock, dass ihre langjährige Freundin verhaftet worden war. Noch schlimmer war für beide allerdings, dass Jessica ihnen die ganze Zeit etwas vorgemacht hatte. Die besorgte Freundin existierte nicht, nur ein habgieriges Biest, das auch über Leichen gehen würde.

»Wie geht es ihr denn?«

»Gut. So weit. Na ja, wie es einem eben hinter Gittern so geht.«

Ivy seufzte. Es war schwer zu akzeptieren, dass Jessica eine andere war, als sie die ganze Zeit gedacht hatten. Nur warum hatte sie bei dem Coup überhaupt mitgemacht? Sie hatte doch alles, was sich eine Frau in ihrem Alter nur wünschen konnte. Erfolg im Job. Gute Freunde. Aufregende Liebschaften.

»Wenn man nur wüsste, was ihre Motive waren.«

»Sie sagt, ihr Leben sei eine einzige Lüge gewesen. Sie hätte mithalten wollen mit uns, vor allem finanziell, und sie wollte über Leon an Geld kommen, um sich ihren viel zu teuren Lebensstil weiter leisten zu können.«

»Soll das heißen, dass selbst ihre Biographie gelogen war? Sie ist keine erfolgreiche Geschäftsfrau?«

»Nicht mehr. Sie hat ihren Job verloren, weil die Firma pleiteging. Das hat sie uns verschwiegen. Dabei hätte ich ihr doch unter die Arme gegriffen. Aber da war sie zu stolz, wie es scheint.«

»Immer noch kein Grund, kriminell zu werden.«

»Weißt du, Ivy ...« Lena legte beinahe mütterlich ihre Hand auf Ivys. »Ich glaube, dass sie es auch für Leon getan hat.«

»Aber ich dachte, Leon wäre dein Liebhaber gewesen.«

»Angeblich sind sich die beiden schon vor einigen Jahren, als Jessica und ich das erste Mal Urlaub im *Fou* machten, nähergekommen. Ich habe davon nichts gemerkt, wie es scheint.«

»Wir haben vieles nicht gemerkt, was Jessica betrifft.«

Wohl wahr. Und alles wegen Leon? Weil sie ihn so sehr liebte? Liebe konnte wirklich blind machen. Aber wem konnte sie das vorwerfen? Sie hatte ihr Leben aufgegeben, um bei Alexander sein zu können, war Hals über Kopf nach London gezogen.

»Aber jetzt lass uns mal das Thema wechseln und von dir sprechen. Wie läuft's denn bei euch beiden Süßen?«

»Ziemlich gut. Wir sind jetzt in eine gemeinsame Wohnung gezogen.« Das Nest, von dem er gesprochen hatte. »Manchmal denke ich, dass ich alles zu sehr überstürze, dass ich uns mehr Zeit geben sollte.«

»Aber dann ...?«

»Dann zieht er mich an sich und schaut mir in die Augen. Und da weiß ich, dass ich alles richtig mache.«

»Selbst wenn nicht. Das Leben ist zum Fehlermachen da. Lass dich treiben, so lange, bis der Strom dich ans Ufer spült.«

Ivy lachte leise. Lena hatte ein Talent für ausgefallene Metaphern. Und doch hatte sie recht. Genau das würde Ivy tun. Sich einfach treiben lassen.

»Und wie lange bleibst du in London?«

»Ein paar Tage«, sagte Lena. »Aber fühl dich nicht verpflichtet, dich um mich zu kümmern. Eure Liebe ist jung, da will man jede Minute miteinander verbringen.«

»Hey, natürlich kümmere ich mich um dich.« Ein paar Stunden am Tag würde sie schon ohne Alexander auskommen, der ja ohnehin in seinem Fitness-Center arbeiten musste, während Ivy noch auf Jobsuche war. Außerdem war das Wiedersehen am Abend dann umso schöner.

Gegen 18 Uhr betrat Ivy ihre Zweieinhalb-Zimmer-Wohnung in Kensington. Da sie nur an den Wochenenden effektiv renovieren konnten, befanden sich ihre eigenen vier Wände in keinem allzu ansehnlichen Zustand. Und sie war sogar ein wenig froh darüber, dass Lena noch eine andere Verabredung gehabt hatte. Es wäre ihr unangenehm gewesen, ihr das unfertige Apartment zu zeigen. Doch schon konnte man erkennen, dass es eines Tages eine Traumwohnung sein würde.

Ein Teil des Flurs war bereits tapeziert, die Leiter stand noch in einer Ecke, genauso wie der Tapeziertisch. Dennoch liebte Ivy ihre neue Wohnung, ihr Nest, wie Alexander es genannt hatte, denn in diesem Nest wohnte nicht nur sie, sondern auch ihr wunderbar zärtlicher und manchmal ziemlich dominanter Animateur, der ihr jeden Wunsch von den Augen ablas.

Er war sesshaft geworden, und sie dachten immer öfter über die Familiengründung nach. Ivy konnte sich gut vorstellen, dass Alexander ein hervorragender Vater war.

Sie hörte es aus der Küche brutzeln. Alexander war also schon zu Hause. Es roch nach Pfannkuchen. Eilig schlüpfte sie aus ihren Schuhen und eilte in die Küche, um ihn zu begrüßen. Doch der Anblick, der sich ihr dort bot, ließ sie zweifeln, ob sie wirklich in der richtigen Wohnung war. Nicht nur, dass Alexander die Renovierung der Küche so weit vorangetrieben hatte, dass sie schon richtig wohnlich aussah, er stand auch noch nackt vor dem Herd. Lediglich eine kleine Schürze war um seine Hüften gebunden, um sein bestes Stück zu schützen.

»Guten Abend, Schatz«, sagte er und drehte den Pfannkuchen um.

Ivy lief das Wasser im Mund zusammen, doch nicht wegen der herrlich süß duftenden Pfannkuchen, sondern wegen seines atemberaubenden Anblicks. Seit der Eröffnung seines Studios machte er noch öfter Sport, und das sah man ihm an. Sein Körper war perfekt geformt. So perfekt, dass Ivy zwischen den Beinen ganz heiß wurde.

»Wie war dein Tag?«, fragte er und lächelte sie an.

»Gut«, brachte sie hervor.

»Wie geht es Lena?«

»Auch gut.«

»Was ist denn, Schatz?« Er grinste, weil sie kaum mehr als zwei Worte hintereinander hervorbrachte. Für einen längeren Satz wäre sie im Augenblick auch ins Stottern geraten. Verdammt, sah dieser Kerl sexy aus.

Manchmal konnte sie einfach immer noch nicht glauben, dass dieser Mann ihr gehörte. Dass er jetzt auch noch für sie kochte, machte das alles noch unwirklicher.

Seelenruhig drehte er den nächsten Pancake um, und Ivy lief das Wasser im Munde zusammen. Aber wie sah sie nur im Vergleich zu ihm aus? Sie blickte an ihrem einfachen T-Shirt und den Jeans herunter. Das konnte so nicht bleiben!

»Ich bin gleich wieder da«, sagte sie und verschwand im Schlafzimmer.

»Alles klar«, rief er ihr amüsiert hinterher, anschließend stapelte er die frischgemachten Pancakes auf einen Teller und goss noch etwas Teig in die Pfanne. Seine Überraschung war geglückt, und das stimmte ihn sehr zufrieden. Er freute sich auf den Abend, den er im Bett verbringen wollte, sobald sie gegessen hatten. Schon jetzt brannten seine Lenden vor Verlangen.

Es war erstaunlich. Mit Ivy war jeder Tag anders. Genauso war es beim Sex. Er hatte gedacht, dass dieses Gefühl des Neuen irgendwann verschwinden würde, aber das war bisher nicht der Fall. Der Sex mit ihr war und blieb aufregend. Und dennoch war da ein Gefühl von Vertrautheit, als würden sie sich ewig kennen. Ein Gefühl, das er nicht mehr missen wollte. Es machte ihm klar, dass er die richtige Entscheidung getroffen hatte. Und auch die Tatsache, dass sie für ihn nach London gezogen war, alles hinter sich gelassen hatte, um in einem anderen Land mit ihm zu leben, bestärkte ihn darin. Alexander konnte sich an keine Zeit in seinem Leben erinnern, in der er glücklicher gewesen wäre als jetzt.

»Da bin ich wieder«, sagte sie in einem fast akzentfreien Englisch. Sie hatte schon vorher gut Englisch gesprochen, doch in den wenigen Wochen hatte sie so viel dazugelernt, dass sie fast wie eine Einheimische klang.

Er drehte sich zu Ivy um, die nur in Spitzenunterwäsche in der Tür stand. Wow, dachte er. Ihre Rundungen kamen in dem dunklen feinen Stoff fantastisch zur Geltung. Langsam kam sie näher, streichelte seine Schulter und lugte zur Pfanne.

»Die riechen gut.«

»Du riechst gut.«

Sie lächelte.

»Ich habe auch schon Appetit.«

»Die sind gleich fertig«, sagte er, doch Ivy schien sich plötzlich gar nicht mehr für die Pancakes zu interessieren. Sie ging auf die Knie und hob sacht seine Schürze an.

Alexander lachte. Aha, darauf hatte sie also Appetit. Hübsch.

Ivy blickte zu ihm auf, weidete sich an seinem sexy Körper, den harten Brustmuskeln, dem verführerischen Sixpack. Zärtlich streichelte sie die Innenseite seiner Schenkel, während er erneut Teig nachgoss. Sein anschwellendes Glied jedoch verriet, dass er mit den Gedanken längst woanders war.

Ivy beugte sich vor, schloss die Augen und nahm seine bereits feuchte Spitze in den Mund. Langsam leckte sie über die Eichel, die leise bebte, als schlüge ein Herz in ihr.

Sie spürte jeden Schauer, der durch seinen Körper rieselte. Und als sich ihre Lippen vorsichtig über seinen Schaft schoben, wurde der Schauer noch stärker, ließ seinen ganzen Unterleib heftig beben.

Sein Schwanz wurde noch größer, wuchs zwischen ihren Lippen und fing an, sich zu verselbständigen. Im Takt ihrer Lippenbewegungen wippte er mit.

Ivys Kopf ruckte vor und zurück. Alexander stellte nun die Pfanne auf eine kalte Platte und machte den Herd aus.

»Ich kann nicht länger warten«, sagte er und half ihr auf, hob sie hoch und trug Ivy ins Schlafzimmer. Ivy kicherte, fühlte sich wie eine Prinzessin und genoss den männlich herben Geschmack auf ihrer Zunge.

»Worauf kannst du nicht länger warten?«, fragte sie unschuldig, obwohl sie die Antwort längst kannte.

»Auf dich …«, sagte er und schnurrte wie ein gefährliches Raubtier, das von ihr gezähmt worden war.

Dann warf er sie aufs weiche Bett und legte sich umgekehrt auf sie, so dass sie nicht nur seine heiße Haut an ihrer spürte, sondern auch sein pulsierendes Glied zwischen ihren Lippen und die seinen an ihrer Scham.

»… und natürlich darauf.« Er leckte sie.

Ivy stöhnte lustvoll auf, während seine Zunge mit ihrer Klit spielte, in schnellen Schlägen gegen sie stieß und dann immer tiefer in sie drang.

Fast unbemerkt glitt seine Hand unter das Kopfkissen, und er zog etwas hervor.

»Sieh mal. Das hab ich aufgehoben«, sagte er, und drehte sich halb zu ihr herum, süffisant lächelnd.

Sie hob leicht den Kopf zwischen seinen Beinen. Drei Liebeskugeln baumelten an einer Schnur.

Ivy schluckte. Allein der Anblick der Kugeln erregte sie noch mehr. »Du wirst doch nicht …?«

»Oh doch.«

Mit einer Hand öffnete er ihre großen Schamlippen, mit der anderen weitete er sie, indem er erst mit einem, dann zwei und schließlich sogar drei Fingern in sie fuhr. Und als er der Meinung war, sie wäre vorbereitet, setzte er die kleinste Kugel an ihre Pforte an. Ivy spürte das noch kühle Material, aber sie wusste aus Erfahrung, dass es sich bald aufheizen würde. Genau wie sie selbst.

Langsam beförderte er die Kugel in sie, die nun schon so stark vibrierte, dass es ihr fast kam. Sein Glied verschwand erneut in ihrem Mund, bewegte sich auf und nieder, während sie fest ihre Lippen um seinen Schaft presste. Tiefer und tiefer drang er in sie. Sein Körper und auch der ihre vibrierten vor Lust.

Die zweite Kugel folgte, drückte die erste noch etwas tiefer in sie, und sein Glied schwoll noch mehr an, dass sie glaubte, er würde jeden Moment kommen. Sein Schwanz wurde immer heißer, die Adern auf seinem Schaft immer dicker. Sie konnte spüren, wie das Blut in ihm pulsierte.

Und genau in dem Moment, in dem die dritte Kugel in ihr verschwunden war, kam es ihnen beiden.

Ivy schleckte begierig alles auf und genoss das intensive Prickeln in ihrem Unterleib, das sich rasend schnell auf ihren ganzen Körper ausweitete. Es war ein Beben, eine Explosion, die länger als sonst anhielt. Und erst nachdem sie verklungen war, rollte sich Alexander erschöpft zur Seite, nahm sie in die Arme und küsste sie zärtlich. Sie blickte ihm in die Augen und war unendlich froh, dass er ihr gehörte, dass er ihre Gefühle erwiderte.

»Die Pancakes sind fertig«, flüsterte er.

Ivy lachte. »Ich weiß. Aber hast du nicht etwas vergessen?« Sie deutete zwischen ihre Beine, denn noch immer spürte sie das leise Vibrieren der Lustkugeln in ihrem Inneren.

»Nein, hab ich nicht.« Er küsste sie auf die Stirn. »Aber die bleiben erst mal da, wo sie sind.«

»Was?« Ivy legte den Kopf schief. Das konnte doch nicht sein Ernst sein. Na ja, eigentlich wusste sie sehr wohl, dass er mit so etwas keine Späße machte, schließlich hatte sie diese Kugeln schon einmal für ihn getragen.

Seine Hand legte sich besitzergreifend auf ihren Venushügel, was die Kugeln noch mehr ins Schwingen brachte.

»Wir essen erst mal, und dann sehen wir weiter. Der Abend ist ja noch lang.«

Ivy nickte und grinste. »Wie du befiehlst.«

Heiße Nächte zu dritt

Jule Winter

VERBOTENE LUST

Erotischer Roman

ISBN 978-3-548-28286-2
www.ullstein-buchverlage.de

Es ist November, und an der Ostsee ist es bitterkalt. Sonja und André sind in ihr Ferienhaus geflüchtet, um in aller Stille ihre Beziehung zu erneuern. Eines Tages steht ein Mädchen vor ihrer Tür, völlig verängstigt. Sonja und André nehmen die junge Frau bei sich auf. Schon bald beginnt ein erotischer Reigen zu dritt. Doch dann stellt ein unerwartetes Ereignis Sonja und André auf eine harte Probe.

UB606

ullstein

Astrid Martini

Zuckermond

Roman

ISBN 978-3-548-26688-6
www.ullstein-buchverlage.de

Die Künstlerin Helena lernt auf einer Vernissage den umwerfenden Leonhard kennen. Sie erleben eine unvergessliche Nacht miteinander, aber Leonhard ist einer der teuersten Callboys der Stadt – Helena sollte ihn besser vergessen. Doch Helenas Eltern fordern immer drängender einen künftigen Ehemann und so stellt sie ihnen Leonhard vor. Sein Preis für das Spiel ist jedoch hoch: Sie muss ihm zwei Wochen lang als sein persönliches Callgirl zur Verfügung stehen …

»Astrid Martini hat Worte für Erotik.« *Rhein-Zeitung*

UB483

ullstein

Astrid Martini

Mondkuss

Erotischer Roman

ISBN 978-3-548-26866-8
www.ullstein-buchverlage.de

Rafael ist heiß begehrt – Männer wie Frauen umwerben den schönen jungen Stripper, doch ohne Erfolg: Mit dem Thema Liebe hat er abgeschlossen. Bis Rafael der zehn Jahre älteren Marleen begegnet, die ihn auf den ersten Blick fasziniert. Tatsächlich schafft er es, die zurückhaltende Anwältin zu verführen; seine exzellenten Liebeskünste eröffnen ihr völlig neue Dimensionen der Lust. Aus Angst, Marleen zu verlieren, verschweigt er ihr seinen eigentlichen Beruf: Rafael ist Edel-Callboy …

»Astrid Martini hat Worte für Erotik.« *Rhein-Zeitung*

UB466

ullstein

JETZT NEU

Aktuelle Titel | Login/ Registrieren | Über Bücher diskutieren

Jede Woche vorab in einen brandaktuellen Top-Titel reinlesen, ...

... Leseeindruck verfassen, Kritiker werden und eins von **100** Vorab-Exemplaren gratis erhalten.

vorablesen.de